BIANCA.

AF274902

LINDSAY ARMSTRONG

BELLEZA ESCONDIDA

HARLEQUIN™

Cualquier forma de reproducción, distribución, comunicación pública o transformación de esta obra solo puede ser realizada con la autorización de sus titulares, salvo excepción prevista por la ley.
Diríjase a CEDRO si necesita reproducir algún fragmento de esta obra.
www.conlicencia.com - Tels.: 91 702 19 70 / 93 272 04 47

Editado por Harlequin Ibérica.
Una división de HarperCollins Ibérica, S.A.
Avenida de Burgos, 8B - Planta 18
28036 Madrid

© 2024 Harlequin Ibérica, una división de HarperCollins Ibérica, S.A.
N.º 485 - 18.10.24

© 2011 Lindsay Armstrong
Belleza escondida
Título original: The Girl He Never Noticed

© 2010 Lindsay Armstrong
Aventura para dos
Título original: The Socialite and the Cattle King
Publicadas originalmente por Harlequin Enterprises, Ltd.
Estos títulos fueron publicados originalmente en español en 2011 y 2012

Todos los derechos están reservados incluidos los de reproducción, total o parcial. Esta edición ha sido publicada con autorización de Harlequin Books S.A.
Esta es una obra de ficción. Nombres, caracteres, lugares, y situaciones son producto de la imaginación del autor o son utilizados ficticiamente, y cualquier parecido con personas, vivas o muertas, establecimientos de negocios (comerciales), hechos o situaciones son pura coincidencia.
® Harlequin, Bianca y logotipo Harlequin son marcas registradas por Harlequin Enterprises Limited.
® y ™ son marcas registradas por Harlequin Enterprises Limited y sus filiales, utilizadas con licencia. Las marcas que lleven ® están registradas en la Oficina Española de Patentes y Marcas y en otros países.
Imagen de cubierta utilizada con permiso de Harlequin Enterprises Limited. Todos los derechos están reservados.

I.S.B.N.: 978-84-1062-971-4
Depósito legal: M-16821-2024
Impreso en España por: BLACK PRINT
Fecha impresión para Argentina: 16.4.25
Distribuidor exclusivo para España: LOGISTA
Distribuidor para México: Distibuidora Intermex, S.A. de C.V.
Distribuidores para Argentina: Interior, DGP, S.A. Alvarado 2118.
Cap. Fed./Buenos Aires y Gran Buenos Aires, VACCARO HNOS.

MIXTO
Papel procedente de fuentes responsables
FSC® C159065
www.fsc.org

Capítulo 1

SEÑORITA Montrose, ¿dónde diablos está mi acompañante? –preguntó Cameron Hillier.

–No tengo ni idea, señor Hillier –repuso Liz Montrose, arqueando las cejas–. ¿Cómo voy a saberlo?

–Porque es su trabajo. Es usted mi secretaria, ¿no es así?

Liz se quedó mirando a Cam Hillier, sintiéndose un poco soliviantada. Ella no lo conocía bien. Sólo llevaba en ese puesto una semana y media, pues una agencia la había llamado para sustituir al secretario habitual, que tenía una baja por enfermedad. Pero ese poco tiempo había bastado para darse cuenta de que podía ser un jefe difícil, exigente y arrogante.

¿Cómo iba a saber ella lo que había pasado con la mujer que, en apariencia, acababa de darle plantón?

Liz miró a su alrededor sin saber qué responder. Estaban en la entrada del despacho, en el territorio de otra secretaria, Molly Swanson. Y Molly, colocada a espaldas del señor Hillier, le señaló al teléfono, haciéndole señas.

–Eh... Llamaré para comprobarlo –le dijo Liz a su jefe.

Cam se encogió de hombros y se metió en su despacho.

–¿Cómo se llama? –le susurró Liz a Molly, tomando el teléfono.

–Portia Pengelly.

–¿No será la modelo y estrella de televisión?

Molly asintió al mismo tiempo que respondían al otro lado de la línea.

–Esto... ¿señorita Pengelly? –dijo Liz y, cuando recibió la confirmación, continuó–: Señorita Pengelly, llamo de parte del señor Hillier, Cameron Hillier...

Dos minutos después, Liz le devolvió el teléfono a Molly, sin saber si echarse a reír o a llorar.

–¿Qué? –preguntó Molly.

–¡Dice que prefiere salir con una serpiente de dos cabezas! ¿Cómo voy a decirle eso?

El despacho de Cam Hillier era bastante austero. Tenía una alfombra verde, persianas color marfil en las ventanas, una gran mesa de roble con una silla de cuero verde y dos sillas delante. A Liz le parecía una habitación cómoda y tranquila. Los cuadros de las paredes representaban dos de los negocios que le habían hecho multimillonario: los caballos y una flota pesquera.

Había fotos enmarcadas de caballos, yeguas y potrillos. Había paisajes marinos con barcos sacando redes llenas, con bandadas de gaviotas sobrevolándolas.

Liz había contemplado esas imágenes en ausencia de su jefe y había descubierto un curioso hilo conductor: Shakespeare.

Los tres caballos retratados se llamaban *Hamlet*, *Próspero* y *Otelo*. Las barcazas tenían los nombre de *Miranda*, *Julieta*, *Como gustéis* y *Cordelia*.

Lo cierto era que le producía curiosidad saber de dónde provenía ese interés por Shakespeare. Aunque Cam Hillier no era la clase de hombre con quien una podía embarcarse en una conversación trivial. La agencia de empleo que la había contratado le había advertido de que era un hombre de negocios del más alto nivel y que no sería fácil de manejar.

Pero Liz había tratado con hombres de negocios importantes y, de hecho, creía tener un don para ello. Sin embargo, nunca había tenido que decirles que su novia prefería salir con una serpiente...

Y había algo más que hacía a Cam Hillier diferente.

Era joven, tenía poco más de treinta años, estaba en buena forma y, como decía su contable femenina... era sexy hasta reventar.

Además, tenía un aire indefinible que Liz no había logrado descifrar. Era alto, fuerte y de anchas espaldas. Su pelo era moreno, denso, con ojos enormes y azules, en un rostro no perfecto, era cierto, pero esos ojos por sí mismos bastaban para hacer que cualquiera se derritiera.

Aunque no se enorgullecía de ello, Liz tenía que admitir que ella tampoco era inmune a los encantos masculinos de su jefe. Entonces, sin poder evitarlo, le asaltó el recuerdo de un incidente no muy lejano con él...

Había sido un día caluroso en Sídney mientras caminaban juntos por la calle, hacia una reunión. Habían ido a pie porque su destino había estado sólo a dos manzanas de la oficina. La calle había estado llena de tráfico y la calzada, de peatones. Entonces, a ella se le había trabado el tacón en un adoquín mal puesto. Se había tambaleado y se habría caído si él no la hubiera sujetado, agarrándola de los hombros.

–G-gracias –había balbuceado ella.

–¿Está bien? –había preguntado él, mirándola con una ceja levantada.

–Sí –había mentido ella. Porque no había estado bien. Se había sentido demasiado afectada por el contacto de sus manos, por su cercanía, por lo alto que era, por lo ancho de sus hombros, por lo espeso de su pelo.

Y, sobre todo, se había quedo perpleja por la excitante sensación que le había invadido al estar tan cerca de Cam Hillier.

En ese momento, por suerte, Liz había tenido la suficiente claridad mental para bajar la mirada e impedir que él pudiera leerlo en sus ojos.

Su jefe la había soltado y habían seguido caminando.

Desde ese día, Liz había tenido mucho cuidado en presencia de Cam para no tropezarse ni hacer nada que pudiera despertar esas sensaciones de nuevo. Si Cam Hillier había notado algo, no había dado muestras de ello... lo que era de agradecer. Aunque, si era sincera, tenía que reconocer que, en cierta forma, le gustaría ser algo más que un robot para él...

Al principio, ese pensamiento la había sorprendido.

Se había intentando convencer de que le parecería odioso que la tratara de forma distinta a lo que se espera de una relación jefe empleada. Y había decidido censurar su deseo como una locura transitoria, aunque no conseguía quitárselo de la cabeza del todo.

Sobre todo, porque Cam Hillier, un jefe exigente y arrogante donde los hubiera, tenía una sonrisa capaz de hacer perder los papeles a cualquiera.

Sin embargo, en ese momento, Cam no estaba sonriendo. Levantó la vista del informe que estaba leyendo y arqueó una ceja.

—La señorita Pengelly... —comenzó a decir Liz y tragó saliva. Podía decirle que la señorita Pengelly lamentaba... Sería una mentira demasiado grande. Tal vez, que la señorita Pengelly se disculpaba... ¡Portia no había hecho nada de eso!—. La señorita Pengelly... no va a venir.

—¿Así, sin más? —replicó él y maldijo para sus adentros.

—Bueno... más o menos —contestó Liz y notó cómo se ruborizaba.

Cam la miró con atención, esbozó una de sus seductoras sonrisas por una milésima de segundo y volvió a ponerse serio.

—Entiendo —respondió él con tono grave—. Lo siento si le ha resultado una situación embarazosa. Ahora... tendrá usted que venir en su lugar.

—¡Claro que no! —exclamó Liz, sin pensarlo.

—¿Por qué no? Es sólo un cóctel.

—Por eso. ¿No puede usted ir solo?

—No me gusta ir solo a las fiestas. Tiendo a ser acosado. A Portia —explicó él, suspirando con exasperación al pronunciar su nombre—, se le daba muy bien defenderme de ataques de otras mujeres. Con sólo una mirada, las hacía desistir.

—¿Era eso todo lo que era...? —comenzó a preguntar ella, parpadeando–. Mire, señor Hillier, si su secretario habitual, al que yo estoy reemplazando, estuviera aquí, no podría llevarlo con usted para que le protegiera de... los ataques.

–Es verdad –admitió él–. Pero Roger habría podido encontrarme a alguien.

Liz apretó los labios, pensando que se refería a una compañía de alquiler.

–Bueno, yo tampoco puedo hacer eso –aseguró ella y se le ocurrió otra buena razón para no acceder–. Además, no tengo los... encantos ni... la habilidad defensiva de Portia Pengelly.

Cam Hillier se puso en pie y salió de detrás del escritorio.

–Oh, yo de eso no entiendo –señaló él y se sentó en la mesa. La contempló un momento, fijándose en sus gafas de pasta y su pelo liso negro–. No se anda usted con rodeos, ¿verdad? –murmuró.

–¿Y eso que tiene que ver? –replicó ella con tono cortante y se miró al vestido color crema que llevaba, elegante pero muy sencillo–. Además, no estoy vestida para la ocasión.

–Pues lo estará. De hecho, sus grandes ojos azules, ese pelo liso y el atuendo austero le dan un aire de mujer de hielo. Será tan efectivo como las tácticas defensivas de Portia.

Liz se encendió de furia y respiró hondo para calmarse. Pero, casi de inmediato, su deseo de darle una bofetada y salir de allí cedió al pensar que le iban a pagar muy bien por trabajar para él. Y, también, porque sabía que, si se iba y, sobre todo, si lo abofeteaba, aquello supondría una mancha negra en su historial profesional...

Cam Hillier la observó, esperando.

—Iré. Pero sólo como empleada. Y necesito unos minutos para refrescarme.

Lo que Liz vio en sus ojos entonces, un brillo malicioso y divertido, le hizo estar de peor humor todavía.

—Muchas gracias, señorita Montrose. Aprecio su ayuda. Nos veremos en el vestíbulo dentro de quince minutos —se limitó a decir él, poniéndose en pie.

Liz se lavó la cara y las manos en el baño de empleados, una sinfonía de mármol negro moteado y espejos grandes y bien iluminados. Todavía estaba molesta. Más aún, se sentía seriamente ofendida... y estaba deseando vengarse.

Observó su reflejo en el espejo. Para ir a trabajar, elegía atuendos formales y sencillos, pero no siempre vestía así. Resultaba que su madre era una excelente modista. Y el vestido color marfil que llevaba puesto tenía una chaqueta de seda a juego. Además, daba la casualidad de que había recogido la chaqueta de la tintorería esa misma mañana, a la hora del almuerzo. La tenía dentro de su cubierta de plástico, colgada detrás de la puerta del baño.

Liz la miró, la tomó en sus manos, le quitó el plástico y se la puso. Tenía hombreras, cuello redondo y se ajustaba a la cintura, con un poco de vuelo sobre las caderas. Era una chaqueta a la última moda, de un tejido estupendo y estiloso, con estampado de piel de leopardo en tonos azul, negro y plateado. Era original y llamativa.

Sonrió ante su imagen, pues ya no parecía tanto una secretaria, sino una mujer habituada a ir a cócteles. Bueno, más o menos, se dijo y titubeó un momento, antes de quitarse la chaqueta y colgarla otra vez.

Entonces, tomó una decisión. Se quitó los pasadores del pelo, dejándolo caer. Se quitó las gafas y buscó en el bolso las lentillas. Se las colocó con cuidado. Luego, sacó su neceser de maquillaje y examinó lo que contenía. Tendría que arreglárselas sólo con la sombra de ojos, la máscara de pestañas y el pintalabios que llevaba.

Después de pintarse los ojos, dio un paso atrás para observarse y la diferencia le pareció bastante sorprendente. Se roció con perfume, se cepilló el pelo y movió la cabeza hacia delante, para darle un aspecto un poco desarreglado. A continuación, volvió a ponerse la chaqueta y se la abrochó. Por suerte, los zapatos que llevaba eran de un tono plateado que combinaba a la perfección.

Se echó un último vistazo ante el espejo y quedó satisfecha con lo que vio. Pero, de pronto, le surgió una duda.

¿Parecería una dama de hielo?, se preguntó, frunciendo el ceño. Si él supiera...

Cam Hillier estaba en el vestíbulo hablando con Molly cuando Liz llegó. Él le estaba dando la espalda, pero se volvió al ver la mirada de estupefacción de Molly.

Durante un instante, Cam no la reconoció. Tuvo que mirar dos veces para darse cuenta de que era Liz. Entonces, soltó un suave silbido, algo que a ella le hubiera resultado muy satisfactorio si no hubiera sido por un detalle. Su jefe la recorrió con la mirada, deteniéndose en sus piernas y, luego, volvió a posarla en sus ojos, de esa manera en que los hombres le hacían saber a una mujer que la estaban considerando como pareja de cama.

Para su desgracia, aquella mirada provocó en Liz las mismas sensaciones involuntarias que la habían poseído cuando se había tropezado en la calle: respiración acelerada, palpitaciones y la desagradable conciencia de lo alto y guapo que era su jefe. Sólo gracias al resentimiento que todavía tenía hacia él consiguió no sonrojarse. Incluso levantó la barbilla con gesto desafiante.

–Entiendo –comentó él y se metió las manos en los bolsillos, fingiendo seriedad–. Lo siento si la he ofendido, señorita Montrose. No sabía que podía tener ese aspecto... tan impresionante. Ni sabía que era capaz de sacarse de la manga un atuendo de alta costura –señaló, observando su chaqueta un momento, antes de mirarla a los ojos–. De acuerdo. Vámonos.

Llegaron a la fiesta en un momento. En parte, porque el Aston Martin de Cam Hillier era un coche rápido y manejable. Y, en parte, porque él era un excelente conductor y conocía bien las calles traseras de Sídney, para evitar el tráfico de la ciudad en hora punta.

Liz intentó disimular sus nervios, hasta que llegaron.

–Creo que equivocó su vocación, señor Hillier. Debió ser usted piloto de Fórmula Uno –comentó ella cuando él aparcó.

–Lo fui. En mi juventud –replicó él–. Hasta que comencé a aburrirme.

–Bueno, yo no diría que el trayecto ha sido aburrido –comentó ella–. Pero no se puede aparcar aquí, ¿o sí?

Cam había parado delante del garaje de una casa, la que había al lado de una enorme mansión que estaba encendida como una tarta de cumpleaños y, sin duda, debía de ser el lugar de la fiesta.

–Eso no es problema.

–¿Y si el dueño quiere entrar o salir? –preguntó ella.

–El dueño está fuera.

Liz se encogió de hombros y miró a su alrededor. Estaban en Bellevue Hill, uno de los barrios más lujosos de Sídney. Seguro que la fiesta reunía a personajes de la clase más alta de la ciudad. A ella no le apetecía asistir a un evento así ni lo más mínimo.

–De acuerdo –dijo Liz y agarró el manillar–. ¿Terminamos de una vez con esto?

–Un momento –pidió él con tono seco–. Me he dado cuenta de que la he ofendido. Y me he disculpado. Y usted, con su increíble metamorfosis, ha ganado la última baza. Por lo tanto, me pregunto si hay alguna razón para que siga mostrándose tan rígida y descontenta. Se comporta como si fuera una institutriz.

Liz se sonrojó y se quedó sin palabras.

–¿Qué es lo que desaprueba exactamente? –quiso saber él.

–Si de veras quiere saberlo...

–Sí quiero –le interrumpió él.

Liz abrió la boca y se mordió el labio.

–No es nada. No soy quién para darle mi aprobación o no –contestó ella. Se colocó el pelo, enderezó los hombros y se giró hacia él–. ¿De acuerdo?

Cam Hillier se quedó mirándola con gesto inexpresivo durante un largo instante. Entonces, sucedió algo muy curioso. En los reducidos confines del coche, no fue desaprobación lo que latió entre ellos, sino atracción.

Liz volvió fijarse en lo anchos que eran sus hombros bajo la chaqueta negra que llevaba con una camisa verde claro y una corbata más oscura. Se fijó en su sonrisa y en sus ojos inteligentes, azules e inmensos.

Y se dio cuenta del modo en que él la estaba mirando... Un temblor la recorrió y se le puso la piel de gallina, pues estaban tan cerca que le resultó imposible no imaginarse los brazos de él rodeándola, sus manos en el pelo, su boca besándola.

Ella se giró de forma abrupta.

Él no dijo nada, sólo se limitó a abrir la puerta y salir. Liz lo imitó.

Aunque Liz había sido consciente de que iba a asistir a una fiesta de la clase alta, lo que vio cuando entró por la puerta de aquel hogar de Bellevue Hill la dejó sin aliento. Un ancho pasillo de piedra conducía a la primera de tres terrazas y a unas maravillosas vistas de la bahía de Sídney bajo los últimos rayos de sol. Antorchas encendidas iluminaban las terrazas, había jarrones de cerámica con exóticas flores y, en el nivel inferior, una piscina de color aguamarina parecía derramarse en una cascada hacia el final de la tercera terraza.

Había ya muchos invitados allí. Las mujeres formaban un ramo de colores, igual que las flores. En una esquina de la terraza de en medio, había una banda tocando música africana con un ritmo sensual, acompañado por el suave e hipnótico sonar de los tambores.

Un camarero con guantes blancos apareció a su lado de inmediato para ofrecerles champán.

Liz estuvo a punto de declinar el ofrecimiento, pero Cam le puso una copa en la mano sin más. En ese momento, la anfitriona se acercó a ellos.

Era una mujer alta e impresionante, con una túnica rosa y una buena cantidad de joyas de oro y diamantes. Tenía el pelo gris pintado con mechas rosas.

—Mi querido Cam —saludó la anfitriona—. ¡Creí que no ibas a venir! —exclamó y arqueó las cejas al mirar a Liz—. ¿Pero quién es ésta?

—Se llama Liz Montrose, Narelle. Liz, ésta es Narelle Hastings.

—¿Cómo está? —murmuró Liz, tendiéndole la mano.

—Muy bien, querida, muy bien —replicó Narelle, analizando a Liz de arriba abajo con rapidez y experiencia—. ¿Así que has suplantado a Portia?

—Nada de eso —respondió Cam Hillier—. Portia ya no quiere salir conmigo y, como Liz está sustituyendo a Roger en la oficina, la he presionado para que me acompañara. Eso es todo.

—Querido, llámalo como quieras, pero no esperes que me crea que eres un angelito —le dijo Narelle con tono cariñoso. Luego, se giró hacia Liz—. Eres demasiado bonita para ser sólo una secretaria, querida. Y Cam tampoco está mal. Son las cosas que hacen que el mundo siga dando vueltas —señaló y volvió a mirar a Cam—: ¿Cómo está Archie?

—Echo un manojo de nervios. Wenonah está a punto de tener los cachorros en cualquier momento.

—Dale recuerdos —repuso Narelle, riendo—. ¡Oh!

Disculparme. Han llegado más invitados –añadió, dirigiéndose a Liz–. Y no te olvides, la vida no es sólo trabajo, ¡así que disfruta de Cam mientras puedas!

Dicho aquello, Narelle se esfumó y Liz se quedó mirándola, estupefacta.

–No diga nada al respecto –le advirtió Liz a Cam.

–No pensaba hacerlo. Reconozco que Narelle puede ser un poco... excéntrica.

–De todas maneras, no ha sido buena idea venir.

Cam la observó un momento y se encogió de hombros.

–A mí no me ha parecido de importancia.

Liz lo miró, dispuesta a seguir protestando, cuando, de pronto, volvió a caer en la cuenta de lo peligrosamente atractivo que era. Alto y moreno, con ese físico tan armonioso. Era lógico que todas las mujeres a su alrededor estuvieran pendientes de él. Y era comprensible que se sintiera acosado...

–No es su reputación lo que está en juego –le espetó ella al fin–. Seguramente, ya está...

–¿Por los suelos? –adivinó él.

Liz hizo una mueca y apartó la vista. Pensó que debía tener cuidado, pues no quería tener ninguna mancha en su historial ni que la carta de recomendación para su siguiente trabajo rezara que había insultado a su jefe diciéndole que tenía mala reputación.

–Este lugar es muy hermoso –comentó ella, cambiando de tema, y le dio un trago a su champán–. ¿Es una fiesta benéfica o por algún motivo en especial?

Cam arqueó las cejas, sorprendido por el giro de la conversación, y sonrió.

–Creo que no. Narelle no necesita excusas para celebrar una fiesta. Es la reina de la alta sociedad.

–Qué... interesante.

–¿No le parece bien que alguien haga una fiesta que no sea benéfica?

–¿He dicho yo eso?

–No lo ha dicho, pero me ha dado la sensación de que lo estaba pensando. Por cierto, Narelle es mi tía abuela.

Liz le dio otro trago a su copa.

–Gracias –dijo ella.

Cam le lanzó una mirada interrogativa.

–Gracias por habérmelo dicho –explicó ella–. A veces, me cuesta... no decir lo que pienso. Pero nunca diría nada malo de la tía abuela de nadie.

En esa ocasión, Cam no sólo sonrió, sino que comenzó a reírse.

–¿Qué es tan gracioso?

–No estoy seguro –contestó él, sonriendo–. No sé si es que me confirma lo que sospechaba, que es usted una mujer correcta hasta la médula. O si es porque considera a las tías abuelas como una especie de seres sagrados.

Liz hizo una mueca.

–Supongo que ha sonado un poco raro, pero ya sabe a lo que me refería. Por lo general, no me gusta meterme en temas personales.

Cam esbozó una expresión escéptica, pero no explicó por qué.

–Narelle puede cuidarse sola mejor que nadie. Lo que me llama la atención es que usted haya elegido una profesión que requiere gran diplomacia, si es que tiene tanta dificultad para no decir lo que piensa.

–Sí, bueno, también es un misterio para mí –admitió ella–. La verdad es que estoy aprendiendo a guardarme mis opiniones para mis adentros.

–Conmigo, no, ¿eh?

Liz bajó la vista y bebió un poco más de champán.

–Con toda honestidad, señor Hillier, nunca antes me habían dado el recado de decirle a mi jefe que... preferirían salir con una serpiente de dos cabezas.

Cam Hillier soltó un silbido.

–¡Debía de estar muy enfadada por algo!

–Sí... por usted. Además de eso, me ha molestado un poco lo que ha dicho sobre que ir a la fiesta le dejaría expuesto a que lo acosaran...

–Es por el dinero –le interrumpió él.

–Ya. Como su tía, no pienso creerme que es usted ningún angelito –comentó ella con ironía. De pronto, se encogió ante el inesperado flash de una cámara–. Si le suma a eso la posibilidad de que nos tomen por pareja y lo peligrosa que es su conducción por las callejuelas de Sídney, ¿le sorprende todavía que me cueste no decir lo que pienso?

–La verdad es que no –admitió él–. ¿Le gustaría abandonar el trabajo?

–Ah –dijo Liz y bajó la vista a su copa, dándose cuenta de que casi se lo había bebido todo–. En realidad, no. Necesito el dinero. Así que, si pudiéramos limitarnos al horario del trabajo y a las tareas habituales de una secretaria, se lo agradecería.

Cam lo pensó un momento.

–¿Cuántos años tiene? ¿Y cómo consiguió el trabajo?

–Tengo veinticuatro y soy diplomada en secretaría

de dirección. Era la mejor de mi clase, aunque le cueste creerlo.

–No me cuesta. Me di cuenta de que era muy inteligente por la forma en que tomó las riendas de la situación desde los primeros días.

–Bueno, gracias –repuso ella y le dio otro trago a su champán.

–Y Molly dice que es usted una especie de genio de las nuevas tecnologías.

–No tanto. Pero me gustan los ordenadores.

–Eso me hace preguntarme por qué hace trabajos temporales en vez de dedicarse en serio a su carrera –comentó él con aire meditativo.

Liz miró a su alrededor. Unas cuantas parejas había empezado a bailar y ella sintió la irresistible llamada de los tambores africanos. Deseó ser libre, tener una pareja con quien bailar, hablar, compartir los problemas... Alguien que le ayudara a sobrellevar su carga.

Necesitaba a alguien que le ayudara a vivir la vida. Había pasado tanto tiempo desde la última vez que había bailado, desde que se había soltado el pelo... que había olvidado lo que se sentía.

Como impulsada por un resorte, levantó la vista hacia su acompañante, que la estaba mirando con gesto interrogativo. Por un instante, Liz creyó que iba a pedirle que bailara con él. Y se imaginó en la pista de baile, meciéndose entre sus brazos.

¿Habría él adivinado la dirección de sus pensamientos? Y si así era, ¿cómo?, se preguntó Liz. Al parecer, su jefe estaba empezando a darse cuenta de que era un ser humano y no sólo un robot...

Ella apartó la vista, alarmada. No quería tener

vínculos con ningún hombre. No quería pasar por eso de nuevo. Estaba furiosa por haberle tenido que demostrar a Cam Hillier que era algo más que un mueble de oficina...

–¿Quién es Archie? –preguntó Liz, soltando lo primero que se le pasó por la cabeza para romper el flujo de sus pensamientos.

–Mi sobrino.

–¿Es amante de los animales?

–Mucho.

Liz esperó un momento, pero fue evidente que Cam Hillier no parecía dispuesto a seguir hablando de su primo.

Entonces, ella miró hacia la multitud y, de repente, una alta figura llamó su atención. Era un hombre... alguien que en el pasado lo había sido todo para ella. Al verlo, se giró de forma abrupta y le tendió la copa a su jefe.

–Disculpe, pero tengo que ir al baño –explicó ella y desapareció dentro.

Sin saber cómo, Liz se había perdido dentro de la mansión de Narelle Hastings. Había encontrado el baño y había pasado diez minutos intentando calmarse. Sin embargo, su turbación había sido tanta que no había podido pensar con claridad. Había salido, decidida a irse de la fiesta y se había topado con Narelle despidiéndose de algunos invitados. Entonces, había dado media vuelta y había atravesado varios pasillos, hasta llegar a la cocina. Por suerte, había estado vacía, pero ella sabía que en cualquier momento podían llegar los camareros.

Bueno, se iría por la puerta trasera, se dijo.

Al principio, le pareció una solución prometedora. La cocina daba a un patio de servicio, con la puerta al final del muro. ¡Excelente! Lo malo fue que se encontró la salida cerrada con llave.

Liz tomó aliento, temblorosa, dándose cuenta de que podía meterse en una situación muy embarazosa si la encontraban allí. ¿Cómo diablos iba a explicarles a Cam Hillier y, sobre todo, a su tía abuela que estaba dando vueltas por la casa a su merced?

De pronto, escuchó voces provenientes de la cocina. Dudó tener el valor necesario para volver a entrar y sopesó sus opciones. No era buena idea intentar saltar el muro que daba a la calle, pues podía caerle a alguien encima. Pero la casa de al lado, en cuya entrada de vehículos había aparcado Cam Hillier, se suponía que estaba vacía. Su jefe le había dicho que el dueño no estaba. Eso hacía que el muro que lindaba con ella fuera mejor opción. Lo único que tenía que hacer era trepar por el muro y, una vez en el jardín contiguo, salir por la cancela que había visto desde la calle. Pero... ¿cómo iba a hacer eso?

La puerta de la cocina se abrió y ella se ocultó en unas sombras, tensa. Un criado sacó una bolsa de basura y la dejó en un cubo verde, cerrando la puerta tras él.

El cubo le dio una idea a Liz. Podía pegarlo al muro, subirse encima de él y, así, saltar a la casa de al lado.

Igual que todo lo demás que le había sucedido en aquel día interminable, no era muy buena idea. Para empezar, justo cuando iba a ponerse en acción, salieron más criados de la cocina llevando más bolsas de basura. Eso le hizo reconsiderar el plan.

¿Y si conseguía saltar al otro lado y alguien se daba cuenta de que el cubo había sido movido de sitio?

Sin embargo, no podía seguir escondida en el patio trasero mucho tiempo más. Mirándose el reloj, se dio cuenta de que ya llevaba allí veinte minutos.

Liz se mordió el labio y apretó los puños, esforzándose por mantener la calma, casi segura de que iba a tener que entrar en la cocina de nuevo. Pero algo decidió la suerte por ella. Una voz dentro de la cocina avisó a los demás de que iba a cerrar con llave la puerta. Y ella oyó la cerradura.

Liz cerró los ojos un instante, antes de salir corriendo a por el cubo, ponerlo contra el muro y quitarse los zapatos. Se puso el bolso al hombro, tiró los zapatos al otro lado, se levantó la falta y subió al cubo. Trepar desde casa de Narelle era fácil, gracias a su invento, pero lo difícil iba a ser bajar a la casa adyacente. Descolgándose por la pared, intentó adivinar qué altura tenía.

Cuando sólo le quedaba un palmo para llegar al suelo, saltó. Pero perdió el equilibrio y se cayó. Justo cuando estaba incorporándose y examinándose las medias rotas y el rasguño en la rodilla, las puertas del paso de carruajes comenzaron a abrirse, acompañadas por el sonido del motor de un coche.

Liz se puso en pie y se quedó mirando las luces de los faros del lujoso coche que atravesaba las puertas y se paraba delante de ella.

La ventanilla del conductor, que quedaba a su lado, se abrió. Ella inclinó la cabeza y, al ver al hombre que había detrás del volante, comprendió...

–Ah. Ya entiendo. Ésta es su casa –señaló ella–.

¡Por eso, sabía que no habría problema con que aparcara en el camino de entrada!

–Elemental, Liz –repuso él, llamándola por su nombre de pila por primera vez–. Lo que es un misterio para mí es qué diablos estás haciendo aquí.

Capítulo 2

QUIÉN es él?
La pregunta quedó en el aire, mientras Liz miraba a su alrededor, sentada en un cómodo sofá de terciopelo color canela. Delante, tenía una mesita baja de madera, con un bonsái. Más allá, sobre la chimenea, un hermoso cuadro original de la escuela Heidelberg.

Había dos sillones a juego y otros muebles preciosos sobre los suelos de madera. Las ventanas daban a una elegante piscina con una fuente, altos cipreses y, a lo lejos, a las luces de la bahía de Sídney.

No era tan espectacular como la residencia de su tía abuela, pensó ella, pero era lujosa y elegante hasta decir basta.

Su propietario estaba sentado en un sillón delante de ella.

Se había quitado la chaqueta y la corbata, se había abierto los primeros botones de la camisa. Y había servido dos copas de coñac.

Liz se había limpiado como había podido en el baño de invitados. Se había quitado las medias rotas, se había lavado la herida de la rodilla y se había puesto una tirita.

No había podido encontrar uno de los zapatos...

hasta que lo habían hallado en un cubo de agua que, al parecer, el jardinero había dejado allí.

Hasta el momento, la única explicación que Liz había dado había sido que había visto a alguien en la fiesta con quien no quería encontrarse, que había intentado escapar y que le había salido el tiro por la culata.

—¿Él? —replicó ella pasados unos minutos—. ¿Qué le hace pensar que es un hombre?

—Vamos, Liz. ¡Si tu historia es verdadera, no puedo imaginarme que una mujer te provocara una reacción así! De todas maneras, te vi posar los ojos en un hombre y ponerte pálida antes de que... desaparecieras. Y, por cierto, con ello me pusiste en una situación un tanto embarazosa —añadió con tono seco.

—¿Le acosaron? —preguntó ella, abriendo mucho los ojos.

—No —negó él, mirándola con rencor—. Pero hice que Narelle te buscara en los baños. Se preocupó mucho.

—¿Y luego?

—No encontramos rastro de ti —explicó él, encogiéndose de hombros—. Así que imaginamos que habías pedido un taxi y te habías ido.

—Mientras, yo estaba escondida en el patio de servicio —comentó Liz con un suspiro—. De acuerdo, era un hombre. Nosotros... fuimos pareja, pero no salió bien y yo... no quería encontrármelo —balbuceó.

—Lo entiendo —repuso él, frunciendo el ceño—. ¿Pero por qué no me dijiste eso sin más? Podías haber salido por la puerta principal.

—Me sentía un poco confusa —confesó ella.

—¿Un poco? Yo diría más bien histérica... y eso no

tiene sentido. Te expusiste a que Narelle pensara que querías llevarte algo de su casa. Yo también podía haberlo pensado, si te digo la verdad. Podíamos haber llamado a la policía –señaló él–. Y me extraña que te comportes como una histérica, no pensé que fueras de esa manera...

Eso era porque él no conocía las circunstancias, pensó Liz, dándole otro trago al coñac.

–Los asuntos del corazón pueden ser... diferentes –explicó ella en voz baja–. Puedo ser un ejemplo de calma en unas ocasiones, pero en otras...

–¿Así que no eres una dama de hielo, después de todo? –observó él y, cuando Liz no dijo nada, añadió–: Acabo de recordar algo. Eres madre soltera, ¿no?

Liz lo miró de pronto con ojos fríos como el hielo.

–No lo digo para criticarte –se explicó él–. Sólo lo comento porque ahora entiendo por qué trabajas en empleos temporales nada más.

–Sí –afirmó ella y se relajó un poco.

–Háblame de ello.

Sujetando el vaso entre las manos, Liz se sintió inundada de calidez, como siempre le ocurría cuando pensaba en el milagro de su vida.

–Tiene casi cuatro años, se llama Scout... y es preciosa –señaló ella, sonriendo.

–¿Quién la cuida cuando estás trabajando?

–Mi madre. Vivimos juntas. Mi padre murió.

–¿Y lo lleváis bien así?

–Sí. Scout adora a mi madre y mi madre... bueno, a veces, también necesita que la cuiden –admitió Liz, pensativa–. En ocasiones, discutimos, pero nos llevamos bien.

–¿Y el padre de Scout?

Liz se sobresaltó ante la pregunta. Se puso tensa y tragó saliva.

–Señor Hillier, eso no es asunto suyo.

Cam la observó con atención, percatándose del cambio. Era obvio que el padre de Scout era un tema peliagudo para ella.

–Señorita Montrose, la forma en que escaló mi muro y cómo se recorrió entera la casa de mi tía abuela sí es asunto mío. Hay muchas cosas valiosas en ambas casas –le espetó él y la miró a los ojos–. Y todavía no he quedado satisfecho con la explicación.

–No... no entiendo a qué se refiere. No tenía ni idea de que ésta fuera su casa. Ni sabía que íbamos a ir a casa de su tía abuela esta noche –repuso ella con furor–. ¡Sólo una idiota decidiría dejarse llevar por el calor del momento para robar en ambas!

–O una madre soltera con dificultades económicas –puntualizó él y, cuando ella no fue capaz de articular una respuesta, añadió–: Una madre soltera con un gusto muy caro para la ropa, por cierto.

Liz cerró los ojos, furiosa consigo misma por haber sido tan tonta.

–No son caras. Mi madre las hace. ¡De acuerdo! –exclamó ella y echó la cabeza hacia atrás con decisión–. El hombre de la fiesta era el padre de Scout. Por eso me puse así. Llevaba años sin verlo y sin hablar con él.

–¿Lo has intentado?

–Sabía que lo nuestro había terminado –contestó Liz, meneando la cabeza–. Descubrí que yo sólo había sido una aventura para él. No me quedó otra elección que retirarme. Aunque, entonces, yo no...

–¿No sabías que estabas embarazada? –le interrumpió él con un toque cínico.

–Oh, sí lo sabía –replicó ella, ignorando su tono de voz. Tomó un sorbo más de coñac para tragarse las lágrimas.

–¿No se lo dijiste a él? –inquirió Cam, frunciendo el ceño.

–Sí se lo dije. Me contestó que debía abortar. Me ofreció... ayuda para hacerlo y, también... me dijo que iba a empezar una nueva vida con otra mujer y que se iba a mudar a otro estado. Yo le dije que no se preocupara, que podría arreglármelas. Y me fui. Fue la última vez que lo vi.

–¿No sabe que tuviste a la niña?

–No.

–¿No piensas decírselo?

–¡No! –exclamó ella, nerviosa, y dejó el vaso sobre la mesa–. Cuando Scout nació lo único que pensé fue que era mía. Él ni siquiera había querido que naciera, así que ¿por qué iba a compartirla? Sigo pensando lo mismo, pero... Un día, voy a tener que verlo desde el punto de vista de Scout –admitió–. Cuando sea mayor, puede que quiera saber quién es su padre.

–¿Pero no quieres que él lo sepa mientras tanto? Por eso, has tomado unas medidas evasivas tan extremas esta noche –comentó él–. ¿Crees que puede haber cambiado de opinión respecto a tener una hija?

–No lo sé –respondió ella con un pesado suspiro–. Pero Scout es tan encantadora, que nadie puede resistirse a ella. Se parece a su padre algunas veces. Hace poco leí un artículo sobre él en la prensa económica. Se está abriendo camino en los negocios y lleva cuatro años casado. No tienen hijos. Puede que sea una paranoica, pero temo que quieran quitarme a Scout.

–Liz –dijo él, incorporándose en su asiento–. Tú

eres su madre. No pueden... a menos que no seas capaz de mantenerla.

–Tal vez, legalmente, no. Pero hay otras maneras. Cuando crezca, es posible que Scout prefiera lo que ellos pueden ofrecerle. Ellos son ricos. Yo sólo... sobrevivo –admitió ella, con lágrimas en los ojos.

–¿Has superado vuestro fracaso, Liz?

Un completo silencio cayó sobre ellos, interrumpido sólo por la bocina de un barco en la bahía.

–No lo he olvidado ni lo he perdonado –reconoció ella, con los ojos perdidos en la lejanía–. Ni me he perdonado a mí misma por haber sido tan ingenua.

–Deberías hacerlo. Son cosas que pasan. Son lecciones de la vida.

Entonces, Liz observó con sorpresa un brillo de comprensión en los ojos de él.

Ella se humedeció los labios y tomó aliento para recuperar la calma. El que Cam Hillier no la estuviera juzgando la hizo emocionarse. Bajó la vista, luchando por contener las lágrimas.

De pronto, se dio cuenta, sin embargo, de que acababa de contarle todos sus problemas a un extraño, con la complicación añadida de que era su jefe.

Con una respiración temblorosa, Liz se enderezó.

–Lo siento –admitió ella–. Si quiere despedirme, lo comprendo. Al menos, ¿me cree ahora?

–Sí –afirmó Cam Hillier sin titubear–. Eh... no, no quiero despedirte. Te llevaré a tu casa –señaló, apuró el vaso de coñac y se puso en pie.

–No hace falta, tomaré un taxi –replicó ella, levantándose.

–¿Con un solo zapato? –preguntó él arqueando una ceja–. El otro está echado a perder.

–Yo...

–No discutas –sugirió él y se puso la chaqueta. Después de ti –señaló, indicándole que lo precedería para salir.

Liz se esforzó por caminar con toda la dignidad posible, a pesar de no llevar zapatos.

Cam la dejó en su casa y esperó a que ella entrara antes de irse. Observándola desde el coche, reparó en que sus piernas eran tan largas y bonitas como las de Portia. De hecho, aunque no fuera tan voluptuosa como Portia, era alta, de hombros rectos y de estrecha cintura. En conjunto, tenía una figura esbelta y elegante... ¿cómo no se había dado cuenta antes?

Tal vez, porque ella se había ocultado tras esas gafas de pasta, atuendos austeros y con cierto toque militar y el pelo siempre recogido en un moño apretado...

Con una mueca, Cam tuvo que admitir para sus adentros que, tras su apariencia distante de dama de hielo había una verdadera rompecorazones. Otra cosa de la que se había percatado era que Liz parecía sentir algo hacia él, le gustara a ella o no.

En cualquier caso, en poco menos de dos semanas dejaría el trabajo, pensó él. A menos...

A la mañana siguiente, Liz le sirvió a su hija un huevo pasado por agua con una cara dibujada. Scout aplaudió encantada.

–Debiste de llegar tarde anoche, Liz. No te oí llegar –comentó Mary Montrose.

Había sido una suerte que su madre no la hubiera visto, pensó Liz, sin muchas ganas de compartir con ella lo que le había pasado la noche anterior. Sobre todo, lo relacionado con su aspecto desarreglado, con el vestido rasgado, la herida en la rodilla y un zapato empapado.

En ese momento, le ofreció a su madre una versión abreviada de la noche.

Mary se incorporó en la silla con excitación.

–Una vez diseñé un vestido para Narelle Hastings. ¿Dices que es la tía abuela de Cameron Hillier?

–Eso me dijo él –respondió Liz sonriendo, mientras le quitaba la cáscara al huevo de su hija.

Su madre era una ferviente seguidora de la escena social.

–Veamos... –meditó Mary un momento–. Creo que Narelle era tía de su madre... es decir, su tía abuela. ¡Eso es! Me alegro de que esté bien. La verdad es que el clan Hastings Hillier ha sufrido un par de tragedias.

Liz le limpió la carita a su hija y le dio un beso en la nariz.

–Buena chica. ¡Te lo has comido muy bien! ¿Qué tragedias? –le preguntó a su madre.

–Los padres de Cameron murieron en un accidente de avión y su hermana en una avalancha en la nieve. ¿Cómo es él?

Liz titubeó, sin estar segura de cómo describirlo.

–Es normal –dijo Liz, despacio, y se miró el reloj–. Tengo que irme enseguida. Bueno, ¿qué vais a hacer hoy, chicas?

–Koalas –respondió Scout.

La niña tenía la piel clara, como su madre, y grandes ojos azules. Y era la viva imagen de la salud.

–¿Vais a comprar un koala? –preguntó Liz, fingiendo sorpresa.

–No, mami –le explicó la niña con cariño–. ¡Vamos a verlos en el zoo? ¿A que sí, abuela!

–Y a otros muchos animales, tesoro –confirmó su abuela–. ¡Lo estoy deseando!

Liz respiró hondo, pensando en lo mucho que le gustaría acompañarlas.

–A veces, no sé cómo darte las gracias –le murmuró Liz a su madre.

–No es necesario –aseguró Mary–. Ya lo sabes.

Liz parpadeó y se puso en pie, lista para irse a arreglar para el trabajo.

El piso en el que vivía con Scout y con Mary estaba en un barrio del centro de Sídney. Era cómodo y estaba cerca de todas partes, del centro histórico, de los parques y de la zona comercial y de ocio.

La casa tenía tres dormitorios y un pequeño estudio. Habían convertido el estudio en una habitación para Scout y el tercer dormitorio en un taller para Mary. Se parecía a la cueva de Aladino, pensaba Liz en ocasiones. Había pilas de ropas y telas de colores y tejidos maravillosos, además de una selección de botones, cuentas, lentejuelas, lazos y plumas de todos los colores.

Mary tenía una clientela fija para quienes creaba sus diseños. Pero las dos personas para las que más le gustaba coser eran su hija y su nieta. Por eso, aunque Liz apenas se gastaba dinero en comprar cosas para ella, nadie lo hubiera dicho a juzgar por su forma de vestir.

Ese día, Liz decidió que sería una tontería seguir escondiendo la originalidad y belleza de su vestuario. Para ir a trabajar, se puso unos pantalones negros ajustados y una blusa blanca y negra con medias mangas, con un cinturón en la cintura. Los zapatos eran negros, con plataformas de corcho. Escogió, también, un brazalete negro y plateado.

Cuando iba a recogerse el pelo delante del espejo, se lo pensó mejor. No tenía sentido hacerlo, después de que él la hubiera visto con el pelo suelto. Además, se puso las lentillas.

En el autobús de camino a la oficina, sin embargo, Liz no estaba pensando en su propio aspecto. Sólo podía pensar en Cam Hillier.

La noche anterior, no había podido dormir bien, reviviendo continuamente lo que había pasado.

Tenía que reconocer que él había sido... No había sido nada crítico, ¿no era así? Ella había metido la pata hasta el fondo, eso no podía negarse. No sólo en la fiesta, sino en su vida, con lo de Scout. Y eso podía invitar fácilmente al criticismo...

¿Qué pensaría él en realidad?, se preguntó Liz y, de inmediato, se dijo que a ella qué le importaba. Después de su fracaso estrepitoso con el padre de Scout, lo único que le había preocupado había sido su hija y había dejado de estar interesada en los hombres.

Sin haberse dado cuenta, incluso había perfeccionado una técnica para espantarlos. Se había convertido en una dama de hielo, pensó con ironía.

El precio que había tenido que pagar había sido muy alto. No sólo por la batalla para mantenerse a flote económicamente, sino porque se sentía culpable por tener que recurrir a su madre. Además, tenía la sensación de estar haciéndose vieja antes de tiempo y había creído que no volvería a tener la oportunidad de soltarse el pelo y disfrutar de la compañía masculina a causa de la amargura que impregnaba su alma.

Pero ¿por qué estaba pensando en un hombre por primera vez en años?

En ese momento, Liz revivió la imagen de Cam Hillier y tuvo que reconocer que le resultaba fascinante, pues sentía por él una mezcla de amor odio... Aunque, por supuesto, no podía ser amor. Sin embargo, justo cuando tenía deseos de tirarle un ladrillo a la cabeza por su arrogancia y su egoísmo, él hacía algo que le obligaba a cambiar de opinión. Como había sucedido la noche anterior. Cam Hillier no la había juzgado. La había escuchado con atención.

Había algo más que su aspecto imponente, sin duda. Ese hombre tenía un intelecto que funcionaba a la velocidad del rayo. Y tenía algo que la hacía sentir viva, aunque estuviera enfadada.

¿Pero qué importaba?, se dijo Liz, mirando por la ventana con aire ausente. En breve, dejarían de verse. Y, aunque siguiera trabajando para él, siempre estaría el obstáculo de Portia Pengelly. O, si no era Portia, de quienquiera que fuera su última conquista.

Diez minutos después, Liz llamó al ascensor para subir a las oficinas de Hillier Corporation. Cuando se abrieron las puertas y subió, se encontró de pronto sola con su jefe, mientras las puertas se cerraban sin hacer ruido.

—Señorita Montrose —saludó él.

—Señor Hillier.

Él la miró de arriba abajo, fijándose en su moderno atuendo, su pelo suelto y los labios pintados.

–No pareces la ladrona de casas de anoche –comentó él con una sonrisa.

Liz le lanzó una mirada asesina, bajó las pestañas y no dijo nada.

–Parece que ya estás recuperada, ¿no es así?

–Sí –contestó ella y se lo pensó un momento antes de añadir–: Gracias. Fue usted... –dijo y se interrumpió, sin saber qué palabra podría aplicársele–. Gracias.

–De nada.

El ascensor llegó a su destino y las puertas se abrieron. Sin embargo, por alguna extraña razón, ninguno de los dos se movió. Aunque no era tan raro, caviló Liz. Se parecía mucho a la sensación que había tenido en el coche la noche anterior, cuando se había visto atrapada en una burbuja de atracción hacia Cam Hillier.

Ese día, llevaba un traje diferente, gris, con una camisa azul pálido y una corbata plateada y azul marino. Pero estaba tan bien cortado y le quedaba tan bien como el otro. Los zapatos negros que llevaba relucían.

Pero no era cuestión de las ropas, reconoció Liz. Era el revés. Eso, añadido al aura de frescura que lo envolvía, recién duchado y afeitado, con el pelo recién peinado y sus ojos intensos...

Todo en él despertaba los sentidos de Liz, haciéndola desear tener contacto físico con él: una caricia, la mezcla de sus alientos mientras se besaban...

Entonces, ambos se miraron a los ojos y ella se dio cuenta de que Cam Hillier tenía la mandíbula tensa... Adivinó que él estaba luchando contra un impulso similar al suyo... Por la forma en que la había mirado la noche anterior, sabía que su jefe ya no la consideraba un mueble de oficina. Pero pensar que él pudiera sentir la misma atracción... era una sensación emocionante.

Las puertas del ascensor comenzaron a cerrarse, sacándolos de su ensimismamiento. Cam Hillier apretó un botón para que volvieran a abrirse e hizo un gesto para que ella saliera primero.

Eso hizo Liz, murmurándole las gracias. Ambos saludaron a Molly Swanson al llegar.

—Dame diez minutos, Liz. Luego, tráeme la agenda. Y café, Molly —ordenó Cam Hillier antes de meterse en su despacho.

—¿Cómo te fue anoche? —inquirió Molly a Liz—. Por cierto, ¡la señorita Pengelly ha llamado ya tres veces!

—Oh, cielos —repuso Liz con una mueca.

—El jefe necesita una esposa de verdad, no una de esas estrellas de cine. Además, es tan mala actriz que no sé cómo se ha hecho famosa.

Liz parpadeó pero, por suerte, el sonido del teléfono hizo que Molly se interrumpiera.

Ocho minutos después, Liz se mentalizó para presentarse ante su jefe con la agenda del día.

Se había servido un vaso de agua fría pero, en vez de bebérselo, había mojado el pañuelo para refrescarse las muñecas y la frente.

«Debo de estar loca», se dijo Liz. «Y él debe de estar loco sólo por considerar tener algo conmigo». O, tal vez, lo que pasaba era que Cam Hillier estaba buscando una sustituta para Portia...

Con tono estrictamente profesional, repasaron los compromisos del día uno por uno.

—De acuerdo. ¿Tienes preparados los informes para repartirlos en la reunión?

Ella asintió.

–Quiero que asistas. Habrá mucho papeleo que repartir y recoger. Y necesito que me lleves y me recojas de la comida con los Browich. No hay aparcamiento por allí.

–Bien –murmuró ella y titubeó un momento.

–¿Algún problema?

–¿Quiere que conduzca su coche?

–¿Por qué no?

–Si le soy sincera, señor, me sentiría fatal si le hiciera algún arañazo.

Cam Hillier se apoyó en el respaldo de su sillón.

–No lo había pensado. A mí me pasaría lo mismo, si te soy sincero –replicó él con una sonrisa–. Pues pide un coche del parque móvil que tenemos abajo.

–Creo que será mejor así.

Cam Hillier esbozó una sonrisa y Liz pensó que iba a decir algo gracioso pero, al instante, su expresión se tornó seria y la miró con gesto indiferente. Como si, de pronto, su empleada le sobrara.

Sin poder evitar sentirse incómoda, Liz se dio cuenta de algo. Aunque ella misma había pensado que sería una locura pensar en tener nada parecido a una relación con su jefe, lo cierto era que ansiaba sentirse tratada como... ¿Como qué? ¿Como una amiga?

Ella se aclaró la garganta.

–¿A qué hora quiere que salgamos?

–A las doce y media –respondió él y le dio la espalda.

La reunión era a las nueve y media. Liz y Molly prepararon juntas la sala de conferencias.

Todo salió según lo previsto. Liz hizo su papel, repartiendo y recogiendo documentos, sirviendo agua y café y recibiendo las efusivas gracias del vicepresidente de Mariscos Fortune. Ella se limitó a sonreír como respuesta, pero algo la incitó a mirar a su jefe, al que sorprendió observándola con un intenso gesto de desaprobación. Entonces, ella se sonrojó y él apartó la mirada.

No era posible que Cam Hillier creyera que estaba coqueteando ni nada parecido, ¿o sí?

Por otra parte, ser madre soltera conllevaba que muchos hombres albergaran la estúpida creencia de que, por ello, tenía que ser una mujer promiscua...

Cuando Liz llevó a su jefe a la comida en un Mercedes de la compañía, le pareció obvio que él no estaba de buen humor. Las razones eran confusas.

–Hmm... Conduces con mucha cautela, Liz.

Ella miró a la izquierda y a la derecha un par de veces antes de cruzar una intersección.

–No es mi coche, su vida está en mis manos, señor Hillier, y además respeto mi propia vida.

–La cautela excesiva también puede ser peligrosa –comentó él–. Roger conduce mejor.

Liz se empezó a enfurecer, pero no dijo nada.

–Si lo pienso bien, otra buena cualidad de Roger es que no debo preocuparme porque reciba proposiciones indecentes de uno de nuestros mayores clientes que, por cierto, tiene edad suficiente para ser tu padre. Ay, ve un poco más deprisa, Liz.

Fue la gota que colmó el vaso. Liz aparcó con cuidado en la acera, paró el motor y le tendió las llaves a su jefe. No gritó ni dio ningún portazo.

–Si quiere llegar a la comida con los Bromwich de

una pieza, es mejor que conducta usted. Y no vuelta a pedirme que lo lleve a ningún sitio más. Además, puedo manejarme con las propuestas indecentes yo sola, así que no es necesario que se preocupe por eso. En cuanto a sus comentarios sobre mi forma de conducir, resulta que yo pienso que es usted una amenaza en la carretera.

–Liz...

Ella lo ignoró, abrió la puerta y salió del coche.

DOS MINUTOS después, Cam estaba en el asiento del conductor. Liz no estaba segura de si estaba intentando contener su enfado o sus ganas de reírse de ella. Aunque sospechaba que era lo segundo.

–Bien –dijo él, incorporándose al tráfico de nuevo–. Llama a los Bromwich y diles que no voy.

–¿Por qué no? ¡No puede...!

–Sí puedo. De todas maneras, no me apetecía ir a esa maldita comida.

–¡Pero aceptó la invitación!

–Es igual. Estarán bien sin mí. Habrá doscientos comensales. De todos modos, habría pasado inadvertido entre la multitud –señaló él.

Eso era muy improbable, pensó Liz con ironía.

–¿Y qué les digo?

–Diles... –comenzó a responder él e hizo una pausa–. Diles que he tenido una pelea con mi secretaria, que me ha dicho que soy una amenaza. Y que, a consecuencia de ello, me siento dolido e incapaz de socializarme a gran escala.

–¡Entre otras cosas, eso es falso! –replicó ella con indignación.

–También puedes decirles que, como hace un día tan bonito, prefiero comer en la playa –continuó él con una sonrisa–. Iremos a comer pescado fresco. ¿Te gusta el pescado?

Liz levantó las manos con gesto de desesperación.

–Supongo que no puedo convencerle de que no es buena idea.

–Aciertas –replicó él y le dedicó una pícara sonrisa–. Tal vez, deberías haberlo tenido en cuenta antes de comportarte como una leona y entregarme las llaves del coche.

–¡Estaba usted... pasándose de la raya!

–Mmm... La verdad es que me siento un poco fuera de mí hoy –comentó él, frunciendo ceño–. ¿No te pasa lo mismo? Después de lo que pasó en el ascensor –añadió en voz baja.

Liz posó los ojos en la carretera y se preguntó qué pasaría si admitía que no tenía ni idea de cómo lidiar con la atracción que sentía. Sí, hacía mucho que no le sucedía algo así. Pero eso no significaba que no estuviera asustada. Lo estaba y mucho, pensó, cerrando los puños sobre el regazo.

Además, ¿qué podía conseguir si reconocía lo que sentía?

Que tuvieran una aventura, poco más. Cameron Hillier no iba a casarse con una madre soltera. ¡Casarse! Diablos, ¿en qué estaba pensando?, se reprendió a sí misma.

Por otra parte, al pensar en sus necesidades económicas, recordó que no tenía ningún empleo esperándola para cuando terminara su sustitución.

Debía salvar la situación como pudiera, sin perder el trabajo, se advirtió a sí misma.

–Me disculpo por haber perdido los nervios –dijo ella–. Es posible que no sea buena conductora. No he practicado mucho. Pero estaba haciéndolo lo mejor que podía –añadió y miró al cielo con resignación.

Cam Hillier la miró con atención y un gesto un tanto burlón.

–¿Eso es todo?

Liz tragó saliva, comprendiendo su indirecta. Ella estaba evitando hablar de lo que había pasado en el ascensor y él lo sabía.

–Eso me temo –insistió ella.

–Lo dices como si no quisieras hablar más del tema –observó él tras un momento de silencio–. En otras palabras, ¿no es posible que lleguemos a tener una relación, señorita Montrose?

–No –negó ella con voz apenas audible–. Oh –señaló y agarró el bolso... cualquier cosa con tal de romper la tensión–. Llamaré a los Bromwich... aunque tal vez sea demasiado tarde para encontrarlos.

–Así sea –afirmó él.

Liz sabía que no se estaba refiriendo a la comida que iba a perderse.

Tras un momento de titubeo, ella decidió que era mejor dejar clara su postura.

–En cuanto a lo de llevarme a comer, señor Hillier, si ha cambiado de idea lo comprendo.

–De eso nada. Para empezar, estoy hambriento. Y, como Roger y yo solemos comer a menudo cuando estamos en algún viaje de trabajo, no tienes por qué pensar que la oferta esconde segundas intenciones.

–¿Segundas intenciones?

Cam Hillier la miró con un brillo de humor en los ojos.

–No tienes por qué pensar que te invito para intentar seducirte... o romper tu escudo de hielo.

Liz se dio cuenta de que estaba sonrojándose sin remedio. Buscó refugio en la tarea de contactar con los Bromwich.

El restaurante al que la llevó su jefe tenía una terraza sobre la playa. Encontraron una mesa bajo una sombrilla, pidieron y se quedaron contemplando las aguas de la bahía.

Y Cam Hillier cumplió su palabra. No intentó seducirla con su conversación y, de alguna manera, consiguió que la comida fuera amena y amistosa.

Parecía un hombre muy distinto a como era otras veces, pensó Liz. No sólo había dejado atrás su pose arrogante de millonario, tampoco se comportaba con el mal humor que había mostrado en el coche.

—Bueno... —dijo él y se miró el reloj—. Volvamos a la oficina.

—Gracias por la comida —dijo ella, poniéndose en pie.

Cam Hillier también se levantó y, durante un breve instante, los dos se miraron a los ojos antes de apartar la vista y dirigirse hacia el coche.

Liz sabía que iba a tener que sufrir las consecuencias de aquella comida tan agradable, cuando no pudiera dormir esa noche.

Sin embargo, Scout, emocionada por todo lo que había visto en el zoo, cayó dormida apenas tocar la almohada. Liz le dio un beso en la frente y salió de su dormitorio sin hacer ruido. Pero, cuando se acostó, estuvo dando vueltas en la cama, sin poder dejar de revivir el día tan extraordinario que había compartido con su jefe.

Recordó cómo la brisa le había despeinado y

cómo, al verlo, a ella se le había puesto la piel de gallina. Y recordó cómo había fantaseado con que él la tocara el cuerpo desnudo al verlo juguetear con el salero con sus dedos fuertes y largos.

Debía superar aquellos sentimientos, se dijo Liz. Sobre todo, porque si dejaba el trabajo, la agencia no la llamaría tanto y eso afectaría a sus ingresos. Tenía que pensar en Scout y en lo mejor para ella. Una aventura fugaz con un hombre que no parecía capaz de comprometerse no sería buena idea. Al menos, él no había ido en serio con Portia Pengelly... la había estado usando y, más o menos, lo admitía.

Liz no había olvidado cómo se había sentido cuando se había dado cuenta de que la habían utilizado y le habían dicho que el aborto era la única salida en aquellas circunstancias...

Con la mirada fija en la oscuridad, cerró los ojos para no llorar.

No. No podía dejar que ningún otro hombre la hiciera daño.

Fue de gran ayuda que Cam Hillier estuviera fuera durante los dos días siguientes, pero cuando regresó, aún le quedaban a Liz dos semanas de trabajar allí.

Sin embargo, él parecía estar de mejor humor. Menos abrasivo con ella... y sin nada que delatara que, en una ocasión, se habían quedado paralizados en el ascensor, hipnotizados el uno con el otro.

¿Habría hecho las paces con Portia?, se preguntó Liz. ¿O habría encontrado una sustituta?

En cualquier caso, Liz estaba un poco más relajada. Incluso cuando se quedaron atrapados en un atasco de camino a una reunión de trabajo. Era un día nublado y había llovido toda la noche. Había habido un accidente en el camino y el tráfico estaba bloqueado por completo. Un helicóptero sobrevolaba la escena.

–Debe de haber sido un accidente grave –comentó ella–. Igual llegamos tarde.

Cam Hillier apagó el motor y se encogió de hombros.

–No podemos hacer nada –repuso su jefe con una paciencia poco común en él–. Cuéntame, ¿cómo fue tu infancia?

–Bueno... veamos –señaló ella con tono pensativo, diciéndose que no tenía nada de malo responder–. Mi padre era maestro, muy intelectual, mientras que mi madre... –explicó e hizo una pausa, porque solía resultarle difícil describir a su madre–. Mi madre es una persona muy creativa. Se le da muy bien hacer cosas con las manos... pero no es demasiado práctica –añadió y sonrió–. Podrían haberse llevado muy mal pero, sin embargo, hacían una pareja excelente. Ella lo animaba con sus ideas y él la hacía poner los pies en la tierra. Como maestro, le entusiasmaba la educación y me ayudaba mucho. Por eso, conseguí ir a una escuela privada, con una beca. También estudié en la universidad gracias a varias becas. Él...

–Continúa –la animó él.

Liz le lanzó una rápida mirada, preguntándose por qué estaría interesado en su vida... y por qué ella se la estaba contando.

–Yo pensaba que me parecía más a mi padre. Pasaba mucho tiempo con él, estudiando o leyendo. Pero ahora me doy cuenta de que también tengo muchas cosas de mi madre. Es muy buena cocinera y yo estoy aprendiendo, aunque no creo que nunca llegue a ser tan buena como ella.

–¿Y cómo pudiste licenciarte siendo madre soltera? –preguntó él.

Liz volvió a mirarlo. ¿Lo preguntaría sólo por curiosidad o...? De todos modos, ¿qué razón tenía para no responderle?

–Fue muy difícil, pero Scout me ayudó a mantenerme centrada. Me puse a trabajar a media jornada mientras estudiaba –explicó ella e hizo una pausa–: Tomaba varios empleos al mismo tiempo, toda clase de empleos.

–¿Como por ejemplo?

–Fui recepcionista en un taller de tatuajes –repuso ella con cierto aire nostálgico–. Mis compañeros me regalaron un ramo de flores cuando nació Scout. Y trabajé en una tienda de botellas. Y en un supermercado. Hice de niñera y de limpiadora –enumeró y se detuvo un momento–. Mi padre acababa de morir. No conoció a Scout... pero yo estaba decidida a licenciarme, porque sabía que mi padre se habría sentido muy decepcionado si no.

–¿Cómo conseguiste este trabajo?

–Cuestión de suerte. Uno de mis profesores tenía contactos en la agencia y sabía el tipo de sustitutas que necesitaban. Me enseñó todo sobre las secretarias personales de dirección, mi madre se ocupó de coserme un vestuario apropiado y... *voilá!*

–Seguro que te ayudó mucho ser tan inteligente –observó él, casi hablando solo–. Supongo que te tomas días libres entre una sustitución y otra, ¿no?

Ella asintió.

–Siempre intenté reservar un par de semanas de

vez en cuando, no sólo para darle un respiro a mi madre, sino para pasar más tiempo con mi hija.

–¿Y tu madre sigue haciéndote la ropa?

–Sí. Ella me había hecho la chaqueta que llevé a la fiesta –explicó Liz–. La verdad es que la diseñó para un empleo de fin de semana que tuve como cajera en un restaurante de primera categoría.

–¿Y el padre de Scout? ¿Has vuelto a verlo?

Liz meneó la cabeza, sintiéndose incómoda.

–Me pregunto si se ha mudado a Sídney. Tal vez, por eso estaba en la fiesta de tu tía abuela.

–Puedo enterarme, si lo deseas. Pero, aunque esté aquí, Sídney es una ciudad muy grande –comentó él y le lanzó una mirada interrogativa.

–No, gracias. Prefiero dejar las cosas como están. Oh, mira. Están desviando el tráfico. Todavía puede que lleguemos a tiempo.

Cam Hillier parecía a punto de decir algo, pero se limitó a encogerse de hombros y encendió el motor del coche.

Esa misma noche, Liz escuchó una entrevista en la radio con el padre de Scout en la que él hablaba sobre la economía, pues era economista, pero también comentaba que había vuelto a vivir a Sídney, después de haber pasado unos años en Perth. Y afirmaba que todavía no tenía hijos, pero que su esposa y él querían tenerlos.

Liz apagó la radio y se forzó a no pensar en el miedo que la atenazaba por dentro.

A la mañana siguiente, su jefe le hizo una petición poco habitual. Antes de su cita con el director de recursos humanos de la compañía, Cam Hillier recibió una llamada de teléfono que no parecía tener nada que ver con el trabajo.

–¿Rompió la ventana? –dijo Cam al teléfono, arqueando las cejas–. No creía que fuera tan fuerte como para... Bueno, no importa. Dile que no lo vuelva a intentar hasta que yo llegue –añadió, colgó y se quedó mirando a Liz con aire ausente durante unos minutos, pensativo.

Liz bajó la vista hacia su vestido, buscando si tenía algo raro para que él la mirara así. Era un traje de chaqueta veraniego, con falda recta. Pero no tenía nada raro, ni botones desabrochados, ni se le veía el sujetador, ni nada parecido. Así que volvió los ojos hacia su jefe con gesto interrogativo.

Cam Hillier tamborileó los dedos sobre la mesa.

–¿Recuerdas una canción sobre un boomerang que no volvía?

–No –negó ella, después de pensarlo un momento.

–Yo, casi. Intenta encontrármela, por favor.

Antes de que Liz pudiera responder, apareció el jefe de recursos humanos.

Más tarde, Liz le informó de que había encontrado la canción del boomerang y le gustaba bastante.

–Es una vieja canción. Fue escrita por Charlie Drake –señaló ella–. El boomerang no sólo no volvía, sino que golpeaba al doctor Volador.

–Excelente –contestó Cam Hillier.

Pero no explicó nada más, dejando a Liz intrigadísima.

Algunos días después, él volvió a sorprenderla.

Liz estaba un poco preocupada porque, justo antes

de irse a trabajar, había leído por error una nota que iba dirigida a su madre. Era de una vieja amiga de su madre que tenía una escuela de baile e iba a celebrar un festival. Le preguntaba a Mary si estaba interesada en hacer el vestuario. Eso significaría unos tres meses de trabajo, rezaba la nota.

Pero Mary Montrose había escrito su respuesta en el dorso del papel.

Lo siento mucho. Me habría encantado, pero no tengo tiempo. Un saludo afectuoso...

Mary no la había enviado todavía.

Al pensar que su madre no había aceptado el trabajo a causa de Scout, Liz se encogió. ¿Pero qué podía hacer? Scout se pasaba dos mañanas a la semana en la guardería privada, era lo más que ella se podía permitir, pues no había centros infantiles públicos. Y aquellas dos mañanas libres no bastarían para que Mary pudiera aceptar aquel encargo tan apetecible.

Liz había dejado la nota sobre la mesa, sintiéndose culpable y desgraciada, y se había ido a trabajar.

Al llegar, había repasado la agenda del día con su jefe y, a continuación, él le había pedido que le enseñara la agenda para el día siguiente.

Liz le había entregado la libreta.

Cam Hillier la había estudiado en silencio durante un minuto o dos.

—Anúlalo todo —pidió él y le devolvió al libreta.

Liz se puso pálida.

—¿Todo?

—Eso he dicho —repuso él y se recostó en su silla.

—Pero... —balbuceó Liz y se mordió el labio. Había

al menos diez citas que cambiar. Había tres reuniones importantes entre ellas, que implicaban a otras personas, así que la cancelación produciría un efecto dominó de caos y llamadas. Tragó saliva–. De acuerdo. Eh... ¿y qué va a hacer mañana? Quiero decir... ¿qué excusa quiere que ponga? El señor Hillier ha tenido que atender un asunto urgente o...

Liz se quedó callada y lo miró.

Él tenía esa sonrisa maliciosa tan característica.

–Sí. Y dilo así, con ese tono tan aristocrático y bien educado. Convencerás a cualquiera.

–Yo no hablo... ¿Está diciendo que soy una estirada?

–Sí, así es –respondió él, arqueando una ceja–. Seguro que es por la escuela privada.

Liz hizo una mueca y, tras un instante, cambió de tema.

–¿Quiere decirme qué va a hacer mañana, señor Hillier, o prefiere mantenerme en la ignorancia?

–Lo segundo sería difícil, pues vas a acompañarme. Voy a ir a Yewarra y necesitaré tu ayuda.

–¿Yewarra?

–Es una finca que tengo en las Blue Montains.

–Las Blue... –comenzó a decir Liz y, al darse cuenta de que lo estaba repitiendo todo como un loro, cerró la boca–. ¿Cuánto tiempo nos llevará?

–Sólo un día... sólo una jornada de trabajo –replicó él y se encogió de hombros–. Saldremos de aquí a las ocho de la mañana y volveremos por la tarde. No hace falta que te arregles.

–¿Planea conducir hasta allí?

–Sí. ¿Por qué no?

Liz se retorció inquieta.

–Preferiría no sentirme como si estuviera volando a ras del suelo cuando voy en su coche.

–Prometo obedecer los límites de velocidad –señaló él con una sonrisa–. De todas maneras, tengo un buen coche y soy un buen conductor.

Liz abrió la boca para hacer algún comentario sobre su modestia, pero cambió de idea. Había aprendido que no era posible anticiparse a las posibles reacciones de Cam Hillier ante una confrontación...

–Bueno –dijo él y se recostó en el asiento, con las manos detrás de la cabeza–. Sólo faltan tres días para que vuelva Roger... completamente recuperado de su enfermedad, según me ha dicho.

–Sí.

–Y tú te irás, Liz.

–Así es.

–Pero hemos trabajado bien juntos –afirmó él, se incorporó e hizo un gesto con la mano–. Bueno, menos ese par de veces en que te tuviste que contener para no abofetearme –puntualizó, con un brillo malicioso en los ojos.

–Me parece que nunca va a dejar de echármelo en cara... así que igual es mejor que vuelva Roger cuanto antes.

Entonces, antes de que él pudiera sorprenderla con su respuesta, la puerta se abrió de golpe y Portia Pengelly irrumpió en el despacho.

–Cam, he venido a hablar contigo... ¡Oh! –dijo Portia y se quedó paralizada al ver a Liz. Entonces, comenzó a caminar despacio, como si estuviera en una pasarela, vestida con un elegante traje de seda negro y una rebeca de color melón a juego con el bolso–. ¿Quién es ésta?

Liz se puso en pie y agarró la agenda.

–Trabajo aquí. Bueno, si eso es todo, señor Hillier, volveré a mi puesto. Disculpen –dijo Liz y salió del despacho, pero no lo bastante rápido como para no escuchar a Portia suplicarle a Cam con tono apasionado.

Salieron a las ocho en punto de la mañana el día siguiente.

Liz llevaba una camiseta de manga corta con un estampado blanco y negro y vaqueros, conjuntados con una rebeca, un bolso de cuero y zapatos bajos de cuero.

Cam Hillier también se había puesto vaqueros, con una camiseta de punto, y llevaba una chaqueta de cuero en el asiento trasero del coche.

No hablaron mucho mientras salían de la ciudad, conduciendo con más prudencia que en la ocasión anterior, observó Liz y se relajó un poco. Cuando dejaron atrás Penrith, la carretera empezó a subir hacia las hermosas Blue Montains.

Liz había leído en alguna parte que su color azul era resultado de los aceites que impregnaban el aire provenientes de los bosques de eucaliptos.

Mientras se iban acercando, el paisaje era cada vez más idílico y seductor, con cierto aire de paraíso escondido.

Y, en cierta forma, lo había sido. Hasta 1994, sus valles remotos y aislados habían escondido el secreto del pino Wollemi, un fósil viviente que se decía que provenía de la era de los dinosaurios.

–¿Cuál será tu próximo trabajo, Liz? –preguntó Cam Hillier de pronto, en medio del silencio.

–No tengo ninguna sustitución prevista todavía. Pero estoy segura de que saldrá algo –afirmó ella–. A veces, es difícil predecirlo.

–¿Y cómo te las arreglas si no te sale nada durante un tiempo?

–Me las arreglaré –contestó ella, sintiéndose incómoda–. Le agradezco mucho su interés, pero creo que es mejor que dejemos el tema, por favor. Me iré dentro de un par de días y va a resultarme difícil mantener la relación en el terreno estrictamente profesional si seguimos adentrándonos en temas personales.

–¿Profesional? –repitió él y condujo un kilómetro más en silencio–. Desde hace tiempo, creo que ha dejado de ser sólo eso.

–¿Qué quiere decir?

Cam Hillier la observó un momento.

–Creo que Narelle tenía razón. No estamos hechos para ser jefe y empleada. Hay, por llamarlo de alguna manera, cierta clase de electricidad entre nosotros. Comencé a sentirlo hace unas dos semanas, cuando te soltaste el pelo y te pusiste aquella chaqueta mágica para ir a la fiesta.

Capítulo 4

L IZ SE quedó boquiabierta.
—Y continuó a la mañana siguiente en el ascensor —prosiguió él y tomó un desvío—. De hecho, nunca ha desaparecido. A pesar de tus esfuerzos por enfriar las cosas.

Liz se dio cuenta de que habían atravesado el hermoso pueblo de Leura sin que ella se percatara y habían tomado una carretera comarcal. También, reconoció que era imposible negar lo que él afirmaba.

—Mire —comenzó a decir ella, bajando la vista—. Sería una locura que quisiéramos tener una relación.

Cam esbozó una sonrisa, fugaz y llena de picardía.

—Las cosas no funcionan así.
—Somos dos adultos en nuestros cabales.
—Pero podemos elegir, ¿no es así?

Cam aminoró la marcha, giró y se detuvo delante de unas puertas de hierro forjado.

—¿Es aquí? —preguntó ella.
—Aquí es —repuso él y apretó un mando a distancia para abrir las puertas—. Bienvenida a Yewarra, Liz.

Durante un momento, Liz tuvo la urgencia de escapar... escapar de su coche, de su finca y del mismo

Cam Hillier. Se sintió abrumada, como si estuviera perdiendo el control de la situación por completo.

Momentos después, sin embargo, se dejó seducir por el paisaje mientras él conducía despacio por el camino de grava.

Había flores blancas y azules bajo unos árboles majestuosos. Había jazmín y madreselva trepando por jacarandas en flor. Y gardenias y rosas. Era una mezcla arrebatadora de colores y aromas.

–Esto es... precioso –señaló ella, mirándolo.

–Gracias –replicó él y sonrió–. Es una especie de tributo a mi madre. Lo hice en honor a su amor por los jardines y su innato sentido del refinamiento, gracias a lo cual pudo sobrellevar la dura vida que compartió con mi padre.

Cam aparcó junto a una fuente. Detrás, había una casa de dos pisos, de piedra, con ventanas enmarcadas en madera y barrotes de hierro forjado. La puerta principal lucía la bonita talla de un delfín y los manillares eran de bronce.

–La casa tampoco está mal –comentó ella con una sonrisa–. ¿La construiste tú?

–No. Y apenas la he cambiado nada. Bueno, sólo eso –añadió él y señaló a la fuente–. Antes, era un coro nauseabundo de damas desnudas persiguiendo querubines.

Liz se quedó mirando la fuente, en la que un delfín de bronce dejaba salir el agua con total sencillez.

–¿Tienen algún significado especial para usted los delfines?

Cam pensó un momento antes de responder.

–Supongo que no es tan raro para alguien cuyas raíces proviene de gente del mar.

Liz recordó los cuadros que él tenía en su despacho de Sídney.

–Ha llegado usted muy lejos desde entonces –observó ella.

En ese instante, la puerta principal se abrió de golpe y un niño de unos cinco años salió, saludando con la mano muy excitado mientras una niñera lo sujetaba.

Liz abrió los ojos como platos.

–¿Quién...? –comenzó a preguntar y se mordió la lengua, pues no quería ser indiscreta.

–Ése es Archie –indicó Cam–. Es el hijo de mi difunta hermana. Lo he adoptado.

Cam Hillier abrió la puerta del coche y salió, justo cuando Archie escapaba a las manos de la niñera y salía corriendo hacia él.

–¡Cam! ¡Cam! ¡Me alegro de verte! ¡Wenonah ha tenido seis cachorros, pero sólo me dejan quedarme uno!

Cam tomó en brazos a su sobrino y lo abrazó.

–Pero piensa en los otros cinco niños que están deseando tener un cachorro. No puedes quedártelos todos.

Liz parpadeó. Había asumido que su sobrino Archie sería mayor. No había esperado que Cam Hillier se sintiera tan cómodo con un niño de cinco años...

–Supongo que sí –repuso el pequeño en voz baja–. Bueno, igual no me importa –añadió y abrazó a su tío–. ¿Te vas a quedar?

–Esta noche, no –contestó Cam y, para animarlo, añadió–: Pero volveré el fin de semana. Archie, te presento a Liz. Trabaja para mí –indicó, poniendo al niño en el suelo.

–¿Cómo estás, Liz? –saludó el pequeño con impecables modales–. ¿Quieres ver mi casita de los animales?

Tanto Cam como la niñera abrieron la boca para intervenir, pero Liz se les adelantó.

–¿Cómo estás, Archie? Me gustaría mucho.

Archie le dio la mano.

–Está por aquí. Te lo enseñaré.

–No tardes mucho, Archie –le dijo Cam–. Liz y yo tenemos que trabajar.

La casita de los animales era una parcelita vallada, no muy lejos de la casa. El tejado era de red y estaba sombreado por varios arbustos. Dentro, tenía varios troncos huecos y caminitos hechos de grava. Había allí conejos y una familia de cobayas en una jaula que imitaba a un castillo, con toboganes, campanitas y ruedas. También, había una cacatúa con la cresta azul y un vocabulario muy limitado, aunque sabía saludar. Y un estanque con una pequeña cascada, piedras, plantas acuáticas y seis ranas. En otro estanque, nadaba una carpa.

–¿Lo has hecho todo tú? –preguntó Liz, fascinada, pensando en lo mucho que le gustaría a Scout.

–No, tonta. Sólo tengo cinco años –contestó Archie–. Cam lo hizo casi todo. Pero yo lo ayudé. Toma –añadió y le entregó una cobaya–. Éste es Golly y ésta... –indicó y sacó otro del castillo– es Ginny. Es su esposa y ésos son todos sus hijos.

–Muy bien –repuso Liz, acariciando a Golly–. ¿Y dónde está Wenonah? ¿Y sus cachorros?

–En los establos. Wenonah se porta un poco mal con los conejos y eso. Le gusta perseguirlos. Pero yo voy a enseñarle al cachorrito que me quede a no hacerlo. Lo que pasa es que... –comenzó a decir Archie y frunció el ceño–. No sé si quedarme con un chico o con una chica.

–Tal vez, Cam pueda aconsejarte.

La carita del niño se iluminó.

–Sí, él siempre tiene buenas ideas. ¡Mira, esto sí que es especial, mi lagarto de lengua azul!

–¡Oh, vaya! –exclamó Liz y dejó a Golly en su sitio, poniéndose en cuclillas–. ¡Es precioso!

Poco después, Cam los encontró de rodillas, riendo juntos mientras intentaban convencer a Wally, el lagarto de lengua azul, de que saliera de su jaula.

Liz levantó la vista y se puso en pie, sacudiéndose las rodillas.

–Lo siento, pero esto es fascinante. Estaba pensando en lo mucho que le gustaría a Scout.

–¿Quién es Scout? –preguntó Archie–. ¿Le gustan los animales?

–Es mi hija y le encantan los animales.

–Deberías traerla para que juegue conmigo –sugirió el pequeño.

–Oh...

Cam intervino.

–Ya veremos, Archie. ¿Puedo llevarme ya a Liz?

Archie aceptó, a regañadientes.

–Has triunfado con él –comentó Cam mientras caminaba con Liz hacia la casa.

–Es muy fácil contagiarse del entusiasmo de los niños –afirmó Liz de buen humor.

Cuando atravesaron las puertas de la casa, Liz contuvo un grito de sorpresa.

La entrada conducía a un gran salón con una chimenea y varias alfombras de aspecto valiosísimo sobre un suelo de piedra. También los adornos y los cuadros parecían de un valor incalculable. Los tonos de la habitación eran cálidos y acogedores: crema y terracota, con pinceladas de verde menta.

Pero fueron los grandes ventanales, que llegaban desde el suelo al techo y sus vistas lo que más maravilló a Liz.

El valle se extendía ante sus ojos, bajo la luz de la mañana en todo su esplendor.

–Es... impresionante –comentó ella–. ¿Has conseguido acostumbrarte a algo tan increíble?

–La verdad es que no. Cambia con la luz, la hora del día, la estación del año. Esto... el estudio está por esas escaleras.

El estudio resultó ser otra sorpresa para Liz. Las vistas eran bastante distintas: daban a un jardín y a un cercado de madera con caballos pastando y moviendo las colas. Más allá del cercado, había un edificio alargado que parecía ser el establo.

Girándose desde la ventana, Liz miró a su alrededor. Había estanterías con libros en dos de las paredes. En las otras paredes, había cuadros muy similares a los del despacho de Cam Hillier en Sídney, con caballos y barcos pesqueros.

La alfombra era azul y las sillas que había a ambos lados del escritorio eran de cuero color azul. Liz y Cam se sentaron allí.

–No sé cómo consigue dejar esto para ir a Sídney –señaló ella, mientras él le servía una taza de café de un termo–. ¿La casita de los animales fue idea suya?

–Más o menos –repuso él y se sirvió su taza–. A Archie siempre le han gustado los animales, así que se me ocurrió hacerle un sitio adecuado para ellos –explicó y bajó la vista–. Creo que también le ha ayudado a superar la pérdida de su madre.

Liz titubeó y, al fin, decidió no comentar el tema.

–Bueno, he venido a trabajar, así que... –comenzó a decir ella y se interrumpió al darse cuenta de cómo la estaba mirando su jefe: de brazos cruzados y con un brillo de picardía en los ojos...

Entonces, la conversación del coche volvió a su mente. De golpe, recordó lo que habían estado hablando antes de que ella se sintiera cautivada por el entorno y antes de que Archie llamara su atención con la casita de los animales.

Liz cerró los ojos y notó cómo se sonrojaba.

–Dejemos el tema, señor Hillier. Me niego a hablar de esto.

–¿Por qué? No podemos negar lo que sucedió.

–Fue una aberración –repuso ella con tono frío, tomando de nuevo el papel de dama de hielo.

Él sonrió... con una mezcla letal de seducción y picardía.

–¿Crees que sólo fue una casualidad pasajera?

–Bueno... –contestó Liz, pensando rápido–. Acababan de dejarle sin previo aviso. ¿Tal vez fuera por eso?

–En esos momentos, no era Portia lo que yo tenía en la cabeza –aseguró él, tamborileando los dedos sobre el escritorio. Se encogió de hombros–. Puede que suene...

–Suena como si ella no le hubiera importado nada –le interrumpió Liz.

–Portia pensaba que, a cambio de sus... encantos, podría convencerme para que invirtiera en una línea de ropa. De bañadores, para ser exactos. Tenía pensado diseñarlos y, sin duda, posar con ellos –explicó él con tono seco–. Cuando estudié el mercado, descubrí que estaba saturado y que no sería un buen negocio. A pesar de que yo nunca le había prometido nada, a ella le pareció que yo... me había aprovechado.

Liz parpadeó.

–Pareces sorprendida –comentó él, arqueando las cejas.

–Lo estoy –confesó ella.

–¿Creías que Portia estaba furiosa conmigo a causa de otra mujer? –preguntó él, con cierto tono burlón.

Liz se mordió el labio, sintiéndose molesta por su tono.

–Bueno... sí. ¿Pero de veras esperaba que ella siguiera saliendo con usted?

Cam Hillier se pasó la mano por el pelo con gesto compungido.

–Sí... me equivoqué –admitió él–. Creí que, al menos, Portia confiaría en mis razones para no invertir –añadió y se encogió de hombros.

–Entiendo –replicó ella, incómoda por no saber qué otra cosa podía decir.

Cam se apoyó en el respaldo y esbozó una débil sonrisa.

–Todo ha terminado entre nosotros.

–¡Pues ayer no lo parecía! –puntualizó ella.

–Pero así es. Créeme –afirmó él con gesto serio.

Liz se estremeció al ver cómo él apretaba la mandíbula y supo que no tenía razón para dudarlo.

–Aunque estoy seguro de que Portia no tendrá

dificultades para encontrar a otra persona --adivinó él e hizo una pausa, clavando su penetrante mirada en Liz--. Y es probable que tarde menos que yo, ya que tú te obcecas en comportarte como la dama de hielo.

Liz abrió la boca sorprendida.

--¿Cómo...?

Cam se encogió de hombros.

--Nos conocemos desde hace casi un mes. Sé muy bien cuándo representas el papel de mujer inaccesible.

Liz parpadeó varias veces sin saber qué decir y abrió la boca, sin conseguir articular palabra.

--No te preocupes, lo dejaremos por ahora. ¿Qué tal se te dan los caballos?

Liz tardó un momento en responder, por lo inesperado de la pregunta.

--No sé por qué lo pregunta, pero me gustan los caballos. Montaba de niña. Sin embargo, si va a preguntarme por los barcos pesqueros, nunca he ido en uno ni tengo intención de hacerlo.

--¿Por qué iba a preguntarte eso? --replicó él, arqueando las cejas.

Liz señaló a los cuadros de las paredes.

--Parece que siempre van de la mano en su trabajo. Caballos y barcos. Y, tal vez, como no sé de qué va esta conversación, creí que me lo preguntaría a continuación.

--No. Pero supongo que tienes razón. Las dos cosas son importantes para mí. Heredé una flota pesquera de mi padre y eso hizo posible que pudiera invertir en caballos.

Liz lo miró.

–¿Y lo de Shakespeare?

–¿Te has dado cuenta? –inquirió él, impresionado. Ella asintió.

–Es por mi madre –respondió él–. A ella le encantaba Shakespeare.

–Ah –dijo Liz y se quedó un rato en silencio–. ¿Va a decirme por qué me ha preguntado si me gustan los caballos? ¿Y por qué tengo la sensación de que me ha traído aquí bajo falsas pretensiones? –quiso saber, pensando que nada era lo que parecía.

–La verdad es que necesito contratar a alguien. ¿Te gustaría encargarte de dirigir este lugar, Liz?

Eso sí que no se lo esperaba ella, que se quedó sin palabras.

–No es un empleo de ama de llaves, sino logístico –continuó él–. Uso mucho la casa para hacer fiestas. Tengo un buen equipo de criados, pero necesito que alguien se encargue de coordinar las cosas aquí y en los establos.

–¿Y... eso? –balbuceó ella, perpleja–. Yo no soy experta en caballos.

–No se trata de lo que hagas con los caballos en sí. Tenemos tres sementales y veinte yeguas. Además, vienen yeguas de fuera para ser montadas y tienen aquí a sus potros. Todo el papeleo necesario para llevar registro de ello es muy trabajoso. Así como comprobar el pedigrí de las posibles yeguas para nuestros sementales. Necesito a alguien que pueda organizarlo todo en un programa informático.

Liz respiró hondo, sin decir nada.

–Tengo que liberar al encargado de los establos y a los criadores de caballos del papeleo y, de paso, librarles de toda la gente que entra y sale a todas horas de aquí.

—Ah —fue lo único que consiguió decir Liz.

Cam le lanzó una breve mirada irónica y continuó:

—Hay una cómoda casita para empleados que iría con el empleo, lo bastante grande para ti, para Scout y para tu madre. Incluso tienes aquí un amigo para Scout, Archie —señaló él, mirándola con intensidad.

—Pero... —comenzó a decir ella y se aclaró la garganta—. ¿Por qué yo?

—Me has impresionado —afirmó él y se encogió de hombros—. Eres tan buena como Roger o, incluso mejor. Creo que es una pena que derroches tu talento como secretaria. Tu capacidad organizativa y tu don de gentes son muy adecuados para el puesto que te ofrezco.

—Yo... —balbuceó ella y respiró hondo—. No sé qué decir. No me lo esperaba.

—Hablemos del sueldo, entonces —continuó él y le hizo una oferta más que generosa.

Y difícil de rechazar...

—Tendremos un periodo de prueba de tres meses —prosiguió él y sonrió—. Así podrás comprobar si echas de menos demasiado la ciudad o lo que sea.

—Si no traigo a mi madre... —comenzó a decir ella, deteniéndose a mitad de frase.

—¿Por qué no ibas a traerla?

Liz le contó lo de la nota que había encontrado en casa.

—Ha sido muy buena conmigo, pero yo sé que a ella le encantaría ocuparse de ese encargo. Me gustaría que pudiera hacerlo... pero no sé cómo —confesó

Liz y meneó la cabeza–. Si se viene aquí, tampoco va a poder dedicarse a lo que le gusta.

–Podrías compartir la niñera de Archie para que cuide a Scout.

Liz se quedó mirándole, llena de incertidumbre.

–¿Por qué lo hace... en realidad? ¿Qué es lo que espera de mí a cambio?

–¿A qué te refieres? –preguntó él en tono apenas audible.

–¿Incluiría el empleo acostarme con mi jefe?

Sus miradas se entrelazaron y Liz percibió cómo la expresión de él se endurecía.

–Querida Liz, si crees que tengo que llegar tan lejos para conseguir eso, te equivocas.

–¿Qué quiere decir?

–Sabes tan bien como yo que, si nos diéramos la mínima oportunidad, ninguno de los dos podría resistirse. Pero, si prefieres continuar caminando por la vida sola, adelante –añadió él con tono duro.

Liz apretó los dientes.

–Es usted quien lo ha dicho –replicó ella, acalorada.

–Al menos, soy honesto.

–Yo no soy deshonesta.

–Es verdad –repuso él y se quedó esperando su respuesta.

Ella apretó los dientes.

–Lo que quiero decir es que algunas personas creen que ser madre soltera significa ser... una mujer fácil.

Liz pensó que Cam Hillier no podría sorprenderla de nuevo con su respuesta. Pero se equivocó.

–Sé bastante sobre madres solteras. Mi hermana lo era y, por eso, comprendo por lo que estás pasando, Liz Montrose.

Ella abrió la boca. Y la volvió a cerrar. ¡Así que aquello explicaba la acogida comprensiva que él le había mostrado cuando le había contado su historia!

–Y, para ser completamente honesto, también creo que serías una buena influencia para Archie –señaló él–. Yo no puedo estar con él todo lo que debería. Empieza el colegio el año que viene, así que nos distanciaremos todavía más. Quiero que este último año antes de ir al colegio sea memorable para él. Quiero que sea feliz.

–Usted no sabe... ¿Cómo sabe que yo sería buena para él?

Cam se apoyó en la silla.

–Te he visto con él hace un momento. Desde el primer momento en que hablaste de tu hija, sé lo mucho que significa para ti. Se te ilumina la cara sólo con decir su nombre.

–De todas maneras... ¡Es todo demasiado rápido!

–La habilidad de darme cuenta de las cosas y tomar decisiones rápidas es, en parte, el secreto de mi éxito.

–Qué modesto –se burló ella.

–Lo sé –replicó él con un brillo de humor en los ojos.

–Bueno...

–Con permiso... –dijo una mujer en la puerta, interrumpiéndolos–. La comida está lista, señor Hillier. La he servido en la cocina, si le parece bien.

Cam Hillier se levantó.

–Muy bien, señora Preston. Gracias.

Era una cocina enorme, con paredes de ladrillo y el suelo de madera. Había plantas en vasos con agua junto a la ventana y un gran armario antiguo albergaba una colección de porcelana china. Todos los electrodomésticos eran modernos, de acero inoxidable.

Había una mesa en un lado de la habitación, con seis sillas.

La señora Preston, con aspecto saludable, cabello gris y mejillas sonrosadas, comenzó a servir filetes con patatas asadas con crema amarga y cebollinos. También, había una ensaladera repleta de lechuga, tomate y pepino, junto a una cestita con pan caliente.

Los filetes, marinados y asados con champiñones, desprendían un aroma muy tentador.

Y había una botella de vino tinto abierta sobre la mesa.

—¿Tienes hambre? —preguntó él mientras se sentaban.

—Acabo de darme cuenta de que tengo mucha —confesó ella y miró a su alrededor—. ¿Dónde está Archie?

—En el dentista. Ha ido a una revisión —contestó Cam—. Señora Preston, ¿puedo contarle a la señorita Montrose lo que me dijo usted por teléfono hace un par de días?

La señora Preston parpadeó, mirando a Liz.

—Claro.

Cam tomó la botella de vino y sirvió dos vasos.

—La señora Preston trabaja desde hace años como ama de llaves y cocinera, todo en uno —explicó él y levantó el vaso en un gesto de brindis antes de continuar—: Tal vez quiera usted contárselo en persona, señora Preston.

El ama de llaves entrelazó las manos y miró a Liz.

–Llamé al señor Hillier hace un par de días porque sabía que lo comprendería –indicó la señora Preston y le lanzó una mirada llena de afecto a su jefe–. Me estoy haciendo mayor y me gustaría concentrarme en la cocina. Siempre me ha gustado elegir yo misma los ingredientes que necesito, pero comprar provisiones para una casa tan grande, con tantas fiestas como celebramos, es demasiado trabajo para mí. Preferiría hacer una lista y pasársela a alguien –confesó e hizo una pausa–. No quiero tener que preocuparme más por el estado del armario de los manteles o por si necesitamos más servilletas. No quiero tener que ocuparme de contratar y despedir gente, ni de contar la cubertería de plata para comprobar que no se hayan llevado nada, ni dudar si les di a los mismos invitados el mismo menú la última vez que estuvieron aquí, porque me olvidé de escribirlo. Me gustaría que hubiera alguien que pudiera coordinarlo todo –añadió con tono esperanzado.

Cam miró a Liz con gesto interrogativo. Y ella se dio cuenta de que la oferta de trabajo no había sido algo que él se hubiera sacado de la manga. La necesidad de cubrir el puesto era real. Por otra parte, estaba claro que Cam Hillier era un jefe querido por sus empleados. No sólo la señora Preston, sino también Molly Swanson y unos cuantos más que había conocido...

–Creo que, al margen de la decisión que yo tome, sería criminal sobrecargarla con esas tareas por más tiempo, señora Preston –comentó Liz tras tragarse un delicioso pedazo de carne–. Esta comida es una de las más exquisitas que he comido.

–Gracias, señorita Montrose –repuso el ama de

llaves y, antes de retirarse, añadió–: Archie está muy emocionado con usted. Dice que tiene una hija pequeña, ¿es cierto?

–Sí –confirmó Liz–. Tiene casi cuatro años.

–Éste es un lugar estupendo para los niños.

–Por ahora, ¿qué opinas? –preguntó Cam Hillier mientras caminaban juntos a los establos después de comer.

Una ligera brisa atemperaba el calor del sol y removía el aroma a hierba y a caballos.

–N-no sé qué decir –confesó ella.

–Por si te preocupa que sea un puesto de ama de llaves disfrazado, puedo asegurarte que no sólo estarás a cargo del funcionamiento interno de la casa, sino también de los jardines... de todo –afirmó él.

–¿No cree que el puesto sería más adecuado para un hombre? –sugirió ella–. Me refiero a un hombre que pueda... –balbuceó y miró a su alrededor, sin saber cómo explicarse–. Bueno, arreglar vallas rotas y esas cosas.

–Un hombre que pueda arreglar vallas no podría llevar la casa. Sin embargo, una mujer con ojo crítico y la habilidad de contratar a los empleados que necesite podría llevar a cabo ambas cosas –señaló él e hizo una pausa–. Además, es importante que sea una mujer que no se deje engañar.

–Me hace usted sentir como si fuera un sargento. Siento haberle tratado así en alguna ocasión, pero se lo merecía.

–Acepto tus disculpas –repuso él con tono grave–.

¿Por dónde íbamos? Sí. La casa necesita algunas reformas. Además, está lo del programa de ordenador para llevar registro de los caballos.

Liz se quedó en silencio.

—Quedaría bien en tu currículum —continuó él—. Encargada de la finca Yewarra.

—En el caso de que aceptara, ¿cuándo querría que comenzara?

Él la miró con expresión socarrona.

—No antes de que Roger regrese y te tome el testigo. Y puede ser que necesites algunos días libres para organizarte. Ya estamos aquí.

Los establos estaban rodeados de petunias y el aire olía a estiércol y paja fresca. Tenían una gran actividad y, al ver a tantas personas trabajando allí, Liz comprendió lo que su jefe había querido decir con que entraba y salía mucha gente de la finca.

Dentro, en la oficina, había un tipo muy alto de unos cuarenta años, con cabello rubio, pecas y todo el aspecto de ser un hombre de acción, sentado delante de un ordenador. Parecía a punto de arrancarse los pelos.

Bob Collins, el jefe de los establos, los saludó a ambos con aire distraído.

—Me he perdido de nuevo —informó Bob—. ¡Todo el maldito programa parece haber desaparecido en una especie de agujero negro informático!

Cam miró a Liz. Ella sonrió, tomó una silla y se sentó junto a Bob. Tras unas cuantas preguntas, empezó a teclear en el ordenador. En cuestión de minutos, restauró el programa.

Bob la miró a la cara por primera vez desde que

habían entrado, le dio una palmadita en la espalda y se dirigió a Cam.

–No sé de dónde la has sacado, pero ¿puedo quedármela? Por favor...

Cam sonrió.

–Tal vez. Tiene que tomar una decisión.

Liz y Cam estaban caminando de regreso a la casa, en silencio, perdidos en sus propios pensamientos, cuando el teléfono de él sonó.

–Sí. Ajá... ¿Esta tarde? Bueno, de acuerdo, pero dile a Jim que tendrá que regresar luego directamente a Sídney.

Después de colgar, Cam miró a Liz.

–Cambio de planes. Nuestro consejero legal necesita verme de inmediato. Va a venir en el helicóptero de la compañía y se quedará a pasar la noche. Yo...

–¿Cómo voy a ir a casa? –preguntó Liz, agitada.

–No tengo intención de secuestrarte –repuso él con tono cortante–. Puedes volver en el helicóptero.

–¿Perdón? –murmuró Liz, poniéndose roja.

Cam se detuvo y posó una mano en el hombro de ella.

–Si de veras no confías en mí, Liz, es mejor que disolvamos nuestra relación profesional ahora mismo.

Ella respiró hondo e intentó recuperar la compostura.

–No he tenido tiempo de preguntarme si confío en usted o no... Estaba pensando en mi madre y en Scout. Nunca he pasado la noche lejos de ellas.

Cam apartó las manos y pareció a punto de decir

algo. Sin embargo, siguió caminando hacia la casa en silencio.

Liz titubeó. Y lo siguió.

Más tarde, el helicóptero, azul y blanco, aparcó al otro lado de la casa. El consejero legal bajó, con aspecto de estar bastante agobiado.

Liz también se sentía agobiada mientras esperaba para subir a bordo. Antes, había estado todo el rato en compañía de la señora Preston, que le había mostrado la casa. Era imposible no estar impresionada... sobre todo por el ala infantil del edificio. La sala de juegos era el sueño de cualquier niño, con personajes de cuento adornando las paredes e incontables juguetes. Había, también, tres dormitorios y una pequeña cocina...

En ese momento, Cam Hillier estaba parado junto a ella, con aspecto tranquilo y relajado. Archie estaba con él y era obvio que el pequeño estaba encantado con el cambio de planes.

—¿Puedo tomarme un tiempo para pensarlo? —preguntó Liz.

—Claro —repuso Cam y se acercó a su consejero legal—. Buenos días, Jim. Ésta es Liz, pero ya se va. Sube, Liz.

¿Era eso todo?, se preguntó Liz mientras subía al vehículo. Se sentó y comenzó a abrocharse el cinturón.

Entonces, se detuvo de golpe.

—Espere un momento —le pidió Liz al piloto—. Olvidé preguntarle... ¿Puede esperar?

—Como desee.

Cuando Liz se desabrochó el cinturón de seguridad y salió, los dos hombres la miraron sorprendidos.

–Señor Hillier... Olvidé preguntarte a qué hora llegará mañana a la oficina.

–Ahora mismo no lo sé, Liz.

–¡Pero he fijado algunas de las citas que tenía hoy para mañana!

–Entonces, puede que tengas que cambiarlas otra vez.

–¿Y qué les digo esta vez?

–Lo que quieras –contestó su jefe, encogiéndose de hombros.

Liz respiró, furiosa, pero intentó mantener la calma.

–De acuerdo. ¡Les diré que se ha ido a pescar!

Dicho aquello, ella se dio media vuelta y se subió al helicóptero.

–Podemos irnos ya –informó ella al piloto, roja de furia.

El piloto la miró con una sonrisa en los labios.

–¡Ha estado muy bien lo que le ha dicho!

–¿Crees... crees que es un jefe difícil?

El piloto inclinó la cabeza mientras ponía el motor en marcha.

–A veces, pero a fin de cuentas es el mejor tipo para el que he trabajado. Creo que todos pensamos lo mismo.

Esa noche, Liz le contó a su madre lo que había pasado, incluido el comentario del piloto.

–Parece que todos sienten gran reverencia hacia él, mamá. Por lo menos, es lo que he visto en su ama de llaves, en el encargado de los establos y en Molly

Swanson. Puede ser un jefe difícil, pero la gente lo admira y lo respeta. Su sobrino lo adora –explicó Liz y meneó la cabeza, intentando poner en orden sus pensamientos–. No me esperaba que el señor Hillier tuviera ese carisma con los niños, de verdad me ha sorprendido.

–Acéptalo –aconsejó Mary de forma impulsiva–. Acepta el trabajo. Lo digo porque me parece una buena oportunidad profesional. Si no te gusta, siempre puedes volver a lo de antes. Además, el dinero te va a venir muy bien. ¡Y yo iré contigo!

–Mamá, no –replicó Liz y le explicó lo de la nota que había leído–. Si acepto, será en parte para que puedas tener una vida propia y hacer lo que más te gusta.

Mary siguió en sus trece con obcecación y continuaron discutiendo un poco más hasta que Liz consiguió convencerla.

Cuando se fue a la cama, no podía dejar de pensar en Archie y en la nueva imagen que había visto de su jefe.

No había duda de que Cam Hillier podía ser muy arrogante... pero cuando estaba con su sobrino era un hombre diferente. Y muy atractivo...

Sin saber que acababa de ser catalogado como multimillonario arrogante, Cam Hillier estaba pensando en Liz poco antes de acostarse. Se sirvió una copa y se fue al estudio. Su consejero legal acababa de irse a la cama.

Al recordar el berrinche que había tenido ella al subirse en el helicóptero, Cam sonrió.

Era una mujer muy capaz e inteligente. Y atractiva... Recordó su esbelta figura, con los vaqueros y el suéter que había llevado puestos, y su grácil forma de caminar...

Pensó en su fría mirada azul, capaz de atravesar a cualquiera y, al mismo tiempo, en lo cálida que podía mostrarse, como cuando había estado en los jardines con Archie.

Sin embargo, no debía dejarse llevar por aquel tren de pensamientos, se dijo Cam. Ella tenía muchos traumas por resolver.

Sin duda, su condición de madre soltera tenía la culpa, caviló él, recordando con tristeza a su hermana Amelia, la madre de Archie...

Con un suspiro, Cam posó la atención en los cuadros de la pared: caballos, barcos y Shakespeare. Y se fijó en un barco en particular, el *Miss Miranda*, que había sido el primero que sus padres habían comprado.

Encogiéndose de hombros, se sentó detrás del escritorio y sus pensamientos volaron hasta los días en que había vivido con sus padres.

Debían de haber sido una pareja curiosa cuando se habían casado: una chica de una familia noble venida a menos y un alto bosquimano que había crecido en Cooktown, al norte de Queensland, con el mar en las venas y el sueño de poseer una flota pesquera.

De hecho, a la familia de su madre, los Hastings, le había parecido una pareja tan poco convencional que había repudiado a su madre. Todos, excepto su tía Narelle. De todos modos, sus padres habían estado muy enamorados hasta el día en que habían muerto... juntos.

Su amor les había acompañado en todos sus obstáculos y tribulaciones... todos los días que habían pasado en el mar, impregnados de olor a diesel y a pescado, en barcos que se estropeaban a menudo. Y todos los días que habían soportado juntos el calor tropical de Cooktown, cuando los barcos habían estado anclados por ser la estación baja. Y cuando la pesca había sido tan pobre como para dar ganas de llorar...

De forma milagrosa, su madre había sido capaz de convertir cada lugar en su hogar... aunque sólo fuera con su cálida sonrisa y poniendo unas flores silvestres en un vaso, o un pequeño arreglo de conchas. Y lo había hecho a pesar de no tener una casa en condiciones, ni jardines, como había tenido cuando había sido niña. Y su padre, incluso cuando había estado agotado hasta lo más hondo de su ser, siempre había sido capaz de alejar la sombra de la tristeza de su madre. Siempre había sabido cómo hacerla feliz... a veces sólo con una simple caricia en el pelo.

Cam apuró su bebida y le dio vueltas al vaso entre los dedos.

¿Por qué, cada vez que pensaba en sus padres, se sentía un poco...? Se sentía un poco como si su propia vida fuera la nota discordante de la melodía.

¿Sería porque, aunque había continuado con su trabajo y había formado un gran imperio a partir de él, no tenía lo que ellos habían tenido?

Por otra parte, le acompañaba siempre el recuerdo de su hermana, Amelia, que había amado con todo su corazón y había sido abandonada. Desde entonces, ella no había vuelto a ser la misma.

Si aquello no era suficiente para hacerle desconfiar del amor y sus desastrosas consecuencias...

Lo habían demostrado todas las mujeres que lo habían perseguido por su dinero, pensó, haciendo una mueca.

Era extraño admitirlo, pero en el fondo de su corazón, Cam desconfiaba tanto del amor como la señorita Liz Montrose.

Colocándose las manos detrás de la cabeza, Cam se preguntó si él tendría la culpa... si sería problema suyo esa sensación de discordancia en su vida. ¿Tenía demasiadas expectativas respecto a las mujeres? ¿Era por eso por lo que había dejado de buscar a su mujer ideal? ¿Estaría su punto de vista empañado por la tragedia que había vivido su hermana?

Y, por otra parte, se sentía un poco frustrado porque no creía estar haciéndolo bien con Archie.

Sí, podía darle todo lo que el dinero podía comprar, podía hacerle una casa para los animales... pero su tiempo era más difícil de prodigar.

De pronto, Cam se incorporó en la silla de un brinco, al darse cuenta de que no era sólo Archie quien necesitaba más de su tiempo. Él mismo se había encajonado en un hábito de trabajo y la adquisición de más y más poder le parecía, en ocasiones, como estar atrapado en una camisa de fuerza. Sin embargo, no sabía cómo salir de ella.

Sumido en sus pensamientos, se quedó mirando al frente con aire ausente.

¿Sería todo por causa de no tener una mujer a su lado ni una familia?, se preguntó y, de pronto, sintió un nudo en la garganta.

¿Sería por eso por lo que quería asegurarse de no perder de vista a Liz Montrose? Lo cierto era que había algo más que una atracción física imposible de negar. ¿Acaso, muy en su interior, albergaba el plan de crear una unidad familiar con ella, su hija y Archie?

¿Pero qué sucedería si la dama de hielo resultaba no derretirse? ¿Y si acababa siendo la única mujer que quería, pero no podía tener?

Capítulo 5

LIZ LLEGÓ tarde al trabajo a la mañana siguiente... gracias a una rabieta de Scout, algo muy poco habitual en ella. No había querido vestirse, ni había querido desayunar, no había querido hacer ninguna de las cosas que hacía todos los días.

Como la pequeña no había tenido fiebre ni otros síntomas, Liz había pensado que su hija habría captado su estado de ánimo inquieto después de otra noche de insomnio.

–Vete –había indicado Mary–. Bueno, termina de vestirte primero. La niña estará bien conmigo. Y recuerda lo que te he dicho –había añadido.

Así que Liz se había terminado de vestir a toda prisa, eligiendo un vestido sencillo negro, con cuello cuadrado, cinturón y falda corta. Se había puesto unos zapatos de tacón, dos pulseras y el bolso para salir corriendo a tomar el autobús.

Sólo llegó quince minutos tarde, y eso después de pasarse por el baño para ponerse el maquillaje y retocarse el pelo. Por eso, se llevó una sorpresa cuando Molly Swanson le dijo, al verla entrar, que su jefe la estaba esperando.

–¿E-esperando? –balbuceó ella–. No creí que él fuera a venir hoy. Al menos, no por la mañana.

–Lleva aquí una hora. Agarra la agenda –recomendó Molly.

Liz obedeció y, tras respirar hondo varias veces, llamó a la puerta del despacho de Cam Hillier y entró.

Él estaba hablando por teléfono y, al verla, la indicó con la mano que se sentara.

Liz dejó la agenda sobre la mesa y aprovechó que él estaba hablando de espaldas a ella para recomponerse lo mejor que pudo.

Se colocó el pelo detrás de las orejas, se alisó la falda y cruzó los tobillos. Hizo algunos discretos ejercicios faciales, enderezó los hombros y entrelazó las manos sobre el regazo.

–¿Lista?

Ella levantó la vista y, avergonzada, se percató de que, al parecer, Cam Hillier llevaba un tiempo observándola. No se había dado cuenta de cuándo había terminado la llamada.

–Eh... sí. Siento llegar tarde.

–¿No esperabas que me presentara en la oficina?

–No ha sido por eso. Scout se ha portado un poco mal –explicó ella–. Además, no esperaba que usted estuviera aquí –reconoció.

–He decidido que no quiero que me tomen por un tipo que lo deja todo para irse a pescar –dijo él tras un silencio.

Liz se sonrojó un poco.

–Yo... no les habría dicho eso –murmuró ella.

–Ayer por la tarde, sí lo habrías dicho.

Liz se retorció incómoda, sin decir nada.

Él se puso en pie y se acercó a las ventanas.

–¿Has tomado alguna decisión?

–Bueno, lo he hablado con mi madre y ella... –comenzó a decir Liz y se interrumpió, carraspeando–. No. *Yo* quiero aceptar el puesto... si usted no ha cambiado de idea.

–¿Por qué iba a hacerlo?

–Por lo que le dije ayer de irse a pescar –sugirió ella, haciendo una mueca.

Él esbozó una sonrisa fugaz.

–Fui muy poco considerado. Tal vez, me lo merecí. No, no he cambiado de idea. ¿Qué me decías? Parece que quieres que crea que eres tú y no tu madre quien ha tomado la decisión...

–Sí –admitió ella y bajó la vista–. Si le soy honesta, no podría rechazarla. Para empezar, me ayudará mucho en lo económico. Y será como trabajar desde casa y no tendré que trabajar a media jornada durante los fines de semana. Desde el punto de vista profesional, como usted ha señalado, será bueno para mi currículum. Me permitirá estar mucho más tiempo con Scout y... –enumeró e hizo una pausa, tragando saliva–. Sobre todo, me permitirá ser mejor madre a la vista de todos.

–¿En el caso de que el padre de Scout decida reclamarla?

Ella asintió.

–¿Se lo vas a decir a él?

–No, pero... –balbuceó Liz–. Se ha mudado a Sídney –añadió y le explicó cómo lo había averiguado–. Así que ésa es otra razón por la que prefiero vivir en otro sitio.

–No puedes seguir huyendo de él, Liz.

–Lo sé –admitió ella, extendiendo las manos–. Lo que pasa es que es más fácil así. Además, creo que un buen trabajo como el que me ofrece me hará tener mejor autoestima...

–¿Y tu madre? ¿Qué opina?

–Ella me apoya. Aunque me ha costado mucho convencerla de que se quede aquí y retome su trabajo de diseñadora de ropa. Pero tiene sólo cincuenta años y necesita tener una vida propia. Por supuesto, dice que vendrá a visitarnos... si a usted le parece bien.

–Claro –repuso él y apretó los labios–. ¿Tienes ganas, entonces? Todas las razones lógicas para aceptar el trabajo no te van a servir de nada si, luego, odias el lugar o no te sientes cómoda allí.

–¿Odiar el lugar? –repitió Liz con tono burlón–. Eso iba a ser difícil.

–O si te sientes sola.

Sus miradas se encontraron cuando Cam pronunció esas palabras. Por la forma en que él lo dijo y por cómo la observaba, Liz se sintió atrapada en sus ojos. Se humedeció los labios.

–Planeo estar demasiado ocupada como para sentirme sola.

Pero, de inmediato, Liz se dio cuenta de que ésa no era la respuesta correcta. No contestaba la pregunta indirecta que él le había hecho... La corriente eléctrica que cargaba el aire entre ellos estaba allí, envolviéndolos otra vez. Sin poder evitarlo, ella se preguntó cómo se sentiría si él la tomara entre sus brazos.

Al pensarlo, Liz notó cómo se le ponía la piel de gallina.

Entonces, las palabras de él resonaron en su mente. Sentirse sola, se dijo, tomando aliento.

Llevaba años sintiéndose sola, ansiando tener un

amante y un compañero. Y no tenía ninguna duda de que Cam Hillier podía desempeñar ambos roles de forma brillante. ¿Pero cuánto tiempo pasaría hasta que otra Portia se cruzara por su camino?

—¿Liz? ¿Vas a seguir negándolo?

Ella se estremeció un momento. Al instante, se dijo que nunca había sido deshonesta con Cam Hillier y que no iba a empezar a serlo.

—¿Se refiere a si voy a negar que existe cierta atracción entre nosotros? No. Pero... —comenzó a decir ella e hizo una pausa—. No puedo dejar que me afecte. Ya he cometido un terrible error en nombre del amor, que terminó siendo sólo una atracción pasajera. Todavía no me he recuperado del todo y sigo hecha pedazos, no sólo mi corazón, sino también mi autoestima.

Liz se calló un momento, ignorando la terrible tensión que delataban sus ojos. Intentó quitarle hierro a la conversación.

—Igual cree que cinco años deberían haber bastado para superarlo, pero no es así —admitió ella y esbozó una rápida sonrisa—. Además, si me disculpa, señor Hillier, usted también tiene lo suyo.

—Sigue —la invitó él con tono seco—. ¿O quieres que lo adivine? ¿Dudas de que mis intenciones sean honestas? —preguntó e hizo una pausa—. Te aseguro que no soy tan despiadado como para dejarte embarazada y abandonarte.

—Fui yo quien... lo dejó —susurró ella.

—Liz, ahora tienes veinticuatro años. Eso significa que sólo tenías diecinueve cuando sucedió, ¿no es así?

—Bueno, sí, pero...

–¿Cuántos años tenía él? –inquirió Cam–. Supongo que era mayor.

–Él... tenía treinta y cinco.

–¿Y quién era? No quiero nombres –puntualizó él con expresión tempestuosa–. ¿Quién era él para ti?

–Uno de mis tutores.

–Es una vieja historia, Liz. Un hombre mayor con autoridad. Una joven impresionable e ingenua. Él no debió desaparecer de tu vida sin mirar atrás cuando encontró a otra mujer.

Liz jugueteó con sus pulseras un momento.

–Mire –dijo ella con voz tensa–. Por la razón que sea, legítima o no, no estoy preparada para pasar por eso de nuevo.

–Entonces, ¿por qué aceptas el trabajo?

–Es la única oportunidad que se me ha presentado hasta el momento de salir del agujero en que Scout y yo nos encontramos. Y...

–¿Y?

–Puede que suene raro, pero al verle con Archie... me resultó más fácil decidirme. Sin embargo, si va a ser... –contestó ella y titubeó, deteniéndose a mitad de la frase.

–¿Va a ser qué? ¿Incómodo para mí? –adivinó él.

–Yo... no quiero... –balbuceó ella y se mordió el labio.

Cam Hillier se dejó caer en su silla.

–Tal vez, si me siento *incómodo*, pueda quemar energías cortando madera –sugirió él.

–En serio, igual es mejor que nos olvidemos de todo esto...

Cam la miró a los ojos con gesto frío y serio.

–No. Tú pareces convencida de poder manejar la situación, así que yo haré lo mismo.

–Sigo sin entender bien por qué me ha ofrecido el puesto si... –comenzó a decir Liz y se interrumpió, sintiéndose impotente.

–¿Si no es para llevarte a la cama? –dijo él, terminando la frase por ella–. Creo que es por mi hermana. Su historia era parecida a la tuya. Estaba angustiada y sentía que había sido traicionada. Cuando Archie tenía tres años, murió en una avalancha en la nieve, cuando estaba esquiando.

–Oh. Lo siento.

Cam se encogió de hombros.

–Bueno, ¿entonces, aceptas, Liz Montrose?

Ella titubeó.

–No te preocupes. No te obligaré a hacer nada que no quieras.

Aquella promesa le provocó a Liz un escalofrío... aunque decidió ignorarlo.

–De acuerdo.

–Bien. Lo prepararé todo. Ahora, veamos qué tengo en la agenda para hoy.

Despacio, Liz tomó la agenda y repasaron las citas del día una por una. Luego, Cam Hillier le encargó varias cosas para los siguientes días.

Justo cuando iba a llegar a la puerta, Cam Hillier la llamó.

–Puedes hablar conmigo siempre que quieras... o lo necesites –aseguró él en voz baja.

Liz se quedó mirándolo y, sin poder evitarlo, se le saltaron las lágrimas.

–Gracias –dijo ella con voz ronca–. Gracias.

Entonces, se dio medio vuelta, rezando porque él

no se hubiera dado cuenta de cómo la habían conmovido aquellas simples palabras de amabilidad...

Tumbada en su cama esa noche, Liz se preguntó, sin embargo, si había sido la inesperada amabilidad de su comentario lo que le había llegado al alma. No, debía de ser algo más. Algo que la atraía de manera irresistible.

Capítulo 6

U N MES después de empezar a trabajar en Yewarra, Liz se había acomodado en la casita de empleados, que no estaba lejos de la casa principal. Aunque era pequeña, era muy acogedora y tenía su propio jardín. Además, era bastante pintoresca, con plantas trepadoras verdeando las blancas paredes. Tenía también un balancín para dos personas, muy agradable para descansar bajo la sombra de los árboles.

Después de haber vivido toda la vida en un piso, Scout estaba encantada con el jardín. Y Liz estaba muy contenta porque podía trabajar desde su casa, después de haber convertido en despacho un cuarto. Así, podía vigilar a Scout por la ventana mientras la niña jugaba.

Por otra parte, Liz ganó una nueva sensación de libertad. Aunque, a veces, aceptaba la invitación de la señora Preston para comer en la casa, también disfrutaba cocinando para Scout y para ella.

—¡Tú me tienes a mí y yo tengo a Jenny Penny! ¡Tenemos mucha suerte! —le había dicho Scout a su madre una mañana.

—Cariño, ¡tengo tanta suerte de tenerte que, en ocasiones, me cuesta creerlo! —le había contestado Liz, dándole un millón de besos.

En cuanto al trabajo, Liz sabía que estaba siendo observada, en una especie de periodo de prueba. La señora Preston y Bob, a pesar de ser muy amables y amistosos con ella, no dejaban de vigilar sus progresos, sobre todo en lo relativo a Archie.

A Liz no le molestaba. Le parecía lógico.

Mary había ido a visitarlas un par de fines de semana y parecía satisfecha con el cambio de vida de su hija y su nieta. Al mismo tiempo, a Liz le había encantado ver a su madre tan animada y llena de ideas para el vestuario que estaba diseñando. Además, sospechaba que había algún hombre en su vida, pues Mary había empezado a hacer comentarios sobre un tal Martin.

Mary también había visto a Cam un par de veces y había quedado impresionada. Era de esperar, pensaba Liz. Además, estaba segura de que su madre intuía algo sobre la atracción que su jefe despertaba en ella.

Mary no había dicho nada, sin embargo, y Liz se alegraba de no tener que hablar del tema.

En cuanto a sus nuevas tareas, había revisado todo lo que necesitaba reparación en la casa, reemplazando y renovando cosas. Había hecho pavimentar de nuevo una parte del establo y se había encargado de supervisar en persona la reparación de las vallas de Yewarra.

Lo había hecho en una yegua muy tranquila que Bob le había ofrecido para que montara siempre que quisiera. Y había gozado como una niña subiéndose al caballo y dejándose envolver por el aroma y el paisaje.

Preparar un programa informático para llevar registro de los movimientos en el establo había sido fácil para ella. Además, Scout y Archie lo habían pasado en grande acompañándola a ver a los potrillos recién nacidos. Los niños les habían puesto nombres, observando sus progresos y cómo ganaban fuerza en cuestión de días.

También había tenido momentos de incomodidad, era cierto. De vez en cuando, las sombras del pasado habían enturbiado sus momentos de alegría y satisfacción...

Una voz en su interior solía decirle que no debía acostumbrarse demasiado a aquella felicidad. Ni debía sentirse demasiado a gusto, pues antes o después tendría que dejar aquello.

Sobre todo, había tenido aquellos pensamientos cuando Cam había estado en la casa, entreteniendo a sus invitados en alguna de sus fiestas. Una cosa era trabajar con la señora Preston para que todo saliera a pedir de boca. Y otra, muy distinta, era observarlo todo tras bambalinas, sintiéndose como una especie de Cenicienta.

Para colmo, no podía dejar de observar a su jefe... Y había desarrollado una especie de sexto sentido para adivinar cada vez que él estaba en casa. La piel se le ponía de gallina cuando que él estaba cerca...

Luego, estaba Archie.

Era un niño serio y sensible, con ojos grises y pelo moreno y rebelde, que se preocupaba por toda clase de cosas: cuando los cinco cachorritos de Wenonah se fueron a su nuevo hogar, se pasó todo el día sin comer y sin dormir. Cuando no podía estar con él, Cam le enviaba cartas, postales y todo tipo de regalos maravillosos desde distintas partes del país y del mundo. El pequeño las guardaba como tesoros en un armario de su dormitorio.

–No son cosas apropiadas para un niño de cinco años –le había comentado la niñera de Archie, revisando los tesoros del pequeño–. Por ejemplo, esto –había añadido, sacando un boomerang–. Archie no sabía que no se podía jugar con él dentro de casa y rompió una ventana. Se puso muy triste y el señor Hillier le encontró una canción de un boomerang que no regresaba. Cuando Archie la escucha, se anima mucho.

–La conozco –había contestado Liz, sonriendo.

¡Eso lo explicaba!, había pensado.

En cuanto a Scout, a pesar de que echaba de menos a su abuela, estaba encantada con Daisy Kerr, la niñera de Archie. Daisy era una joven práctica y responsable, con un toque de romanticismo e ingenuidad que la hacía perfecta para entrar en el mundo mágico de los niños.

Al principio, Scout había tenido un poco de recelo hacia Archie. Era normal que él se comportara como el niño mayor de Yewarra, además de como propietario y arquitecto de la casita de los animales.

Scout lo había sobrellevado con resignación hasta el día en que Archie le quitó un juguete. La niña se puso a gritar como loca, intentando recuperarlo, y le pegó un empujón a Archie.

–¡Scout! –la reprendió su madre, levantando del suelo a Archie.

–¡Mío! –declaró Scout, agarrando el juguete con fuerza y dándole un puntapié al suelo.

–Bueno... –dijo Liz, sintiéndose impotente.

–De tal palo, tal astilla –comentó Cam, haciendo que Liz se volviera sorprendida.

–¡No sabía que estaba aquí!

–Acabo de llegar –explicó él, apoyado en el quicio de la puerta del cuarto de los juguetes–. Así que la pequeña Scout también tiene su genio, ¿eh?

–Parece ser que sí –contestó su madre, haciendo una mueca–. Nunca la había visto reaccionar así –añadió y se giró hacia la pequeña–. Scout, no debes portarte así. Archie, ¿estás bien?

–Seguro que sí, ¿verdad, Archie? –intervino Daisy–. Tenemos que ser todos amigos. Ya sé... vamos a ver a Wenonah y su cachorro.

Liz y Cam vieron cómo los tres se iban a los establos, en paz y armonía.

–Lo siento –dijo Liz–. Suelen llevarse bien, pero...

–No importa. A Archie le vendrá bien aprender cuanto antes que las mujeres pueden ser muy... impredecibles.

Liz abrió la boca, pero no dijo nada. Rió.

–Pero debe admitir que yo no voy por ahí dando empujones a nadie. Ni gritando.

Cam la miró con gesto de escepticismo y los dos se dirigieron juntos a la cocina.

–Bueno, tal vez lo haya amenazado una vez –admitió ella–. Pero usted me provocó. Además, no grité –añadió y no pudo evitar soltar una risita–. Aunque me habría gustado –admitió–. Bueno. Hay algunas cosas de las que quería hablarle. ¿Cuándo tiene tiempo para hacer un tour por la casa?

–Ahora estoy bastante cansado. ¿Qué te parece mañana por la mañana?

–Bien –repuso ella y lo observó con atención.

–¿Qué pasa?

–¿Se siente bien? –inquirió ella–. Le noto un poco bajo de energía y no es normal en usted.

Cam Hillier tamborileó los dedos sobre la mesa, se pasó la mano por el pelo y se frotó la mandíbula con barba incipiente. Se preguntó qué diría ella si le contara la verdad, si le confesara que no podía dejar de pensar en ella. Y que soñaba con explorar los lugares secretos de su esbelto cuerpo, con llevarla al éxtasis una y otra vez.

Podía imaginarla sin aliento, empapada en sudor, hermosa, respondiendo con placer a sus caricias...

¿Cómo reaccionaría Liz si supiera que le estaba resultando un infierno contenerse?

Por otra parte, había pretendido comprobar si Liz encajaba en Yewarra y, por lo tanto, en su vida. Sí, había mantenido las distancias con ella durante el último mes, para darle tiempo a asentarse y porque le había hecho una promesa. Lo que no había esperado era que el círculo familiar se forjara tan rápido entre Liz, Scout y Archie, ni sentirse como un extraño en su propio hogar.

Tal vez, podía ir directo al grano y preguntarle a Liz si había cambiado de idea respecto a los hombres o respecto a él en particular, se dijo Cam. Sin embargo, debía tener cautela. No podía intentar acercarse a ella como una vaca en una cacharrería. De todos modos, sabía que no podía seguir ocultando lo que le inquietaba durante mucho más tiempo...

–Estoy bien. Gracias por tu interés –repuso él al final, aunque no pudo ocultar un ligero toque de ironía–. Mañana me tengo que ir otra vez –señaló. «Y, cuanto antes, mejor», pensó.

Liz se sentía bastante inquieta después de aquella conversación.

Inquieta e incómoda, aunque no sabía por qué.

A la mañana siguiente, Liz hizo con su jefe un tour por la casa, mostrándole las cosas que había hecho.

Él parecía descansado y tranquilo. Acababa de llegar de una operación de caza de ranas para llenar el estanque de la casa de animales con Scout y Archie, en un arroyo cercano.

–Ésta es la única habitación donde he empezado por rascar la pared –comentó ella, mientras estaban parados en la puerta de una terraza acristalada con vistas al valle. Era el lugar de encuentro para los invitados para desayunar y para tomar el té por la tarde. Por eso, era una zona que se usaba mucho y necesitaba algo de renovación.

Cam había dado el visto bueno a la remodelación de dos de los cuartos de invitados, la reforma de las cañerías de algunos baños y la nueva ropa de cama y de mesa que había encargado.

–Tengo aquí algunas muestras de una compañía de decoración de interiores –señaló ella–. Pero pensé que le gustaría a usted dar la última palabra.

–A ver.

Liz le enseñó los diseños, las fotos de muebles y las muestras de tela.

Cam los estudió un largo instante, sin llegar a decidirse por ninguno.

–Ya que no tengo esposa que lo elija por mí, ¿por qué no eliges tú?

–Porque no soy yo quien va a tener que vivir con

la nueva decoración de la casa. Yo no... –balbuceó ella y se detuvo, mirándolo.

–¿No eres mi esposa? Eso ya lo sé, querida Liz –afirmó él, sin ocultar cierto matiz de ironía.

Su tono no le pasó desapercibido a Liz. Cuando iba a abrir la boca, la señora Preston irrumpió en la habitación.

–Liz, disculpe señor Hillier, quería preguntarte si la barbacoa se va a hacer al final esta tarde.

–¡Oh! –exclamó Liz y titubeó un momento. Miró a Cam–. Había pensado hacer una barbacoa para los niños en mi jardín. Lo hemos hecho un par de veces ya y les encanta. Pero igual usted prefiere estar solo con Archie...

–Lo que prefiero es que me invites a la barbacoa.

–Entonces, ¿no será necesario que cocine para usted esta noche, señor Hillier?

Cam arqueó las cejas, mirando a Liz.

–Eh... no. Quiero decir, sí... –balbuceó Liz e hizo una pausa, sintiéndose frustrada–. No, no es necesario que cocine, señora Preston. Y sí, puede venir a la barbacoa, señor Hillier.

–¿Segura de que no será una molestia, señorita Montrose? –preguntó él con tono formal.

–En absoluto –repuso Liz, un poco incómoda. Sabía que él se estaba riendo de ella con tanta formalidad–. Nos especializamos en pan con salchichas.

–¡Oh! –exclamó la señora Preston, mirándolos con gesto de consternación–. Mira, Liz, yo puedo echarte una mano... No le puedes dar al señor Hillier comida de niños.

–Sólo estaba bromeando, señora Preston –explicó Liz, rodeando a la cocinera con un brazo–. Déjeme pensar qué tengo –añadió e hizo un repaso mental de su despensa–. Tengo costillas y puedo preparar pasta con beicon y queso, y una ensalada. ¿Qué le parece?

La señora Preston se relajó y le dio una palmadita a Liz en la mejilla.

–Debí haber adivinado que lo decías en broma.

¿Lo decías en broma? –murmuró Cam cuando la señora Preston se hubo ido.

–¿Qué quiere decir? –replicó Liz.

–¿Estabas tomándole el pelo a la señora Preston? A mí me pareció que tenías toda la intención de castigarme con una salchicha y un pedazo de pan.

Liz recogió los diseños de decoración mientras pensaba una repuesta.

Por suerte, la salvó el sonido del móvil de él.

Cam se lo sacó del bolsillo con impaciencia.

–Roger, ¿no te he dicho que no me molestaras? ¿Qué? De acuerdo. Espera... no, te llamaré en un momento –dijo Cam al teléfono y colgó–. Señorita Montrose, sé que se alegrará de saber que queda libre para el resto de la tarde –señaló con tono seco–. Me ha surgido algo, como suele decirse.

–¿Malas noticias? –preguntó ella, sin pensarlo.

–No, a no ser que consideres una mala noticia la adquisición de otra compañía mediante delicadas negociaciones que precisan mi intervención.

Liz parpadeó confusa.

–Pero no suena usted muy contento.

Cam se encogió de hombros e hizo una mueca.

–Es más trabajo.

–Igual podría... trabajar menos –sugirió ella y, dejándose llevar, añadió–: ¿Para qué necesita adquirir otra compañía?

–Para nada. Pero se ha convertido en un hábito. Nos vemos a las cinco.

Liz se quedó mirándolo mientras salía de la habitación, presa de emociones conflictivas.

Cameron Hillier no merecía su compasión, pero... ¿Y si no era compasión? Tal vez, sentía por él una mezcla de admiración y...

Entonces, se sentó, frunciendo el ceño y pensando que el ritmo frenético de trabajo de su jefe podía ser una espada de doble filo para él. No le había entusiasmado nada la posibilidad de adquirir otra empresa. Había admitido que era una especie de vicio...

¿Tenía Cam Hillier problemas para relajarse? ¿Era incapaz de desconectar? Y, si así sucedía, ¿cuál era la razón?

Liz parpadeó varias veces, mientras reflexionaba que ella no era la única persona con una gran responsabilidad. De pronto, cayó en la cuenta de que Cam Hillier podía necesitar ayuda y aquella revelación le hizo sentirse más cerca de él. Le hizo querer ayudarlo.

¿Pero qué pasaba con lo que había experimentado... antes de sentir ese ataque de compasión por él? ¿Qué sucedía con la tensión sensual que los había rodeado? ¿Había desaparecido? En el mes que llevaba en Yewarra, él no había dado señales de sentirse atraído por ella durante sus visitas. Y ella se había esforzado en acallar, con éxito, sus propios sentimientos. O eso había pensado...

Si así era, ¿cómo y por qué se había abierto la caja

de Pandora esa mañana, hablando de algo tan aséptico como la decoración de la casa?

Había sido cuando había mencionado que no era su esposa, recordó Liz de pronto. El mero pensamiento de ser su mujer había abierto los diques de la sensualidad para ella.

Allí parada, contempló los diseños y muestras, sin poder sacarse de la cabeza un pensamiento recurrente: ¿por qué se sentía como una adolescente enamorada?

A pesar de que Liz estaba un poco nerviosa, temiendo otro tenso momento con Cam Hillier, la cena se desarrolló con tranquilidad... al principio.

Ella había cargado la barbacoa con papel y madera y se había asegurado de que la parrilla estuviera limpia. Había puesto un colorido mantel en la mesa del porche, con un ramo de flores que había recogido ella misma y había encendido algunas velas dentro de vasos, a pesar de que todavía no se había ido el sol, para añadir una nota festiva a la ocasión.

Se había duchado y se había puesto una camiseta gris de manga corta y vaqueros. Y, como solía hacer en esas ocasiones, había planeado un juego de busca del tesoro en el jardín para Archie y Scout. A los niños les encantaba.

Como había prometido, había hecho las costillas, pasta y ensalada, además de salchichas. Había también una tarta helada de chocolate esperando en el congelador.

Aunque lo había dispuesto todo para cocinar ella

misma en la barbacoa, cuando Cam llegó con Archie la convenció para tomar las riendas. Su jefe le sirvió un vaso de vino de la botella que había llevado y le dijo que se relajara.

Liz se sentó un poco incómoda al principio pero, poco a poco, la encantadora puesta de sol, el perfume del jardín y el canto de los pájaros surtieron su efecto y se fue relajando.

Cam era un buen cocinero y se le daba bien manejar la barbacoa, tuvo que reconocer Liz cuando las salchichas estuvieron listas. Nada estaba quemado ni demasiado crudo. Todo estaba en su punto.

Luego, llegó la tarta de chocolate con una sorpresa más. Liz había metido pequeñas bengalas de Navidad en el pastel y, cuando las encendió, los niños se quedaron embelesados viendo sus chispas.

–¡Vaya! ¡Esto sí que es una fiesta! –exclamó Archie–. No te asustes, Scout –añadió, al ver que la niña se metía el pulgar en la boca–. No queman... te lo prometo. ¡Yupi!

Agarrando a Scout de la mano, Archie bailó con ella por todo el jardín, hasta que la niña olvidó su miedo.

Sin embargo, aquélla no era la última sorpresa... aunque la siguiente fue para Liz. Cuando los niños se hubieron terminado el postre y empezaron a bostezar, aunque intentaban ocultarlo, aparecieron la señora Preston y Daisy con la sugerencia de que Scout pasara la noche con Archie en la casa grande.

–Sí, por favor, por favor, mami –pidió Scout antes de que Liz tuviera ocasión de hablar.

Archie se unió a su apasionada plegaria.

Así que Liz aceptó, aunque no muy convencida.

Tomó el pijama de su hija y, cuando iba a acompañarla a la casa grande, la señora Preston la detuvo.

–Oh, no. Quédate aquí y disfruta. ¡Todavía no os habéis acabado el vino!

Así fue como Liz se encontró en el silencio de su jardín, a solas con Cam y con un vaso de vino en la mano. La luna estaba saliendo y la barbacoa emitía una pálida nube de humo. Varias luciérnagas sobrevolaban los macizos de flores.

Ella frunció el ceño.

–No tenían por qué llevárselos.

Cam pareció a punto de hacer algún comentario al respecto, aunque no fue así.

–Los niños se llevan bien –señaló él al fin.

–Supongo que tienen cosas en común. Los dos hablan muy bien para su edad, tal vez porque son hijos únicos y reciben mucha atención adulta –opinó ella–. Archie es un niño especialmente inteligente. Y sensible.

–Creo que le encanta teneros a Scout y a ti por aquí. Parece... –comenzó a decir él e hizo una pausa–. Sé que suena raro decir esto de un niño de cinco años, pero me da la sensación de que está más relajado.

–Menos cuando lo empujan –repuso ella–. Aunque ya no ha vuelto a pasar. Le he pedido a Daisy que lo impida.

–Creo que los dos niños han marcado sus territorios y sus límites –observó él y la miró–. Igual que nosotros.

–¿Qué dirías si te sugiriera que modificáramos nuestros límites, Liz?

Ella abrió la boca para preguntarle a qué se refería, pero sabía que no serviría de nada. Lo cierto era que sus límites se habían ampliado por voluntad propia, hacía sólo unas horas.

–P-pensé que todo iba bien –balbuceó ella al final.

Capítulo 7

VA BIEN, Liz –afirmó él con tono seco.

—No irá bien si seguimos... –dijo ella y se interrumpió.

—¿Deseándonos? –adivinó él.

Liz le dedicó una mirada irónica.

—Querida Liz, no siempre eres fácil de comprender –señaló él–. Por ejemplo, cuando llegué a tu jardín esta tarde, estabas fría como el hielo conmigo... como si quisieras mantener las distancias al máximo. Como si estuvieras dispuesta a... sacarme los ojos si me acercaba demasiado.

Liz soltó un grito sofocado.

—¡Eso no es cierto!

Él se encogió de hombros.

—Pero estabas tensa.

Ella no pudo negarlo.

—¿No crees que ya es hora de que admitas que eres humana? –sugirió él, observándola con atención–. Ya sé que sufriste una terrible traición, ¿pero no te das cuenta de que no puedes seguir rechazando cualquier atracción que sientas durante el resto de tu vida?

—¿Acaso... acaso...? –repuso ella con voz temblorosa–. ¿Acaso crees que estoy siendo melodramática o ridícula?

Por primera vez, Liz suprimió los formalismos y, sin siquiera darse cuenta, habló a su jefe de tú.

–Yo no he dicho eso, pero me parece que debes enfrentarte a ello. Lo único que quiero decir es que seas valiente.

–¿Y tenga una aventura contigo? –replicó ella con un nudo en la garganta–. Yo...

–Liz, yo no voy a dejarte embarazada y abandonarte –aseguró él–. No podemos seguir así. Yo no puedo seguir así. Te deseo. Sé que dije que no lo haría, pero... –añadió y se interrumpió, frustrado.

–Lo estropearíamos todo.

–¿Por qué?

Ella se humedeció los labios.

–Bueno, tendríamos que llevarlo en secreto y...

–¿Por qué diablos? Tú eres la única que no cree que pueda salir bien –señaló él, arqueando una ceja–. ¿Por qué crees que nos han dejado solos en un jardín a la luz de la luna?

Liz abrió los ojos como platos.

–¿Quieres decir que la señora Preston y Daisy...?

Él asintió.

–Las dos me han dado a entender que tú y yo hacemos buena pareja.

–¿Te lo han dicho así? –preguntó ella, estupefacta.

Cam meneó la cabeza con gesto divertido.

–No, pero a la menor ocasión aprovechan para alabar nuestras cualidades. Y lo mismo le pasa a Bob. Hasta a Harmish –aseguró él, refiriéndose a Harmish, el jardinero–. Me ha dicho que no estás mal para ser una chica. Eso es todo un cumplido, viniendo de él.

Liz apretó los labios, pensando en lo que debían de haber estado hablando a sus espaldas.

–Y Scout y Archie son demasiado pequeños como para que les afecte –prosiguió él–. Si quieres continuar con tu trabajo desde mi casa, no veo por qué no podrías seguir haciéndolo.

Liz se levantó y comenzó a dar vueltas por el jardín, con los brazos cruzados y el vaso en una mano.

Cam la observó en silencio.

–Liz –susurró él–. Tranquila. Por una vez, déjate llevar. Lo último que quiero es lastimarte –afirmó Cam, dejó el vaso en el césped y se levantó–. Dame eso –pidió y le quitó a ella su vaso de las manos. A continuación, la rodeó con sus brazos y la acercó a él con suavidad.

Liz se puso rígida pero, al mirarle a la cara bajo la luz de la luna, supo que no podía resistirse a él.

Titubeando, ella levantó la mano y le tocó la cara, junto a los labios. Un pequeño gesto que había deseado hacer desde hacía mucho tiempo. Igual que ardía en deseos de lanzarse a las llamas de la pasión con aquel hombre excitante y tentador...

Cam la besó en los dedos y le recorrió la espalda con las manos, luego le acarició las caderas. Con respiración entrecortada, ella se sintió recorrida por los más deliciosos temblores.

Entonces, él inclinó la cabeza y la besó.

Minutos después, Cam la tomó en sus brazos y la llevó al balancín. Se sentó con ella en su regazo.

–Perdona, pero llevaba tiempo queriendo hacer esto –confesó él–. Y adivino que tú también. Tal vez, deberíamos concentrarnos sólo en eso, ¿no crees? –añadió, tomando la cara de ella entre sus manos.

Liz entreabrió los labios, con los ojos como platos.

Si se había sentido afectada por su presencia en las calles de Sídney, en su coche, en su despacho o en su casa, aquello no era nada comparado con las poderosas sensaciones que la recorrían en ese momento.

Podía sentir cómo su cuerpo se iluminaba al estar en contacto con Cam. Y, perpleja, reconoció la urgencia de echarse a sus brazos, entregarle su boca, sus pechos, todo su ser, para que él hiciera lo que quisiera con ellos.

Liz cerró los ojos y, cuando sintió los labios de él sobre los suyos, le rodeó el cuello con los brazos, acercándolo.

Cam le acarició el pelo y el cuello. Fue una sensación agradable. Pero, cuando le deslizó la mano debajo de la camiseta y debajo del sujetador, fue más que agradable. Exquisito. Tanto que ella pensó que no lo podría soportar.

Como si lo hubiera notado, Cam apartó la mano y dejó de besarla un momento.

–Esto puede ser un juego de dos, ya sabes.

Liz sonrió y deslizó las manos debajo de la camisa de él.

El contacto le resultó delicioso. Su calidez la inundó al tocarlo. La sensación de intimidad le hizo olvidar todos sus años de soledad. La combinación de sus cuerpos, su intercambio de caricias era un maravilloso preámbulo al acto final que ambos ansiaban con desesperación.

Pero allí residía el peligro y Liz lo sabía. No sólo por las consecuencias que podía traerle... ella nunca dejaría que le volviera a suceder lo mismo que con el padre de Scout. Lo que le preocupaba eran las consecuencias intangibles, el hecho de entregarle su alma a un hombre que, tal vez, iba a deshacerse de ella después.

Liz titubeó entre sus brazos.

–¿Liz? –dijo él, levantando la cabeza. Sonrió–. No eres una dama de hielo en absoluto. En todo caso, lo contrario.

De golpe, ella se apartó y se puso en pie.

–¡Liz! –llamó él, intentando capturarla–. ¿Qué pasa?

Ella evadió sus manos y se recolocó la camiseta.

–Lo dices como si estuviera acostumbrada a hacer estas cosas.

–Yo no he dicho eso.

–No hacía falta –repuso ella, pasándose los dedos por el pelo.

–Liz, no seas ridícula –rogó él y se levantó también del balancín–. Mira, sé que tienes razones para dudar de lo que los hombres puedan pensar de ti, pero...

–¡Claro que sí! –exclamó ella y dio unos pasos atrás–. Lo siento, ¡pero yo soy así!

–¿A pesar de que te enciendes como una bengala entre mis brazos? No –dijo él, mientras ella soltaba un grito sofocado–. No voy a disfrazar las cosas porque tú hayas tenido una mala experiencia.

–Haz lo que quieras, no me importa. ¡Me voy a casa! –gritó ella y salió corriendo.

Cam no hizo amago de seguirla.

A la mañana siguiente, Liz se miró en el espejo del baño y se encogió. Tenía ojeras, estaba pálida y parecía... atormentada.

Se dio una ducha caliente y se puso unos pantalones cortos azules y una camiseta blanca. Ni siquiera tenía a Scout para distraerse, pensó, mientras se hacía el café y se servía una taza.

Después del café se sentiría mejor, se dijo para animarse y tomó el teléfono para llamar a la casa grande. Dos minutos después, esperó a que la señora Preston colgara y estampó el auricular contra el receptor, sin importarle lo más mínimo si el aparato no volvía a funcionar nunca más.

Se llevó el café a la mesa de la cocina y, para su espanto, se puso a llorar otra vez. Se limpió las lágrimas de los labios, intentando decidir qué hacer.

Su plan había sido ofrecerle su dimisión a Cameron Hillier por teléfono y no aceptar un no por respuesta. Sin embargo, eso no era posible, porque él se había ido de Yewarra la noche anterior, según la señora Preston.

¿Le había dejado algún mensaje? ¿Instrucciones? ¿Había dicho cuándo iba a volver? No, no y no, habían sido las respuestas de la señora Preston. Lo único que había dejado había sido una nota, diciendo que se iba.

Era típico de un hombre arrogante como Cam, reflexionó Liz con amargura. ¿Cómo podía haber ignorado que, con aquella sencilla observación, la había hecho sentir barata la noche anterior? ¿Cómo podía no saber que, cuando se entregaba a un hombre, no era sólo para tener sexo? Ella se entregaba en cuerpo y alma. Así era y la difícil experiencia que había vivido se lo había demostrado.

Por otra parte, ¿acaso tenía derecho su jefe a estar enfadado con ella?

Intentando detener sus pensamientos, Liz se puso en pie y se acercó a la ventana de la cocina. La mañana estaba nublada, tan gris como ella se sentía. No sólo gris, sino hundida y... sin esperanza.

¿Qué habría pasado si no se hubiera apartado de él? ¿Se habría pasado la vida temiendo que lo suyo se acabara y que Cam se fuera con otra mujer?

Encogiéndose por dentro, reconoció que no podía volver a sentirse segura con un hombre nunca más, aunque no fuera una decisión racional. Formaba parte de ella. Para Liz Montrose, no había término medio, admitió con amargura. ¿Podría cambiar algún día?

Siempre habría algo que se lo impediría. A menos que...

Mirando absorta por la ventana, Liz se dio cuenta de algo. ¡Claro! Era su reputación lo que la inquietaba tanto. ¿Podría alguna vez soportar el hecho de vivir una relación informal con un hombre? Además de eso, la situación no le daría la seguridad que necesitaba en caso de que el padre de Scout, que estaba sólidamente casado, quisiera reclamar a su hija.

Liz se abrazó a sí misma, intentando con desesperación encontrar alguna solución.

Si no aceptaba tener una aventura con Cam Hillier, ¿qué diablos podía hacer? ¿Irse de allí? ¿Dejar a Scout sin aquel lugar idílico? ¿Separarse de Archie? ¿Volver a vivir con su madre, que sin duda había encontrado pareja y estaba disfrutando como nunca de su trabajo de diseñadora de moda?

¿Pero cómo podía quedarse?

Tomando el teléfono otra vez, marcó el número de móvil de Cam Hillier. No podía dejarlo colgado

sin más. Tal vez, debía avisarle con una semana de
antelación, para que pudiera organizarse.

La contestó el buzón de voz, informando de que
ese día Cam Hillier no estaba disponible y que, si era
algo urgente, debían contactar con Roger Woodward.
Ni siquiera era su voz. Era la de Roger.

Liz apretó los labios mientras dejaba el teléfono.
¡De acuerdo! No le quedaba otra posibilidad más que
seguir trabajando allí... al menos, por el momento.

Varios días después, Cam miró a su alrededor en
su despacho. Estaba ante un problema grave y lo sabía.

Acababa de firmar el documento de compra de
otra compañía y no le importaba ni un pimiento.

Peor aún, odiaba haber añadido otra carga a su
vida... una vida que ya estaba sobrecargada y llena
de insatisfacción. Había tenido razón cuando se había
preguntado qué pasaría si no pudiera tener a la única
mujer que quería tener.

Se había convertido en un adicto al trabajo, más
que nunca.

Se había transformado en un monstruo. Y...

Sumido en sus pensamientos, Cam lanzó el bolígrafo en la mesa y apretó los dientes. No había conseguido conquistar a Liz. Sabía que ambos sentían
atracción física, que no era sólo por su parte. ¿Pero
cómo podía convencerla de que había mucho más?
¿Cómo podía hacerla ver que la necesitaba?

Encogiéndose de hombros, pensó que Liz Montrose se había instalado en su corazón desde el momento en que la había sorprendido escalando por la

pared de su casa. Así había sido y no había nada que él pudiera hacer para cambiarlo.

Y lo más irónico era que Liz amaba Yewarra y a Archie...

Cam regresó para hacer una fiesta en la casa.

Era una fiesta que había estado prevista desde hacía tiempo y se le había pasado por alto cancelarla. Liz y la señora Preston sólo habían sido avisadas con dos horas de antelación para prepararlo todo para seis invitados que se quedarían a pasar la noche.

En cuanto a sus problemas personales, es decir, cómo enfrentarse a Cam Hillier, Liz no tenía ni idea de la solución. Pero se consoló pensando que, al menos, podía quedarse tras bambalinas, como solía hacer siempre que él estaba con sus invitados.

Una hora antes de que se sirviera la cena, Liz se enteró de que ni siquiera tendría ese respiro.

Recibió una llamada urgente de la señora Preston con la noticia de que Rose, la camarera que solían contratar para esas ocasiones, se había cortado una mano y no podía trabajar. El ama de llaves le pidió que dejara a Scout con Daisy esa noche y ocupara su lugar.

Liz titubeó un momento pero, por el tono de voz de la señora Preston, adivinó que la cocinera estaba muy agobiada.

—Claro —contestó Liz—. Déme media hora.

Liz se duchó, se puso un vestido corto negro y zapatos planos.

Dudó un momento delante del espejo del baño, se recogió el pelo en un moño apretado y no se maquilló. Pensó en ponerse gafas en vez de lentillas, pero decidió que no necesitaba llegar a esos extremos.

Luego, corrió a la casa grande con Scout y todo lo que necesitaba. A Archie le encantó el plan inesperado y salió a recibirlas muy contento.

Liz se agachó delante de él y le rodeó con su brazo. Scout se acercó y abrazó a su madre por el otro lado. Ella los besó en la frente.

–Buenas noches a los dos. ¡Que durmáis bien! –les deseó y los abrazó–. Los he llevado a correr por los pastos esta tarde y a ver a los potrillos, así que seguro que van a caer rendidos –le comentó a Daisy.

La señora Preston estaba parada en medio de la cocina, tiesa como una estatua, con los puños apretados y los ojos cerrados.

–¡Señora Preston! ¿Qué ocurre? –preguntó Liz al entrar y sorprenderla así–. ¿Está usted bien?

El ama de llaves abrió los ojos y estiró las manos.

–Estoy bien, querida. Debe de ser por el poco tiempo que hemos tenido para prepararnos, me he agobiado un poco. Y, por supuesto, me ha afectado que Rose se hiciera ese corte en la mano...

–Dígame qué hacer. ¡Entre las dos, podemos hacer cualquier cosa!

Aunque su voz sonó fuerte y descansada, Liz tragó saliva, admitiendo para sus adentros que no sabía quién estaba peor, si ella o la señora Preston.

–¿Qué delicia ha preparado para deleitar hoy a los invitados?

La señora Preston se esforzó en recuperar la compostura.

–Crema de puerros con picatostes, pato asado con tomates y mi flan de chocolate para postre. La mesa está puesta. Trincharé el pato y lo serviremos con las verduras en la mesa grande, al estilo bufé, para que cada uno se ponga lo que quiera. ¿Puedes ser tan amable de ir a ver cómo está la mesa, Liz? Ah, y lleva los canapés.

–¡A la orden!

La mesa del comedor estaba preciosa. Estaba vestida con un mantel de damasco color crema con servilletas a juego. Un centro de mesa de lirios azules adornaba el conjunto entre dos candelabros de plata.

Liz hizo un rápido repaso de la cubertería, los vasos y la porcelana y le pareció que no faltaba nada y todo estaba correcto. Luego, llevó las bandejas con canapés a la terraza acristalada.

Había delicados bocados de caviar, negro y rojo, y de anchoas. También, había aceitunas y pinchos de albóndigas, con una salsa picante en un salsero de plata. Había salchichón picante y pedazos de queso Edam. Y gambas que podían untarse en la salsa verde de un bol de cristal.

Al ver las gambas, Liz recordó que hacían falta servilletas para los canapés. Fue a buscarlas y corrió a la sala acristalada para llevarlas. No iban mal de tiempo, pero tenía la sensación de que cuanto menos tiempo dejara sola a la señora Preston esa noche, mejor.

Al dejar las servilletas, se giró y chocó de bruces con Cam Hiller.

–¡Vaya! –dijo él y la agarró de los hombros, como había hecho en una ocasión en las calles de Sídney.

A Liz le pareció que había pasado una eternidad desde entonces.

–¡Oh! –exclamó ella y, a pesar de su esfuerzo de no hacerlo, se quedó sin habla, mientras su cuerpo se estremecía como siempre que su jefe la tocaba.

–¿Liz? –preguntó él, frunciendo el ceño, con aspecto de no ser inmune a ella tampoco–. ¿Qué estás haciendo?

–Eh... –dijo ella y tomó aliento–. ¡Hola! Estoy sustituyendo a Rose. Ha tenido un accidente... se ha cortado la mano.

Cam posó los ojos en su moño apretado y en sus zapatos planos.

–¿Vas a hacer de camarera?

Ella asintió.

–No te preocupes. ¡No me importa! La señora Preston necesita que alguien le eche una mano y...

–No –interrumpió él.

–¿No? Pero...

–No –repitió él.

–¿Por qué no? –preguntó ella, mirándolo confundida.

Cam llevaba una camisa blanca impecable y pantalones ajustados color caqui. Llevaba el pelo todavía húmedo de la ducha y Liz podía percibir su loción para después del afeitado con aroma a limón.

–Porque vas a asistir a esta cena como invitada.

Cam le quitó las manos de los hombros y, con una seguridad pasmosa, le soltó el moño de la cabeza y le entregó los pasadores.

Liz soltó un grito sofocado.

–¿Cómo...? ¿Por qué...? No puedes... ¡No puedo hacerlo! –le espetó ella–. No voy vestida para la ocasión –añadió y se quedó callada, llena de frustración.

–Estás bien así –afirmó él, inspeccionando su vestido negro–. Tal vez, no es un atuendo impresionante, pero puede valer.

Ella se quedó con la boca abierta, cuando Daisy irrumpió en la sala, llamándola.

–¡Aquí estás, Liz! Oh, lo siento, señor Hillier... Estaba buscando a Liz para decirle que tenía razón. ¡Tanto Archie como Scout se han quedado dormidos al momento!

–Una excelente noticia, Daisy –señaló Cam–. Daisy, tengo que pedirte un enorme favor –añadió–. Al parecer, andamos mal de empleados... ¿Te importaría ayudar a la señora Preston con la cena esta noche? Liz iba a hacerlo, pero yo quiero que asista a la cena.

A Daisy casi se le salieron los ojos de las órbitas, pero reaccionó con rapidez.

–Claro que no me importa. Pero... –comenzó a decir Daisy y miró a Liz con gesto ansioso.

–¿Estoy fatal así? –adivinó Liz.

–¡No, claro que no! –se apresuró a negar Daisy–. Siempre estás guapa. Aunque necesitas peinarte un poco. ¡Iré a por un cepillo! –exclamó, se dio media vuelta y salió.

Liz se quedó sola de nuevo con su jefe, presa de una mezcla de perplejidad e incredulidad.

–¿Por qué haces esto? –preguntó ella con voz ronca por la sorpresa y la incertidumbre.

–Porque, si aceptas vivir conmigo, Liz Montrose, no quiero que nadie diga que antes eras mi criada. Lo digo por ti. A mí me da igual.

Cinco minutos después, con el pelo cepillado pero sin haberle respondido aún a su jefe, Liz fue presentada a los invitados como encargada de la finca.

Media hora más tarde, estaba sentada a la derecha de Cam, lista para sumergir la cuchara en la crema de puerro de la señora Preston.

La fiesta que había organizado con apenas tiempo estaba saliendo a la perfección.

Los invitados eran dos parejas de mediana edad, una vivaracha mujer de unos treinta años y el consejero legal de Cam. La conversación fluyó sin dificultades mientras se servía el pato y, poco a poco, Liz fue relajándose.

Luego, comenzaron a hablar de caballos, de cría, de carrera, de compra y de venta de animales.

Gracias al programa de ordenador que Liz le había instalado a Bob y su ayuda en los establos, la conversación no le resultaba del todo ajena. Incluso fue capaz de describir algunos de los potrillos que habían nacido en las últimas semanas.

Notó que la mujer vivaracha, cuyo nombre era Vanessa y tenía el pelo corto rubio, labios y uñas pintados de escarlata, figura esbelta y ojos color café, tenía cierto interés en ella. En un par de ocasiones, la había sorprendido observándola con expresión especulativa.

Liz había sospechado que lo que despertaba la curiosidad de Vanessa era su relación con Cam Hillier, aunque ese tema era un misterio hasta para ella misma. Por otra parte, se preguntó qué estaría haciendo allí aquella rubia. ¿Sería otra de sus novias? No, eso no tenía sentido...

Al final, la velada terminó y los invitados se fueron a la cama.

Liz se retiró a la cocina, que se encontró vacía y reluciente. Suspirando con alivio, se sirvió un vaso de agua. Sin duda, Daisy había sido de gran ayuda esa noche para el ama de llaves.

De pronto, sintió deseos de salir a dar una vuelta al aire libre. Salió al pequeño huerto de la señora Preston y paseó hasta un promontorio en el valle, un lugar excelente para contemplar las estrellas. Incluso había un banco allí para tal propósito.

Liz se sentó y levantó la cabeza hacia el cielo, boquiabierta por su espectacular belleza.

Así fue como Cam Hiller la encontró.

—También es uno de mis lugares favoritos —murmuró él, sentándose a su lado—. Te estaba buscando. Deja el vaso —ordenó.

Liz abrió la boca para preguntarle por qué, pero decidió no hacerlo y obedeció. Él le entregó una copa de champán.

—Apenas has probado el vino esta noche. Una copa de esta bebida burbujeante te ayudará a relajarte. ¡Salud! —dijo él, chocando sus copas.

—Salud —repitió Liz, aunque sin mucha seguridad. Lo cierto era que se sentía cansada y no sabía cómo comportarse con Cam Hillier.

—¿Qué pasa?

Liz tomó un largo trago.

—No lo sé. No tengo ni idea. No podría responder a eso. Estoy sorprendida. Preocupada y confusa. Eso es lo que pasa.

Él rió con suavidad.

—De acuerdo, yo sé por qué. Nos enzarzamos en una pelea verbal la última vez que hablamos.

Ella hizo una pequeña mueca. Pero no dijo nada.

—Sí, una guerra de palabras después de un momento encantador, cuando yo hice un comentario desafortunado que te molestó y te encerraste en ti misma. Yo me fui a Sídney en medio de la noche y me quedé allí, también enfadado, varios días.

Tras una pausa, Cam continuó, con un inesperado tono de remordimiento.

–No estoy acostumbrado a que me digan que no... por eso me pongo furioso cuando ocurre. ¿Qué opinas?

–Yo... –balbuceó Liz y se interrumpió, sin poder contener una lágrima. Se la lamió cuando llegó a los labios.

–Lo que quiero decir es... ¿crees que estoy a tiempo de arreglar las cosas entre nosotros? –preguntó él tras un largo instante.

–No puedo... no puedo irme a vivir contigo –dijo ella con la voz empañada por la emoción–. Debes comprenderlo...

–No, no lo comprendo. ¿Por qué?

–Yo... –dijo ella y titubeó un momento–. No sería correcto. Pero da igual... –añadió con frustración.

–Liz, debes de saber que me gustas mucho.

–Pues no se nota –replicó ella, sin poder contener las palabras.

–¿A qué te refieres?

–Antes –respondió ella y se removió incómoda en su asiento, sin saber cómo explicarlo–. Incluso pensé que habías invitado a Vanessa para... provocarme.

–Me gusta pensar que estás celosa de Vanessa –admitió él–, pero está felizmente casada con un jockey que rara vez acude a las cenas, pues está muy preocupado por no ganar peso.

Liz se encogió.

–Lo siento –murmuró ella.

–Toma otro trago de champán –sugirió él–. ¿Qué dirías si supieras que, aparte de querer buscarle las cosquillas a una dama de hielo, no he sido capaz de dormir? He sido un monstruo en el trabajo. No puedo dejar de pensar en lo agradable que es tenerte entre mis brazos. No paro de desnudarte en mi imaginación. Por cierto, ¿tú cómo has pasado estos días que no nos hemos visto?

Liz tragó saliva y recordó cómo se había pasado el tiempo dándole vueltas a la cabeza, debatiéndose entre su enfado y el pensamiento de que, tal vez, él tuviera razón. ¿Sería hora de dejar atrás el pasado e intentar volver a vivir? ¿Estaba comportándose de forma demasiado melodramática? Aunque aquello no había sido lo único que había ocupado su mente durante la semana.

También, había recordado el placer que Cam le había proporcionado. Y cómo podía ser divertido y humilde, cuando no actuaba como un arrogante multimillonario. Le había dado vueltas a la buena conexión que tenía con los niños, a pesar de que ella jamás lo habría sospechado antes de verlo con ellos. Había estado reviviendo todas las cualidades que hacían que Cam Hillier fuera quien era.

–Yo he estado un poco... inquieta –admitió ella al fin en voz apenas audible.

–Bien.

–¿Bien?

–Odiaría pensar que sólo yo lo he pasado mal.

Por alguna razón, aquel comentario le hizo reír a Liz.

–Eres incorregible –murmuró ella y, con un suspiro de resignación, apoyó la cabeza en el hombro de él.

Sin embargo, Liz se incorporó de inmediato y lo miró a los ojos.

–¿Ahora qué? –preguntó ella con tono de preocupación–. Sigo sin poder mudarme a vivir contigo.

–Hay otra opción –repuso él, tomando su mano–. Podrías casarte conmigo.

Liz se puso tensa, sin dar crédito a lo que oía.

–¡No puedo casarme contigo!

–Parece que hay demasiadas cosas que no puedes hacer –observó él con tono seco–. ¿Qué puedes hacer?

Liz estuvo a punto de levantarse y salir corriendo, pero él la agarró de la cintura y la sostuvo.

–No discutamos, Liz –propuso él–. En una ocasión, dijiste que éramos dos adultos. Tal vez, eso sea lo que necesitemos ahora. Algo de madurez. Así que centrémonos en lo esencial.

Ella abrió la boca para hablar, pero no salió de sus labios ningún sonido.

–Necesito una madre para Archie –prosiguió él–. Tú necesitas un padre para Scout y un hogar estable –añadió y arqueó las cejas–. No podrías encontrar ningún sitio mejor que éste.

Liz lo miró con los labios entreabiertos y los ojos como platos.

–Y mírate a ti –continuó él, sujetándola de la cintura para que no se fuera–. Te has adaptado a Yewarra como si hubieras nacido para ello. Si no te gusta, finges muy bien. ¿Acaso no adoras esto?

–Sí –admitió ella en un susurró.

–¿Y a Archie?

–Quiero a Archie –aseguró ella–. Pero...

–¿Qué pasa con nosotros? –quiso saber él, mirándola con intensidad–. Sé honesta por una vez, Liz. Lo nuestro no sería una aventura de una noche. No sentiríamos lo que experimentamos desde hace dos meses si fuera así.

Ella se humedeció los labios.

—Y estos dos meses han sido de locos, ¿no estás de acuerdo? Han sido una especie de tortura.

—Sí —confesó ella al fin, suspirando—. Oh, sí.

Cam la tomó entre sus brazos.

—Tal vez, lo que necesitamos es pasar un par de días solos... para acostumbrarnos a la idea. ¿Querrías escaparte conmigo un tiempo?

—¿Y qué pasa con los niños?

—Sólo sería un par de días. Archie está acostumbrado y, tal vez, tu madre podría venir para quedarse con Scout.

—Bueno...

—¿Qué?

Liz pensó que uno de los obstáculos que se interponían entre ellos era que no conocía bien a Cam Hillier. No sabía si podía confiar en él o no. Quizá, debiera aventurarse a descubrir qué se escondía detrás de su repentina oferta de matrimonio, caviló.

—Yo... no puedo prometerte nada. Pero has sido muy bueno conmigo —dijo ella—. Así que...

—Liz —le increpó él con seriedad—. Hazlo o no lo hagas, pero que no sea por gratitud.

—¡Me siento agradecida! —exclamó ella.

—Entonces, retiro mi oferta.

Liz tomó aliento.

—No sólo eres incorregible, sino que eres imposible —le espetó ella.

—No, no lo soy. Sé sincera, Liz. Nos deseamos y la gratitud no tiene nada que ver en esto.

Ella abrió y cerró la boca varias veces, buscando excusas y dándole vueltas a la cabeza, intentando encontrar alguna escapatoria.

Pero, por supuesto, Cam tenía razón. No había escapatoria.

—Es verdad –admitió ella al fin–. Tienes razón.

—Entonces, la oferta está en pie de nuevo.

—Gracias. Yo... iré.

Cam le rodeó los hombros con el brazo.

Ella cerró los ojos y se rindió a la calidez del momento. Al mismo tiempo, era consciente de que acababa de adentrarse en terreno desconocido... Sin embargo, no tenía la fuerza de voluntad necesaria para resistirse a Cam Hillier.

Entonces, Liz intentó refugiarse en un tema más mundano, pues la enormidad de sus sentimientos la estaba abrumando.

—Estoy un poco preocupada por la señora Preston. Esta noche se ha agobiado mucho.

—Buscaré ayuda para ella antes de que nos vayamos. No te preocupes. Eres peor que Archie –repuso él y, sujetándole la mandíbula con los dedos, la miró a los ojos–. No debes preocuparte por nada. Yo me encargaré de todo –aseguró y comenzó a besarla.

Capítulo 8

TRES DÍAS después, Cam la llevó a la Gra Barrera de Coral. Eso era lo único que le había contado a Liz. El resto, sería una sorpresa.

Volaron a la isla de Hamilton en un vuelo comercial. Ella estaba muy callada.

—Los niños van a estar bien –le dijo él, tomándole una mano.

—¿Cómo sabías que estaba pensando en eso?

—No era difícil de adivinar. ¿Te arrepientes de haber aceptado venir conmigo?

—No...

Cam afiló la mirada ante su titubeo, pero no comentó nada al respecto.

Liz observó maravillada por la ventanilla las aguas relucientes, los arrecifes, las islas de Whitsunday y el puerto. Luego, descubrió que no iban a quedarse en Hamilton, aunque pararon allí para dar un paseo por el puerto, sus tiendas y sus cafés. Alguien se había ocupado de su equipaje.

—¿Has traído sombrero? –preguntó él, al parar delante de una tienda con una estupenda selección de sombreros–. Necesitarás uno cuando estemos en el agua.

—¿En el agua? No, no tengo sombrero. ¿Cómo que en el agua?

–Ya lo verás. Vamos, elijamos uno –propuso él.

Liz se pasó media hora probándose sombreros, mientras las dos jóvenes dependientas eran todo risitas y sonrojos ante la imponente presencia de Cam Hillier.

Poco a poco, Liz se dejó contagiar por el ambiente relajado y divertido. Era como si toda la presión de las decisiones difíciles se hubiera disipado bajo el espíritu vacacional de la isla.

Eligió un sombrero de paja de ala ancha y se lo llevó puesto. Se detuvieron en una terraza para tomar un par de cafés helados y compartieron un delicioso pastelito. Luego, tomándola de la mano, Cam la condujo por el embarcadero hasta un catamarán.

Se llamaba *Leilani* y era de lo más lujoso. El interior estaba tapizado por gruesas alfombras y preciosos tejidos. Era de madera, con acabados en bronce, y estaba pintado de un blanco reluciente. El salón principal era enorme, con una cocina americana. Y los tres dormitorios eran también de madera, con suntuosa ropa de cama.

Había dos cubiertas, una salía del salón y la superior estaba detrás de la cabina de control.

Un hombre vestido de blanco llamado Rob les dio la bienvenida a bordo y le mostró a Liz su dormitorio.

Luego, Bob regresó arriba y ella lo escuchó hablar con Cam, pero no entendió lo que decían. Cuando subió a cubierta, habían dejado de hablar y, para su sorpresa, comprobó que el joven que había pensado que conduciría el barco saltaba a tierra, mientras Cam soltaba amarras.

–¿No viene? –preguntó ella.

Cam la miró, encendiendo el motor.

—No.

Ella parpadeó.

—¿Tú sabes manejar un barco de este tamañazo?

—Liz, crecí entre barcos —repuso él con una sonrisa—. Claro que sé.

Ella se mordió el labio.

—Cada vez te pareces más a Archie —comentó él, riendo, y sacó a *Leilani* del embarcadero—. Te mostraré cómo llevar el timón si quieres, pero no hoy.

—¿El barco es tuyo... o lo has pedido prestado?

—Es mío.

—¡Me sorprende que no tenga un nombre shakespeariano!

—Ya estaba bautizado cuando lo compré —contestó él—. Se supone que da mala suerte cambiarle el nombre a un barco. Pero da la casualidad de que *Leilani* era un famoso caballo de carreras —explicó—. Bueno, ahora voy a concentrarme unos minutos —añadió, dirigiéndose a la salida del puerto.

—¿Adónde vamos?

—A Whiteheaven —respondió él—. Estaremos allí a tiempo para ver la puesta de sol. Es maravilloso.

Cam tenía razón.

Cuando el sol comenzó a ponerse en el horizonte, habían anclado en la playa de Whiteheaven. Liz ya había sacado la ropa de su bolsa de viaje y comenzaba a sentirse como en casa. Sobre todo, porque después de apagar los motores, Cam había bajado con ella y la había tomado entre sus brazos.

—Han sido unos días difíciles —comentó él.

Ella asintió. Habían decidido comportarse de manera estrictamente profesional delante de los niños y los empleados en Yewarra... incluso delante de la madre de Liz, cuando había llegado.

–Esto sólo nos incumbe a nosotros –había señalado él–. Les diremos que vamos a hacer un viaje de negocios.

–Pero se morirán de curiosidad... –había respondido ella–. No digo los niños, sino...

–¿Prefieres que te bese cada vez que me apetezca?

Liz se había sonrojado y había negado con la cabeza.

–Eso pensé –había respondido él con un brillo de malicia en los ojos.

Durante los tres días siguientes, Cam había estado en Sídney, atando algunos cabos sueltos antes del viaje. Y Liz se había pasado el tiempo preguntándose por qué habría aceptado, diciéndose que era una locura.

Por una parte, se había justificado a sí misma pensando que le debía a Cam Hillier, al menos, el intento de comprenderlo. Era, en cierta forma, una muestra de gratitud, aunque no pensaba confesárselo a él.

Volviendo al presente, anclados ante la playa de Whiteheaven en aquel hermoso barco, Cam se acercó a ella por detrás y le rodeó la cintura con los brazos.

–Necesitaba esto como respirar –comentó él con voz ronca.

Liz lo miró, sonriendo, y se relajó apoyada en él.

–Yo, también.

Cam la apretó entre sus brazos, haciéndola sentir en el paraíso.

–¿Ya no quieres luchar contra mí? ¿No me consideras una amenaza?

Liz no pudo reprimir la risa.

–No sé qué ha pasado con eso.

–¿Con toda la hostilidad? –adivinó él, acariciándole las caderas.

–Mmm... Podría tener que ver con... ¡La verdad es que es muy difícil resistirse a un hombre con un barco así!

Cuando Cam rió, Liz contuvo el aliento. Era el hombre más atractivo que había conocido jamás y, al verlo tan feliz, el corazón se le aceleró a toda velocidad.

–Te propongo algo –dijo él–. ¿Por qué no te pones algo más cómodo mientras preparo unos cócteles?

Liz se miró las ropas que llevaba puestas: la camiseta y los vaqueros con los que había viajado.

–Me parece bien. Hace calor. ¿Y tú?

–Yo voy a ponerme unos pantalones cortos, pero no tardaré. Una vez que se acerca al horizonte, el sol desaparece rápido.

–¡Voy como el rayo! –dijo ella, chasqueando los dedos y corrió a su dormitorio.

–¡Un vestido largo! ¡Debes llevar un vestido largo! –le había dicho su madre a Liz al enterarse de que iba a ir a la isla de Hamilton, aunque fuera en viaje de trabajo–. ¡Te traeré uno!

Y, a pesar de haber tenido poco tiempo para prepararse para el viaje, Liz llevaba un precioso modelo largo y vaporoso de color blanco. No tenía tirantes, llevaba un sujetador incluido y un pañuelo a juego para el cuello, blanco y naranja.

Liz se lo puso y descubrió que el precioso vestido la hacía sentirse ligera como una pluma, joven, bella y deseable.

Con los brazos extendidos, bailó delante del espejo. Luego, temiendo perderse la puesta de sol, se cepilló el pelo, se puso un poco de brillo de labios y, descalza, subió a cubierta.

Cam ya estaba allí. Se había puesto pantalones cortos azul marino y una camiseta blanca. Estaba sentado en el borde de cubierta, con las piernas colgando hacia fuera del barco. En la mesa, a su lado, había dos cócteles blancos y cremosos. También, había una bandeja con canapés de salmón ahumado, queso y alcaparras.

–¡Eres único, señor Hillier! –exclamó ella, riendo con las manos en las caderas–. ¡No tenía ni idea de que supieras preparar comida!

Él se giró para mirarla y se quedó sin aliento.

Cam pensó que nunca la había visto tan hermosa, tan llena de vitalidad, tan apetecible...

Se puso en pie.

–No voy a mentirte. Yo he hecho los cócteles, pero Bob preparó los canapés y otras cosas. Estás... –añadió, tendiéndole la mano– impresionante.

Ella se rió, dejando que la abrazara.

–No voy a mentirte yo tampoco. Me siento estupenda. No es que me crea estupenda, es...

–Sé a qué te refieres –dijo él y la besó–. De acuerdo. Siéntate. ¡Salud! –brindó–. Por el atardecer.

–¡Por el atardecer! –repitió ella y se quedó mirando las bellas vistas que los rodeaban.

El cielo se fue pintando de todos los colores mientras el sol desaparecía en el horizonte. El mar se bañó de tonos dorados, naranjas y violetas.

Cuando el sol al fin desapareció, los demás barcos que había allí anclados encendieron las luces. Cam hizo lo mismo y fue a servir dos cócteles más.

Liz se quedó en cubierta, disfrutando de la serenidad y de la cálida brisa tropical. La mar estaba en calma esa noche.

–Esto podría ser adictivo –comentó ella con una sonrisa cuando él salió con dos vasos en la mano y una suave música de baile comenzó a sonar en cubierta–. ¿Cómo lo sabías?

–¿Saber qué?

–Que, de niña, quería ser bailarina de discoteca. Llevo años sin bailar. Sólo lo hago con Scout. A ella le encanta, también –explicó ella y sonrió–. De pronto, me siento joven.

–Eres joven –afirmó él y acercó una silla para sentarse a su lado. Jugueteó con el borde del pañuelo de cuello de ella–. La verdad es que a tu lado yo también me siento joven.

Liz lo miró sorprendida.

–No eres viejo. ¿Cuántos años tienes?

Él sonrió.

–Hoy he cumplido treinta y tres.

–¿Por qué no me lo habías dicho? –preguntó ella, incorporándose.

Cam se encogió de hombros.

–Los cumpleaños van y vienen. No significan mucho para mí. ¿Pero qué habrías hecho si lo hubieras sabido?

Liz lo pensó un momento.

–Parece que lo tienes todo, así que habría sido un poco difícil elegirte un regalo. Al menos, te habría escrito una tarjeta de felicitación.

–¿Para ponerla sobre la mesa?

–De acuerdo, no –se corrigió ella–. Ya lo sé –añadió, se inclinó hacia delante y lo besó con suavidad–. Feliz cumpleaños, señor Hillier.

–Muchas gracias, señorita Montrose. Pero espero que eso haya sido sólo el aperitivo.

Liz se estremeció al notar cómo el deseo hacía presa en él. Ella se puso un poco tensa. También lo deseaba, por supuesto... ¿Pero estaba preparada para lo inevitable?

Cam no dijo nada más al respecto, tal vez porque notó su nerviosismo, caviló ella. Se limitó a besarla con suavidad y le tendió el vaso con el cóctel.

–Termínatelo. Nos está esperando un festín para cenar.

Y era cierto. Había una bandeja de marisco con gambas, cangrejo, calamares y dos langostas. También, había una ensalada y vino blanco. Era la clase de comida pensada para ser saboreada y para utilizar los dedos, sin tener demasiados reparos en manchar la copa, a pesar de las servilletas de lino y del bol con agua para las manos. Era la cena perfecta para comer en la cubierta de un barco bajo el cielo nocturno, rodeados de mar...

Era la clase de cena que invitaba a hablar sobre nada en especial y a no sentirse incómodos cuando se hacía el silencio. Entonces, Liz se dio cuenta de que su conexión era cada vez más.

–Estaba delicioso –comentó ella cuando Cam se levantó para recoger los platos.

Liz se levantó para ayudarle a llevarlos a la cocina, luego se lavaron las manos.

–¿Café? –ofreció él.

–Sí, por favor. ¡No me lo creo!

Cam arqueó una ceja.

–Son las once en punto.

–Casi la hora de Cenicienta –bromeó él, sonriendo–. Siéntate. Hace un poco de fresco fuera. Haré el café.

Liz se acomodó en una silla alrededor de la mesa ovalada de la cocina. Observó desde allí cómo hacía café su jefe... ¿O debería decir su futuro amante?

–Podría haberlo hecho yo –comentó ella.

–A mí se me da bien hacer café –contestó él, sacando la cafetera del armario–. Lo he convertido en una especie de arte. Lo importante es poner siempre la misma cantidad de café y usar para medir una cuchara del mismo tamaño –añadió, sirviendo las cucharadas y el agua hirviendo sobre la cafetera.

Liz no pudo contenerse y se rió.

–¿Así que tienes juegos de cafetera y cuchara idénticos en todas tus casas?

–Sí. Pero sólo tengo dos casas.

–Y un barco.

–Y un barco –repitió él, tomando el azúcar, la leche y dos cucharillas–. En realidad, no es mentira lo que les dije a todos sobre hacer una nueva adquisición en Hamilton. Estoy pensando en comprarme una casa allí.

–Ah. ¿Vas a combinar el placer con un poco de negocios? –replicó ella con tono de broma–. ¿O, más bien, combinarás los negocios con un poco de placer?

–Eso depende de ti.

Liz se puso seria.

–¿De veras necesitas otra casa?

–¿La verdad? –dijo él y sirvió dos tazas de café, acercándole a Liz el azúcar y la leche–. Sírvete tú misma. No, no necesito otra casa. Pero, al menos, no es otra empresa.

Ella lo observó con el ceño fruncido.

–¿Y eres feliz así?

Con la vista gacha, Cam removió su café.

–Hay algunas cosas que no me gustan. Aparte de Narelle y Archie, no tengo ningún pariente vivo, nadie más que pueda beneficiarse del fruto de mi trabajo, por decirlo de algún modo –señaló él y se encogió de hombros–. Nadie que me desee feliz cumpleaños –añadió y, con una sonrisa, levantó la mano–. Eso no me importa, de verdad. Pero sí me importa que mis padres no hayan vivido para ver esto –confesó y miró a su alrededor–. Ni Amelia, mi hermana.

–Entonces... –balbuceó Liz–. ¿Lo que quieres decir...?

–¿Quieres saber si, en ocasiones, me dan ganas de pedir que pare el mundo porque quiero bajarme? ¿Si cambiaría Corporación Hillier por un poco más de vida? La respuesta es sí –admitió él, encogiéndose de hombros.

–¿Y por qué no lo haces?

–Liz –dijo él y la miró a los ojos–. No es tan fácil. Tengo muchos empleados. Y, de todos modos, no sabría qué hacer con mi tiempo libre.

De pronto, en ese momento, Liz percibió algo distinto a él, un sello de tensión interior en las líneas de su rostro.

–Tal vez, una parte de mí sea incapaz de sentarse a descansar sin más –observó él, encogiéndose de hombros–. Quizá sea inquieto por naturaleza.

–O, igual, no –repuso ella con voz ronca–. Puede ser por las circunstancias que te han tocado vivir –opinó con una mueca–. Como me ha pasado a mí.

Cam abrió la boca para decir algo, pero algo como una alarma sonó en la sala de mandos.

Liz lo miró con gesto interrogativo.

—Es el fax con el informe meteorológico —indicó él, frunciendo el ceño—. Me lo mandan de manera automática si hay cualquier cambio en el tiempo.

Liz sonrió.

—Ve a mirar. Sé que no vas a descansar hasta que lo hagas.

Pasándose una mano por el pelo, Cam se levantó.

—De acuerdo. A diferencia de lo que piensas de mí al volante de un coche, en el mar soy muy cauteloso. Enseguida vuelvo.

Sin embargo, Cam tardaba. Liz se acurrucó en la silla y apoyó la cabeza en la mesa. Se quedó dormida sin darse cuenta.

Cam volvió con un pedazo de papel en la mano y la noticia de que debían cambiar su ubicación al día siguiente porque se avecinaban fuertes vientos.

Se detuvo en seco al darse cuenta de que ella estaba dormida y dejó el papel sobre la mesa, mirándola.

Observó su grácil cuerpo, su mano apoyada para la mejilla, y pensó que debía de estar muy cansada. Tal vez, también habían contribuido dos cócteles y un par de vasos de vino. O había sido por la tensión...

Apretando los labios, Cam apartó la mesa y se inclinó para tomarla en sus brazos. Ella murmuró algo, pero no se despertó mientras la llevaba a su habitación.

La dejó con cuidado en un lado de la cama y le colocó un suave edredón de plumas por encima.

—Buenas noches, Cenicienta —dijo él, tras mirarla embelesado durante un par de minutos.

Liz durmió durante horas, hasta que una pesadilla

le asaltó y se despertó desorientada, sin saber dónde estaba. Estaba rodeada de sonidos desconocidos y tenía la aterrorizadora certeza de que había perdido a Scout.

Se revolvió en una cama que no conocía, encontrándose con un edredón que no recordaba. Estaba empapada en sudor frío, gritando el nombre de Scout...

–¿Liz? ¡Liz! –llamó Cam, encendiendo la lámpara. Se acercó a ella corriendo, llevando sólo unos pantalones cortos de pijama–. ¿Qué pasa?

–He perdido a Scout –gritó ella–. ¿Dónde estoy?

Cam se sentó en la cama y la tomó entre sus brazos.

–No has perdido a Scout. Estás a salvo en mi barco. ¿Recuerdas? Estamos en el *Leilani*, en la playa Whiteheaven. ¿Te acuerdas del atardecer?

Liz se estremeció con un escalofrío y abrió la boca, sin poder articular palabra.

–Scout está en casa con Daisy y Archie y tu madre, en Yewarra.

Despacio, Liz cerró los ojos, tranquilizándose.

–Oh, gracias a Dios –susurró ella y abrió los ojos de golpe–. ¿Estás seguro?

–Muy seguro –afirmó él.

–Abrázame, por favor. Abrázame –rogó ella con voz apenas audible–. No podría soportar perder a Scout.

–No vas a perderla –prometió él–. Espera –añadió y se tumbó a su lado, sujetándola contra su pecho–. Ya está. ¿Mejor?

Liz se acurrucó a su lado y sintió como el malestar desparecía ante la seguridad y la solidez de su cuerpo, ante la fuerza de los brazos que la rodeaban.

–Mucho mejor –admitió ella, apoyando la mejilla en su hombro–. ¿Todavía quieres casarte conmigo?

–Liz... –dijo él y la miró a los ojos–. Sí, pero...

–Pues hazlo, por favor –rogó ella–. No tengas en cuenta mis tonterías. Puedo ser muy cabezota a veces... No me dejes... ¡Oh! ¡Todavía estoy vestida!

–Liz, para.

Cam la abrazó, mirándola a los ojos, hasta que ella comenzó a calmarse, aunque todavía le recorría algún escalofrío de vez en cuando.

–Sí, sigues vestida –afirmó él en voz baja–. No me aprovecho de chicas dormidas. Y no creo que debamos tomar ninguna decisión importante ahora mismo. Estabas muy cansada y has tenido una pesadilla. Tomemos las cosas con calma –propuso y se apartó un poco.

Liz se encogió porque, al fin, se había dado cuenta de algo sobre lo que ya no le cabía ninguna duda. Cam Hillier era su solución. No por el bien de Scout, sino por su bien. Él era capaz de hacerla sentir a salvo y la atraía como ningún otro hombre...

–¿Es que pretendes que compartamos la cama sin hacer nada? –susurró ella–. Yo no creo que pueda. Siempre puedes decir que te he seducido, si no estás convencido...

–¿Si no estoy convencido? –repuso él con respiración entrecortada–. Cenicienta, si tuvieras idea...

–¿Cenicienta?

Él se encogió de hombros.

–Fue alrededor de la medianoche cuando te llevé a la cama.

–Maldición.

Cam la miró arqueando una ceja.

–Había planeado... bueno, había pensado ser tu sorpresa de cumpleaños –confesó ella.

Él se quedó en silencio, tanto que Liz levantó la cabeza para mirarlo, mordiéndose el labio.

–Liz, no soy de piedra.

Ella apartó la vista.

–Ni yo –respondió ella en voz baja y le tocó la mejilla–. Quiero que me abraces y me beses. Quiero que me desees. Quiero demostrarte lo mucho que te deseo. ¿Sabes cuándo fue la primera vez que hiciste que se me pusiera la piel de gallina? Pocos días después de empezar a trabajar para ti, cuando me tropecé en la acera y tú me sujetaste. ¿Te acuerdas?

Liz esperó un momento y se dio cuenta de que él lo recordaba.

–Llevo más tiempo que tú luchando contra la atracción que siento –añadió ella–. Piénsalo.

Con un gemido, Cam la apretó contra su cuerpo.

–Sabía que sería así.

–¿Cómo? –preguntó ella.

Estaban mirándose a los ojos. El edredón se había caído al suelo, junto al vestido de Liz y su tanga.

Tenía el pelo esparcido por la almohada y parecía un hada etérea bajo la luz de la lamparita de noche.

Cam le acarició el pecho.

–Sabía que tu piel sería pálida, de satén, y tu cuerpo esbelto, elegante y hermoso.

Liz le agarró la mano y se la llevó a los labios.

–Yo sospechaba que tú serías el sueño de cualquier chica. En cuanto a tus dedos... me encantan. Han estado a punto de hacerme perder la compostura muchas veces. Como ahora.

–¿Así? –preguntó él, recorriéndole el torso con la

punta de los dedos, hasta llegar a sus caderas. Luego, siguió bajando hasta el muslo.

–Sí, así –repuso ella, mordiéndose el labio, mientras los dedos de él exploraban partes más íntimas de su cuerpo.

Liz gimió y le rodeó con sus brazos, recorrida por un mar de deliciosas sensaciones.

–Cam... –jadeó ella, sintiéndose suya en cuerpo y alma.

Los dos se movían al mismo ritmo, sumergidos en una profunda conexión. Liz se deleitó acariciando cada rincón del espléndido cuerpo de él. Le recorrió el torso velludo, como había soñado hacer hacía días.

Se sintió invadida por la más pura felicidad, mientras se tocaban, se saboreaban y se abrazaban el uno al otro. Se sintió deseada e irresistible, incandescente. Y se abandonó sin reservas al placer que él le proporcionaba.

Su unión final la llevó al borde de las lágrimas. Él la guió y la llevó con toda la delicadeza y experiencia que ella había soñado. Él la mimaba y, al mismo tiempo...

–Mmm –gimió él cuando terminaron–. Ha merecido la pena esperar.

Liz lo besó en el cuello.

–Ha sido... No tengo palabras... Ha sido demasiado maravilloso.

Cam le recorrió la boca con la punta del dedo y la miró a los ojos.

–Yo puedo intentarlo. Tú, mi dulce y hermosa Liz, has convertido el mundo en un paraíso para mí.

Ella sonrió y le acarició el hombro.

–Gracias –dijo Liz y soltó una risita–. Pero no podría haberlo hecho sin tu ayuda.

–¿No? –replicó él, riendo también.

–No. Y sabes que no lo digo en broma, ¿verdad? Porque estaba por completo a su merced, señor Hillier.

–No tanto, señorita Montrose. Bueno, podemos decir que el mérito ha sido de los dos.

–Me parece justo –contestó ella y, de pronto, se puso seria al recordar lo que le había dicho sobre casarse.

–¿Liz?

Ella lo miró a los ojos y se dio cuenta de que también se había puesto serio. Durante un instante, estuvo a punto de confesarle que se había enamorado de él de pies a cabeza, que le había sucedido desde hacía tiempo, a pesar de su esfuerzo por impedirlo.

Sin embargo, un resquicio de miedo del pasado le hizo guardar silencio. Debía tomárselo con calma, se dijo Liz. Sí, había vuelto a entregarse a un hombre. Para ella, había sido mucho más que sexo, ¿pero sería mejor protegerse y no compartir aquella verdad con él?

–Nada –dijo ella y enterró la cabeza en su hombro.

Le quedaban dos días más en el *Leilani*.

A la mañana siguiente, cambiaron de sitio el barco. Lo anclaron en una bahía protegida del viento. Nadaron y pescaron. Se fueron a la playa en una lancha hinchable y se subieron a una colina, desde donde contemplaron vistas panorámicas de Whitesundays. Bucearon en el arrecife de coral. Navegaron en las canoas que había en el Leilani.

Liz se pasaba todo el día en su biquini azul. Con una gorra y una camisa de manga larga para protegerse del sol de vez en cuando. O con su sombrero de paja. Reservaba el vestido largo para la noche.

Lo único que no volvieron a hacer fue hablar de matrimonio de nuevo.

A Liz le inquietaba. Por una parte, ella no se atrevía a sacar el tema y, por alguna razón, Cam tampoco lo hacía. De hecho, en un par de ocasiones, lo sorprendió mirándola con el ceño fruncido, como si estuviera decidiendo qué hacer. Ella se había sentido un poco incómoda en esos momentos. Pero él era un compañero tan agradable que, enseguida, a ella se le olvidaban sus reservas y no le costaba nada disfrutar de su compañía en aquel precioso barco.

Lo que más le gustaba era ver cómo él se relajaba. Cam Hillier necesitaba que lo rescataran de sí mismo. ¿Podía hacerlo ella? ¿Podía ofrecerle una vida juntos tan satisfactoria como para apartarlo de la estratosfera de trabajo que solía habitar?

Al pensar, Liz esbozó una sonrisa de amargura. ¿Cómo sabía que sus propios demonios le permitirían compartir su vida con él?

—No hay nadie más anclado aquí hoy —comentó él de pronto.

Estaban tumbados en las hamacas en cubierta. Liz miró a su alrededor.

—Es verdad —repuso ella y se incorporó, frunciendo el ceño—. Lo dices como si fuera importante.

Cam se subió las gafas de sol a la cabeza.

—Es por una fantasía que tengo —repuso él, encogiéndose de hombros—. Tiene que ver con las sirenas.

Liz lo miró, mientras él tenía los ojos fijos en el agua.

–Sigue. ¿Qué tiene que ver con que no haya nadie más que nosotros?

–¿Podríamos bañarnos desnudos?

Ella contuvo el aliento.

–Pero no somos sirenas.

–Mucho mejor.

–Cam...

–Liz, lo que pasa es que... me gustaría ver tu precioso cuerpo desnudo en el agua.

Liz se miró a sí misma.

–El biquini que llevo no es que me tape mucho...

–Aun así...

Liz miró hacia el agua. Tenía un aspecto muy apetecible, bajo el cielo azul y el sol radiante.

¿Por qué no?

Sin decir nada, Liz se levantó, se quitó el biquini y se tiró al agua antes de que Cam tuviera tiempo de ponerse en pie.

–Ven –llamó ella–. Está buenísima.

Se estaba de maravilla en el agua, era cierto. Pero no tanto como cuando él se tiró y la tomó entre sus brazos, pensó ella.

–¿A que era una buena idea? –preguntó él, desnudo, mojado y bronceado.

–Muy buena –aceptó ella–. Me siento como una sirena –confesó, flotando boca arriba.

–Pareces una –comentó él, le rozó los pechos y la sujetó de la cintura.

Liz rió, rodeándole los hombros con los brazos. Luego, se liberó de su abrazo y salió nadando con gesto provocativo.

–Nadas como un pez –gritó él–. Y haces el amor como una sirena. Vamos al barco.

—¿Ahora?

—Sí, ahora —afirmó él.

Liz rió y obedeció, nadando hacia el barco.

Cam la siguió por la escalerilla y, cuando llegaron a cubierta, la tomó en sus brazos, chorreando, y la llevó al dormitorio, donde la tumbó sobre la cama.

—Cam, estamos mojándolo todo —protestó ella.

—No importa —rugió él, tumbándose a su lado—. Lo que necesito hacer contigo ahora mismo... es sólo para nuestros ojos.

—No hay nadie más fuera. Además, fue idea tuya.

—Tal vez, pero esto, no. ¿Estás cómoda así? —preguntó Cam, colocándola encima de él.

Liz jadeó, mientras él se colocaba entre sus caderas, moviéndose contra ella.

—No sé si ésa es la palabra adecuada. Es... —comenzó a decir ella, mordiéndose el labio—. Sensacional.

Cam le acarició el pelo, haciendo que cayera una lluvia de gotas de mar. Los dos rieron y se pusieron serios al instante, cuando empezaron a besarse y a frotarse el uno contra el otro con desesperación.

Tras el orgasmo, ambos aterrizaron juntos, jadeando. Liz estaba perpleja por la fuerza del deseo que los había poseído. Su respiración todavía era entrecortada cuando se tumbaron uno junto a otro, abrazándose con fuerza.

—¿Y-y esto por qué? —preguntó ella con voz ronca, cubriéndose con la manta.

—Por ti. Porque eres una sirena —repuso él, acariciándole el pelo.

—¿Y tú qué eres? ¿Un sireno?

—No creo que existan.

–Da igual. ¿De verdad crees que soy una sirena? Es la segunda vez que me acusas de algo similar.

Cam se encogió de hombros, aunque no dijo nada. Lo cierto es que a Liz le dio la sensación de que estaba un poco preocupado. Por la forma en que la miraba, parecía estar esperando algo...

Liz se incorporó sobre un codo.

–¿Pasa algo? –preguntó ella, acariciándole los hombros.

–Tienes razón –dijo él, mirándola a los ojos con gesto inexpresivo–. Lo hemos mojado todo. Quitemos las sábanas y hagamos la cama de nuevo. Pero, primero, podemos darnos una ducha –añadió, se destapó y se levantó.

Liz titubeó, sintiéndose como si hubiera entrado en un campo de minas.

Durante un momento, ella se le quedó mirando la espalda, mientras Cam buscaba ropa limpia en los cajones. Luego, intentando recuperar la compostura, se puso en pie y pasó de largo junto a él, en dirección a su dormitorio. A continuación, cerró la puerta, algo que no solía hacer.

Cam no hizo nada.

Después, hicieron la cama en silencio.

Liz se había puesto unos pantalones cortos amarillos y una blusa color crema y se había recogido el pelo. Él también se había puesto pantalones cortos, con una camiseta negra. La tensión que pesaba sobre ellos era palpable.

¿Cómo? ¿Por qué?, se preguntó Liz.

Antes de que pudiera encontrar respuestas, el teléfono de Cam sonó. Era Roger y, por el gesto de su jefe y las pocas preguntas que hizo, ella supo que se trataba de algo serio.

Ella se llevó la mano a la garganta.

—¿Scout está bien?

—Sí —afirmó él—. Y Archie. Pero la señora Preston ha sido ingresada con problemas de corazón. Le hice que me prometiera que iría a revisarse cuando me contaste lo que había pasado.

Liz bajó la mano.

—Oh —dijo ella con mezcla de alivio y preocupación.

—Y hay más. Daisy está con gripe.

—¡Oh, no! Entonces, ¿quién?

—Tu madre ha tomado el mando con ayuda de la esposa de Bob, pero creo que deberíamos volver cuanto antes.

—Claro —dijo Liz, sintiéndose impotente—. ¿Pero cuánto tardaremos?

Cam marcó otro número en su teléfono.

—Roger va a preparar un vuelo desde Hamilton —informó él a Liz—. ¿Rob? —dijo al auricular—. Escucha, amigo, necesito volver a casa con urgencia. Prepara un helicóptero para que nos recoja en la playa Whiteheaven. Ven tú en él, luego llevarás el *Leilani* de vuelta a Hamilton.

Liz se quedó boquiabierta al oír aquellas instrucciones. Pero no tuvo oportunidad de decir nada.

—De acuerdo —dijo Cam—. Voy a levar el ancla. Tardaremos una media hora en llegar a Whiteheaven.

—¿Y si no hay ningún helicóptero disponible?

Cam la miró, como si no diera crédito a lo que acababa de escuchar.

—Pues Rob comprará uno.

–¡Anda ya! ¿No esperarás que me crea eso?

–Créalo o no, señorita Montrose, no sería la primera vez –afirmó e hizo una pausa–. ¿Te importa hacer las maletas de los dos?

Liz se quedó mirándolo y, ante su mirada autoritaria, no discutió.

–Claro –dijo ella en voz baja, dándose la vuelta.

Liz no se percató de que él la miró, apretando la mandíbula, antes de irse.

Ella se quedó parada un momento.

Oyó cómo se encendían los motores. Oyó el sonido metálico de la cadena del ancla subiendo. Sonidos todos que ya conocía.

Sintió la vibración del barco bajo los pies mientras él lo ponía rumbo a la playa...

Liz se lamió un par de lágrimas del labio... porque algo había pasado y ella no tenía ni idea de qué era. Él había vuelto a llamarla señorita Montrose y, por su tono, no había sido en broma. ¿Por qué?

¿Y por qué aquella terrible urgencia por regresar a casa? Era cierto que, cuando tomaba una decisión, Cam Hillier la ponía en práctica a cien por hora. A ella tampoco le molestaba volver cuanto antes a casa, pero...

¿Ya no iban a volver a estar a solas? ¿Qué pasaba con el modo apasionado con el que habían hecho el amor? ¿Cómo encajaba en todo aquello?

Sumida en su confusión, Liz se tapó la cara con las manos.

Llegaron a Yewarra después de que oscureciera aquel mismo día. Roger les había preparado un vuelo en un jet privado desde la isla de Hamilton, con un vehículo de un socio de Cam. El socio lo acompañaba, así que Liz y su amante no tuvieron oportunidad de mantener ninguna conversación privada. Y volaron desde Sídney a Yewarra en el helicóptero de la compañía... también en silencio.

Ella no estaba segura de qué pensar.

Tanto Scout como Archie estaba ya dormidos, pero Mary Montrose los estaba esperando. Les informó de que Daisy se estaba recuperando y la señora Preston también, aunque seguía en el hospital.

Liz abrazó a su madre y Cam le estrechó la mano.

–Muchas gracias por ocuparse de todo, señora Montrose –dijo Cam, haciendo que la madre de Liz se sonrojara ante sus encantos–. Espero que se haya mudado a la casa grande.

–Sí, con Scout –repuso Mary–. Nos mudamos a la zona infantil. Supongo que tú también te quedarás, ¿no, Liz?

–Bueno... –dijo Cam–. Lo cierto es que Liz y yo tenemos una noticia. Hemos decidido casarnos.

Capítulo 9

¿CÓMO has podido?

Liz y Cam entraron en el estudio y cerraron la puerta. Era una noche ventosa y podía oírse cómo las ramas y las hojas se caían de los árboles afuera. También, se percibía el ruido de algún trueno distante.

Liz estaba perpleja y furiosa, a pesar de que su madre había recibido la noticia con efusivo entusiasmo antes de quedarse en silencio, al ver la expresión de su hija.

–Os dejaré solos –había señalado Mary, entonces, y se había ido al cuarto de los niños.

–Es lo que tú me habías dicho –repuso él, recostándose en la silla delante del escritorio–. Me dijiste que no tuviera en cuenta tus tonterías, pues podías ser muy cabezota a veces. ¿Recuerdas? –añadió, arqueando una ceja con gesto sardónico, y le dio un trago a la copa de coñac que se había servido.

Allí en el estudio de Cam, sentada al otro lado del escritorio delante de él, Liz no pudo evitar que habían vuelto a su antigua relación de jefe y empleada. Y ello la hirió profundamente.

–Me acuerdo muy bien –contestó ella con frustración y respiró hondo–. También recuerdo que hace unas pocas horas nada más estábamos haciendo el amor con pasión, aunque después te hayas empezado a comportar como si fueras de hielo. Lo último que esperaba escuchar era que yo lo hubiera planeado todo para casarme contigo.

–Pero así es, ¿no, Liz? Por Scout.

Liz se puso pálida.

–Eso tú ya lo sabías –susurró ella–. Incluso tú mismo afirmaste que necesitabas una madre para Archie y yo necesitaba seguridad para Scout.

Cam se puso en pie, de pronto, y se acercó a uno de los cuadros que colgaban de la pared. Se quedó mirándolo. Era el de un pesquero con el nombre de *Miranda*.

–No sabía que me iba a sentir así.

Ella se quedó callada mientras Cam observaba el cuadro con una mano en el bolsillo y el rostro impregnado de tensión.

–¿Cómo?

Él se giró hacia ella.

–Como si me hubiera llevado mi merecido. Después de haber tenido una vida de placer, en lo que se refiere a las mujeres, y de poder disfrutar de ellas sin ningún compromiso, al final, me he enamorado de la que no puedo tener.

–¿N-no me puedes tener? –preguntó ella con los ojos como platos.

Cam sonrió un momento, aunque sin alegría.

–Otra vez haces lo mismo, Liz. Estás repitiendo lo que yo he dicho.

–Porque no puedo creerlo. Tú... me tienes... No sé cuánto más quieres de mí –replicó ella con lágrimas de frustración.

Cam se sentó delante de ella.

–Pensé que bastaría con tenerte bajo mis propias condiciones, Liz. Por eso, te convencí para que aceptaras el trabajo aquí, en Yewarra. Por eso... incidí en que necesitabas ofrecerle a Scout más seguridad. Y lo que he conseguido es que aceptes casarte conmigo sólo por el bien de tu hija, no por mí. No quería eso.

Liz soltó un grito sofocado y no pudo evitar recordar la primera vez que habían hecho el amor... la primera noche que habían pasado en el barco y la pesadilla que había tenido. Recordó la resistencia inicial que él había mostrado y que ella había preferido ignorar.

–Debiste haberme dicho esto entonces.

–Casi lo hice. Te dije que no era de piedra –contestó él con tono seco–. No fui capaz de admitir que me sentía como un tonto, que no sabía lo que me estaba pasando.

–¿Y qué te pasó esta mañana? –quiso saber ella.

–¿Esta mañana? Lo que quería esta mañana era oírte decir que me querías con locura.

Liz soltó un largo suspiro.

–Lo que no entiendo es por qué le has dicho a mi madre que íbamos a casarnos.

–Me dejé llevar por mi diablo interior. Pero estoy dispuesto a darte la protección de mi apellido si crees que eso te ayudará a proteger a Scout de su padre. Pero será un matrimonio de conveniencia –afirmó él y se encogió de hombros.

–¿Crees que es eso lo que quiero? –musitó ella, pálida.

–¿Me equivoco? –replicó él, arqueando una ceja.

Con labios temblorosos, Liz se levantó despacio. Quería negar aquella acusación, decirle que no era eso lo que pretendía. ¿Pero por qué no podía confesarle que se había enamorado de él de pies a cabeza?

Tal vez, porque no tenía pruebas, pensó ella. Se dio cuenta de que, desde fuera, podía parecer que lo había planeado todo para pescarlo, por el bien de Scout.

O, quizá, la razón era que todavía no se sentía preparada para desnudar su alma delante de ningún hombre.

–No, no es lo que quiero –negó ella con voz apenas audible–. Cam. Lo nuestro se ha terminado. No podría funcionar. Hay demasiados obstáculos –señaló y meneó la cabeza, mientras dos lágrimas le corrían por las mejillas–. En una ocasión, te dije que sería una locura tener algo juntos. Tenía razón. Aunque no te culpo por todo esto... Yo soy la única culpable –añadió y se giró–. Por favor, déjame ir –rogó.

–Liz...

Pero ella salió corriendo del estudio.

Capítulo 10

DÓNDE está Archie? –preguntó Scout–. ¿Y dónde está el cachorrito de Nonah? ¿Por qué no puedo jugar con ellos? –quiso saber, mirando a su alrededor en el piso de su abuela, frustrada–. No me gusta esta casa.

Liz suspiró.

Habían dejado Yewarra hacía tres semanas... y había sido para ella el movimiento más doloroso que había hecho jamás.

Todavía podía visualizar a Archie, parado junto a la fuente del delfín, diciéndoles adiós con la mano, con aspecto pálido y confundido. Y a Cam, de pie detrás de él, serio, mientras Mary, Scout y ella dejaban la finca.

Del mismo modo, podía recordar cada palabra de su última conversación con Cam, en la que él había insistido en pagarle un generoso finiquito.

En concreto, recordaba la urgencia que había sentido de lanzarse a sus brazos y rogarle que la aceptara sin condiciones, a pesar de que no fuera capaz de decirle lo que él necesitaba oír.

Cada vez que pensaba en ello, Liz cerraba los ojos...

No podía sacarse de la cabeza la idea de que Cam necesitaba que lo ayudaran a estabilizarse, ni las ganas que había tenido de ser ella quien lo hiciera.

Durante esas tres semanas, Liz había perdido peso, había dormido poco y no había dejado de darle vueltas a la cabeza. ¿Se habría alejado de un hombre que la amaba sin ninguna buena razón? O, sin embargo, ¿habría hecho bien, porque él nunca confiaría en ella?

Su madre le había ofrecido todo su apoyo, intentando hacerle lo más soportable posible el dolor de la separación. Pero Liz sabía que tendría que hacer cambios. No podía seguir viviendo con su madre como hasta entonces. Era obvio que Mary se sentía muy apegada a su novio, Martin. Y estaba metida de lleno en el diseño de ropa.

Sin embargo, Liz había tardado una semana en recomponerse y poder empezar a buscar un trabajo y otra casa.

Se había puesto en contacto con la agencia con la que solía trabajar y, por el momento, no le había salido nada, aunque había retomado su antiguo empleo como recepcionista de restaurante en los fines de semana. Lo siguiente que tenía que hacer era buscar piso.

Poco después de que Scout emitiera su queja, sonó el teléfono. Era la agencia, con una oferta de trabajo de secretaria durante dos semanas que empezaba al día siguiente.

Ella aceptó después de consultarlo con su madre, a pesar de que no le agradaba la idea de volver al mismo ambiente.

A la mañana siguiente, se presentó en las oficinas de Wakefield, una compañía naviera.

Según le habían dicho, tenía que reemplazar a la secretaria del presidente, que se había caído y se había roto una pierna. Era lo único que sabía.

Como siempre para trabajar, se había vestido con esmero, con un traje de chaqueta con falda y una bonita blusa. Se había recogido el pelo en una coleta y se había puesto las gafas.

Le recibió la recepcionista, que según rezaba en su insignia se llamaba Gwendolyn, y la llevó de inmediato al despacho del presidente.

–Aquí está –dijo Gwendolyn de buen humor–. El jefe ha pedido que pases nada más llegar.

Liz respiró hondo y titubeó un momento. El despacho, que se veía desde la puerta, parecía muy distinto del último en el que había trabajado. No había fotos de caballos, ni de barcos y los colores eran diferentes: alfombra y paredes color crema y un juego de sofás de cuero marrón. La mesa estaba fuera de su campo visual. Tras respirar hondo de nuevo, entró y se quedó petrificada por la sorpresa.

Era Cam Hillier quien estaba sentado detrás del escritorio del presidente de Wakefield, una compañía de la que Liz no había oído hablar hasta el día anterior.

Ella se quedó de piedra.

Él se levantó y se acercó.

–Liz, entra.

–¿T-tú? –preguntó ella–. No lo entiendo.

Cam sonrió un momento.

–Es la compañía que compré cuando estabas en Yewarra. ¿Recuerdas?

Con ojos como platos, ella intentó articular palabra, sin conseguirlo. Se quedó mirándolo. Estaba vestido con un traje azul, tan guapo como siempre, aunque también estaba pálido.

–N-no entiendo –balbuceó ella–. Se supone que estoy sustituyendo a alguien que se ha roto una pierna.

–Yo me lo inventé. Y pedí que vinieras tú en persona.

Ella parpadeó.

–¿Me... has traído aquí a propósito? ¿Por qué?

–Porque no puedo vivir sin ti. Te necesito desesperadamente, Liz –afirmó él y la sujetó del brazo, justo cuando ella parecía tambalearse–. Archie no puede vivir sin vosotras. Ninguno de los dos podemos. Así que apreciaríamos cualquier cosa que quieras darnos, pero tienes que volver.

–¿Cualquier cosa?

Entonces, tal vez por el shock de verlo de forma tan inesperada, Liz se sintió como si una llave invisible le abriera el corazón y todo lo que había ansiado decir, comenzó a salirle solo...

–¿No lo entiendes? Nunca me habría acostado contigo si no te amara. Así es como yo soy. Sé... sé que puede parecer que lo hice por Scout, pero no es así. Fue por ti.

Con la cara empapada en lágrimas, Liz empezó a temblar.

–Liz –dijo él y la abrazó, visiblemente conmovido–. Liz, querida...

–No sé por qué no he podido decirlo antes –continuó ella–. Quería hacerlo, pero...

–Lo entiendo –le interrumpió él–. Siempre lo he entendido –añadió con suavidad–. Es que nunca puedo evitar acelerar las cosas.

–Me sorprende que no me odies –señaló ella.

Cam apretó los labios.

–Tal vez, esto te lo confirme mejor que cualquier

palabra –murmuró él, le quitó las gafas y la besó en las mejillas, en los ojos y en los labios.

Cuando, al fin, sus bocas se separaron, Liz estaba sin aliento y había dejado de llorar.

–Esto está sucediendo de verdad –musitó ella, mirándolo.

–Sí. Te amo –afirmó él–. Nunca me había sentido así antes, como si por fin hubiera encontrado lo que buscaba, como si el resto del mundo pudiera irse al infierno, siempre que te tenga a ti.

Cam le recorrió los labios con la punta del dedo.

–Nunca te había dicho esto, ni a ti ni a nadie... pero mis padres estaban hechos el uno para el otro y yo llevo mucho tiempo buscando a mi media naranja. Tanto, que pensé que no iba a encontrarla nunca. Hasta que te conocí a ti.

–No tenía ni idea.

–Si te soy sincero, cuando te vi escalando la pared de mi casa supe que tenías algo especial...

Ella rió.

–No me preguntes por qué. Supongo que así pasan las cosas. Pero, cuando conseguí que aceptaras trabajar en Yewarra, estaba seguro de que sólo tú podías ser mi media naranja. Lo único que necesitaba era que comprendieras... que confiaras en mí.

Liz cerró los ojos y apoyó la cabeza en su hombro.

–Lo siento.

Cam la besó con suavidad, luego, le tomó la mano y la condujo a los sofás, donde se sentaron abrazados.

–No lo sientas –dijo él–. Lo que tienes que hacer es casarte conmigo.

–Es lo que más deseo, pero... –comenzó a decir Liz y se interrumpió, incorporándose con brusquedad. Lo miró a los ojos con preocupación–. Sé que puedo ser una persona difícil...

–Y yo, también –aseguró él–. Lo he comprobado. Por ejemplo, siempre dices lo que piensas. Y eres peleona. Sin embargo, como yo soy un modelo de paciencia, calma y tolerancia, creo que podemos complementarnos bien.

–¿Paciencia? ¿Calma? ¿Tolerancia? –repitió Liz, mirándolo con incredulidad, y empezó a reír–. Por un instante, pensé que lo decías en serio. ¡Oh, Cam, puedes ser muy impaciente e intolerante, pero también eres mi héroe y te quiero mucho!

Cam la abrazó como si no quisiera dejarla marchar jamás. Y la magia comenzó a surtir efecto en ella... mientras un irresistible campo magnético los envolvía.

Podían haber estado en la luna, pensó Liz, mientras se deleitaban el uno con el otro. Era como si el mundo hubiera dejado de existir y lo único que importara era lo que habían encontrado en su amor.

Al fin, Cam se apartó un poco.

–Tenemos que irnos.

–Sí –repuso ella y se colocó el pelo. Cam se lo había soltado y había dejado por ahí tirados los pasadores–. Sí. Pero igual... a la gente le parece raro.

–No creo –negó él, la ayudó a ponerse en pie y le recolocó la blusa–. Entraste con aspecto de ser la dama de hielo y ahora estás mucho más guapa. No creo que a nadie le importe.

–Cam –musitó ella, sonrojándose.

Él la besó, luego, la tomó de la mano y la llevó hacia la puerta, para demostrarle una vez más lo impredecible que podía ser.

Había varias personas en la zona de recepción, agrupadas alrededor del mostrador de la entrada. Todos saludaron a Cam con deferencia. Él les devolvió el saludo y llamó al ascensor.

–Gwen, te presento a mi futura esposa –señaló él–. Se llama Liz. Ah, por cierto. Puede que no vuelva por aquí hasta dentro de un par de semanas o, tal vez, meses. Si hay algo urgente, llama a Roger Woodward. Él lo solucionará.

Hubo un silencio aplastante y a varias personas se les abrió la boca durante unos segundos, hasta que Gwendolyn se levantó de su puesto y se acercó para estrecharles la mano.

–¡Me alegro mucho por los dos! –exclamó Gwen–. ¡Os deseo lo mejor!

Los demás empleados imitaron su gesto y, al fin, la pareja se subió al ascensor.

–Pobre Roger –comentó ella, mientras bajaban al aparcamiento.

Cam la miró sorprendido.

–Es probable que pronto empiece a tirarse de los pelos. Sé cómo se siente –explicó él–. Me disculpo por todos mis pecados anteriores –señaló, tomándola de las manos–. Pero tengo que decirte que hay algo que he estado a punto de hacer delante de todos y no puedo seguir conteniéndome.

Ella lo miró con gesto expectante.

–Esto –repuso él, la rodeó con sus brazos y comenzó a besarla.

Ninguno de los dos se dio cuenta de que el ascensor había llegado y estaba parado con las puertas abiertas, hasta que alguien carraspeó a su lado.

Cuando separaron sus bocas, se dieron cuenta de que tenían un público de cuatro espectadores, uno de ellos con el dedo en el botón de apertura de las puertas.

–Disculpen, pero es que acabamos de decidir casarnos –explicó él, la tomó de la mano y la guió al aparcamiento.

Entonces, su público espontáneo comenzó a aplaudir.

Liz se sonrojó, pero también se rió, llena de amor, mientras se dirigían al Aston Martin.

A la mañana siguiente, cuando llegaron a Yewarra, todos estaban allí esperándolos: Daisy, la señora Preston, incluso el jardinero. Y, sobre todo, Archie.

El niño abrazó a Scout y a Cam y, luego, se quedó mirando a Liz.

–No vais a iros más, ¿verdad, Liz? Esto no es lo mismo sin vosotras.

–No, te prometo que no nos iremos más –aseguró ella, agachándose frente a él.

Satisfecho con su respuesta, Archie se volvió hacia Scout.

–¿Sabes qué? ¡Golly y Ginny han tenido bebés! ¿Quieres verlos? –preguntó el niño y los dos salieron corriendo juntos.

Semanas después, Liz y Cam se casaron en la playa Whiteheaven. La novia llevaba un vestido de encaje y tul que le había hecho su madre, sin tirantes, y flores entrelazadas en el pelo. Scout y Archie iban vestidos de marineros. Y nadie llevaba zapatos.

Mary Montrose estaba feliz. Narelle Hastings, con un atuendo impecable, le contaba a todo el mundo que ella había sabido desde el principio que estaban hechos el uno para el otro. También asistieron Daisy y la señora Preston, Molly Swanson y Roger Woodward. Todos parecían emocionados y alegres.

Cam y Liz despidieron a sus invitados, que regresarían a Hamilton en uno de los yates de Cam. En el otro, se quedarían los recién casados y los niños, que ya estaban dormidos.

–Ha salido todo bien –comentó Cam cuando se quedó a solas con ella–. Hasta Roger ha conseguido divertirse.

–Sí –repuso ella, riendo–. Ha salido muy bien. ¿Te sientes casado?

–¿Y tú?

–Sí –afirmó ella, mirándolo a los ojos.

Doces meses después, Yewarra estaba espléndida después de la temporada de lluvias. Liz estaba paseando por el jardín, cuando Cam fue a buscarla, después de haber pasado unos días fuera por motivos de trabajo.

Al verlo, tan guapo y atractivo, Liz se estremeció, a pesar de que ya llevaban un año juntos.

–¡Has vuelto!

–Estás tan guapa que dan ganas de comerte –afirmó él–. Sí, ya he vuelto –añadió y la besó–. ¿Me has echado de menos?

Liz asintió y sonrió. Cam había cambiado mucho. Ya no trabajaba tanto y estaba mucho más relajado. Y ella no podía ser más feliz...

–¿Cómo es que estás tan sola? –inquirió él mientras paseaban–. ¿Dónde están los niños?

–Les han invitado a un cumpleaños. Los ha llevado Daisy.

–¿Por qué me da la sensación de que tienes algo que contarme? –preguntó él, al fin–. Déjame adivinar. Estás radiante y... ¿Es un bebé?

–Es un bebé –respondió ella con gesto serio.

–¿Y qué piensas al respecto? –preguntó él con cautela.

–¡Estoy loca de contenta! ¿Sabes por qué? Porque es la prueba de mi amor por ti. Deseo este bebé con todo mi corazón.

–Oh, Liz –dijo él, mirándola a los ojos, radiante de alegría–. Ven –pidió.

Y Liz sabía muy bien lo que tenía en mente. Juntos, se dirigieron a casa, de la mano.

BIANCA™

LINDSAY ARMSTRONG

AVENTURA PARA DOS

Capítulo 1

HOLLY Harding tenía el mundo a sus pies, o al menos debería haberlo tenido.

Hija única de padres adinerados, a pesar de que su padre hubiera fallecido, debería haberse dormido en los laureles y cumplir los deseos que su madre tenía para ella: hacer una buena boda que, por supuesto, también fuera feliz.

Sin embargo, Holly tenía otros planes. No es que estuviera en contra del matrimonio, pero no se sentía preparada. A veces se preguntaba si lo estaría alguna vez.

Ella era periodista, aunque en ocasiones participaba de la vida social para contentar a su madre, Sylvia Harding, una conocida dama de la alta sociedad. En dos de esas ocasiones se había encontrado con Brett Wyndham, con resultados desastrosos.

–¿Un baile de máscaras y una comida benéfica? Debes de haberte vuelto loca –le recriminó Brett Wyndham a su hermana Sue.

Acababa de llegar de la India y estaba cansado e irritable. Y los planes de su hermana no mejoraron su ánimo.

–No es para tanto –insistió Sue.

Cercana a los treinta años y de cabellos oscuros, como su hermano, era una mujer pequeña y bonita, a diferencia de su hermano. Pero también estaba algo pálida y tensa.

–Además será por una buena causa, al menos la comida. ¿Qué hay de malo en recaudar dinero para un refugio de animales? Ya sé que no son más que perros y gatos, pero...

–No los soporto –contestó él con gesto cansado–. No soporto la comida. Ni a las mujeres...

–¿Las mujeres? –lo interrumpió Sue–. No sueles tener problema con eso. ¿Qué les pasa a esas mujeres?

Brett estuvo a punto de abrir la boca para contestar que ésas eran las mujeres más espantosas que había visto en su vida, desde los cabellos teñidos hasta las pestañas postizas, pasando por la cejas depiladas, las uñas postizas y el bronceado. Sin embargo, se guardó su opinión ya que Sue iba impecablemente arreglada y vestida con ropa muy cara.

–Sus perfumes bastan para provocarme alergia –contestó en cambio–. Y, sinceramente, tengo un problema con transformar actos para recaudar fondos en galas de alta sociedad para el lucimiento de trepadores sociales y buscadores de publicidad.

–¡Brett, por favor!

–En cuanto al baile de máscaras –Brett Wyndham no estaba dispuesto a ceder–, no soporto que los hombres hagan el idiota. Y cuando una mujer se disfraza, o cree disfrazarse, saca lo peor que lleva dentro.

–¿A qué te refieres?

–Quiero decir, querida, que desarrolla un instinto casi depredador –por primera vez, un destello de humor asomó a sus ojos–. Si no tienes cuidado, puedes despertar noqueado, atado y camino del altar.

–No creo que hayas tenido semejante problema nunca –Sue sonrió.

–Dentro de poco se celebrará la boda de nuestro hermano, Mike, con Aria –su hermano se encogió de hombros–, por eso he vuelto. Y seguro que habrá muchas fiestas.

La sonrisa se esfumó del rostro de Sue mientras las lágrimas inundaban sus ojos.

–¿Susie? –Brett frunció el ceño–. ¿Qué sucede?

–He dejado a Brendan. Descubrí que me estaba siendo infiel.

Brendan era el marido de su hermana desde hacía tres años. Brett cerró los ojos. Podría decirle «ya te lo dije», pero optó por abrazar a la joven.

–Tenías razón sobre él –lloriqueó Sue–. Sólo iba tras mi dinero.

–Supongo que todos debemos cometer nuestros propios errores.

–Sí, pero me siento tan estúpida. Y –contuvo un sollozo–, tengo la impresión de que todos se ríen de mí. Al parecer era un secreto a voces y yo fui la última en enterarme.

–Suele suceder.

–Seguramente, pero eso no hace que me sienta mejor.

–¿Sigues enamorada de él? –preguntó Brett.

–¡No! Quiero decir que, ¿cómo podría estarlo?

Su hermano sonrió distraídamente.

–Pero una cosa sí sé –continuó ella decidida–. Me niego a ser el hazmerreír de todos.

–Susie...

–Soy mecenas de la sociedad de protección de animales de modo que asistiré a la comida –insistió–. El baile es una de las actividades planeadas para las carreras de invierno. Formo parte del comité y también debo acudir, y pienso asegurarme de que todos sepan quién soy. Pero... –se dejó caer ligeramente contra él– apreciaría un poco de apoyo moral.

–¿Disculpa? –le preguntó Mike Rafferty a su jefe, Brett Wyndham.

Estaban en el apartamento de Brett con vistas al río Brisbane y las elegantes curvas del puente Jolly. Sue, que había insistido en ir a buscarle al aeropuerto, acababa de marcharse.

–Ya me has oído –contestó Brett secamente.

–Me has pedido que redacte una nota informando de que vas a acudir a una comida benéfica mañana y a un baile de máscaras el viernes. No me lo puedo creer.

–No exageres, Mike –le advirtió Brett–. No estoy de humor.

–Claro que no. Incluso podría resultar... agradable.

Brett le dedicó una mirada asesina y se acercó a la ventana. Con los oscuros cabellos cortos y revueltos, la sombra de la incipiente barba en la mandíbula, la intensidad de la oscura mirada, propia de un águila, y la estatura y envergadura de hombros, lo primero en lo que uno pensaba al verlo era en un adiestrado miembro de los SWAT.

Sin embargo, Brett Wyndham era veterinario especializado en salvar especies en peligro de extinción, cuanto más peligrosas mejor, como el rinoceronte negro, elefantes y tigres.

En un día normal de trabajo, saltaba de helicópteros con dardos tranquilizadores o se lanzaba en paracaídas sobre la jungla. También gestionaba la fortuna familiar que incluía una enorme explotación ganadera. Y desde que había tomado las riendas del imperio Wyndham, había triplicado la fortuna convirtiéndose en multimillonario. Jamás concedía entrevistas. Sin embargo, su trabajo había salido a la luz, llamando la atención del público.

Secretario de Brett, Mike Rafferty se ocupaba de cuidar la intimidad de su jefe en Brisbane, aparte de atender a sus deberes en Haywire, una de las mayores explotaciones ganaderas del norte de Queensland, y lugar al que los Wyndham llamaban hogar, así como en el complejo hotelero de Palm Cove.

–¿Vas a hacer declaraciones a la prensa? –preguntó–. Habrá cobertura de la comida de mañana, aunque al baile asistas de incógnito.

–No. No hablaré con nadie aunque, según mi hermana, mi sola presencia investirá al acto de cierta solemnidad –contestó él con una mueca.

–Seguramente –asintió Mike–. ¿De qué te disfrazarás en el baile de máscaras?

–No tengo ni idea. Decídelo tú, pero... Mike, que sea discreto –gruñó Brett–. Nada de simios, ni coronas, ni Tarzán –hizo una pausa y bostezó–. Y ahora me voy a la cama.

–Mami –observó Holly a la mañana siguiente–. No me convence mucho el traje. ¿No se supone que la comida es benéfica? –se miró al espejo. Llevaba un ajustado traje con chaquetilla negra y cuello en V, sobre una cortísima falda blanca y negra. Las sandalias, negras de tacón alto, dejaban expuestas unas uñas rosas recién pintadas a juego con las de las manos. Llevaba la gargantilla de perlas de su madre con los pendientes a juego.

–Claro que lo es –contestó Sylvia–. Un acto benéfico muy exclusivo. Las entradas cuestan una fortuna, aunque son desgravables –matizó–. ¡Estás impresionante, cariño!

Holly hizo una mueca de desagrado y se giró ante el espejo. Estaban en su dormitorio de la residencia familiar, una encantadora casa antigua sobre una colina en Balmoral. Había regresado a casa de su madre tras la muerte de su padre, para que Sylvia no estuviera sola. La situación resultaba muy ventajosa y por eso accedía de vez en cuando a los caprichos de la mujer, asistiendo a esa clase de eventos.

Además, sabía que su madre disfrutaba de su compañía y le encantaba vestir a su hija de punta en blanco.

Holly era bastante alta y muy delgada, dos cosas que le permitían lucir la ropa, aunque prefería vestirse de manera informal. No se consideraba gran cosa, aunque sí admitía tener unos bonitos ojos azules y una espesa mata de cabellos rubios, aunque difíciles de peinar.

En esos momentos llevaba un elaborado moño repleto de horquillas para sujetar los mechones en su sitio. El peluquero de Sylvia también le había arreglado las uñas.

A pesar de la obsesión de Sylvia por la vida social, Holly adoraba a su madre y se compadecía de la soledad que sentía desde que había enviudado. Sin embargo, la persona más importante en su vida había sido su padre.

De haber nacido en otra época, Richard Harding habría sido una especie de doctor Livingstone o señor Stanley. Había heredado una considerable fortuna y se había deleitado viajando para conocer lejanos lugares y personas de otras culturas, y también para escribir sobre todo ello. El motivo de haberse casado con alguien tan opuesto seguía siendo un misterio para su hija, aunque sus padres se habían mostrado felices juntos.

Sin embargo, en sus expediciones, Richard se había hecho acompañar de Holly. Y la consecuencia había sido una buena, aunque informal, educación complementada por la escuela tradicional, y una fluidez en francés, español y algo de suajili.

Todo ello había favorecido el empleo de Holly como reportera de viajes para una importante revista, aunque su especialidad eran los lugares inaccesibles. Para llegar a su destino montaba iracundos camellos, tercos burros, vehículos de aspecto peligroso conducidos por auténticos maníacos, y abarrotados ferris.

Según Glenn Shepherd, su editor, por fuera parecía frágil, pero en su interior escondía la dureza del acero y había tenido que enfrentarse a más de una situación complicada.

–No sé –había contestado ella, encogiéndose de hombros ante el comentario–. A veces parecer tonta y frágil hace maravillas.

–¿Y qué me dices de ese jeque que te presentó a sus esposas para que te unieras al clan? –su jefe había sonreído–. ¿O ese bandido mexicano que quería casarse contigo?

–Ah, ahí sí que tuve que mostrar mucha ingenuidad. Es más, tuve que robarle el coche –había admitido Holly–, aunque luego se lo devolví. Glenn, llevo un par de años viajando sin parar, ¿hay alguna posibilidad de cambiar?

–Creía que te encantaba.

–Y me encanta, pero también quiero ampliar mi carrera de periodista. Me encantaría poder hacer un reportaje de investigación, o realizar la entrevista del siglo.

–Holly –Glenn se había inclinado hacia ella–, no digo que no seas capaz, pero sólo tienes veinticuatro años. Cierta... perspicacia supongo que requiere algo más de tiempo. Ya lo tendrás, pero mientras tanto sigue trabajando como hasta ahora. En cuanto a la entrevista, nuestra política es que cualquier empleado puede intentar hacerla, siempre dentro de la ética. Si es lo bastante buena, la publicaremos, pero te advierto: tiene que ser excepcional.

—¿En qué?

—Sobre todo en el factor sorpresa —él se había encogido de hombros—. Brett Wyndham, por ejemplo.

—Eso es como pedir la luna —había contestado ella con una mueca.

Holly regresó a la realidad y echó un último vistazo al espejo.

—Si estás segura... —se dirigió a su madre—. ¿No crees que vayamos demasiado recargadas?

—No —se limitó a contestar Sylvia.

Holly tuvo que darle la razón a su madre en cuanto entró en el exclusivo restaurante Milton, convertido en un invernadero tropical. Casi sin ninguna excepción, las mujeres iban impecablemente peinadas y vestidas con ropas de diseño. Las joyas relucían bajo las lámparas y muchas llevaban sombrero. Además, la mayoría parecía conocerse, de manera que la reunión resultó de lo más cordial, a lo que también contribuyó el vino. Los temas de conversación giraban en torno al crucero más reciente, las vacaciones en la nieve o en alguna isla tropical, aparte del eterno lamento de lo difícil que resultaba encontrar una buena empleada de hogar.

También había hombres, pero en clara minoría. Uno de ellos se sentó junto a Holly.

«¡Cielo santo!», pensó alarmada.

El hombre era alto y de hermosas proporciones. Moreno y de aspecto satánico. Desprendía un aire de reprimida vitalidad combinada con arrogancia, y en su conjunto consiguió que a Holly se le erizara el vello de los brazos.

Vestía de manera informal con unos pantalones color caqui, una chaqueta deportiva y una camisa azul marino. Contempló malhumorado a los asistentes antes de concentrar su atención en el primer orador.

La benefactora de la protectora de animales se presentó como Sue Murray. Era bajita y morena, y estaba visiblemente tensa ya que se equivocó un par de veces antes de mirar fijamente al hombre sentado junto a Holly, respirar hondo y continuar el discurso con fluidez. Hizo un breve resumen de las actividades de la protectora y de los planes de futuro antes de agradecer a los asistentes su presencia.

–Pobrecilla –susurró Sylvia al oído de su hija–. Su marido la ha estado engañando. Querida, ¿te importaría si me sentara en otra mesa? Acabo de ver a una vieja amiga.

–Tranquila –respondió Holly antes de volverse hacia el hombre sentado junto a ella. El asiento contiguo al suyo también estaba vacío, de manera que ambos formaban una pequeña isla–. ¿Qué tal?

–¿Qué tal a ti también? –contestó él fríamente mientras la repasaba de arriba abajo con la mirada sin perderse ningún detalle.

Holly tuvo la sensación de que se la estaba imaginando desnuda, valorando su potencial como compañera de cama.

Los ojos azules emitieron un destello de ira y Holly bajó la vista ante la inesperada atención de su compañero de mesa y su propia e inesperada reacción a la misma.

Abrió la boca, dispuesta a dejar escapar algún improperio, pero él se adelantó sonriendo con descarada insolencia, como si fuera consciente del efecto que había generado en ella.

–¿Eres una gran defensora de los refugios de animales? –preguntó con escepticismo.

–No... bueno, no es que esté en contra de ellos –Holly se sintió momentáneamente aturdida–. Pero no es el motivo de mi presencia aquí.

Los ojos del hombre la abandonaron brevemente y se centraron descaradamente en Sue Murray, que iba presentándose de mesa en mesa. Luego le devolvió toda su atención.

–¿Y por qué exactamente estás aquí?

–He venido con mi madre.

–Eso parece sacado de la lista oficial de excusas que publica el Departamento de Tráfico anualmente –él la miró con un destello de diversión–. «Mi madre me pidió que me diera prisa, por eso excedí el límite de velocidad».

De no haberse sentido tan irritada, y de no haber sido tan acertado el comentario, Holly habría percibido el humor en la situación.

–Qué gracioso –observó fríamente–. Pero he de decirte que ya lo estoy lamentando. Y para tu información, no estoy de acuerdo con esta clase de galas benéficas.

–Qué raro –él alzó una ceja–. Pareces encajar.

–¿Encajar en qué?

–En la alta sociedad profesional –el hombre se encogió de hombros–. Abanderar la filantropía cara a la galería con el fin de escalar posiciones en la sociedad –contempló detenidamente la mano izquierda en la que no lucía ningún anillo–. ¿Quizás en busca de un marido rico? –añadió con delicada, aunque letal, ironía.

Holly dio un respingo que se volvió a repetir cuando la mirada de ese hombre se posó descaradamente en su escote. Era evidente que la estaba desnudando con la mirada.

Apretó los dientes con fuerza mientras se recriminaba no haber permanecido fiel a sí misma. No debería haberse vestido de punta en blanco con los cabellos tan tensos que estaban a punto de provocarle un dolor de cabeza. Y todo para apoyar una causa, aunque en el fondo era evidente que estaba transmitiendo el mensaje equivocado.

Por otro lado, pensó, no le daba derecho a ese hombre a insultarla.

—Si me permites decírtelo —observó ella—, creo que tus modales son atroces.

—¿En qué sentido?

—El cómo y por qué esté yo aquí no es asunto tuyo y, si vuelves a desnudarme con la mirada, no respondo de mis actos —añadió—. Soy muy capaz de cuidar de mí misma, y no soy tan inocente.

—Palabras de disputa —murmuró él—. Aunque hay...

—Ya sé lo que vas a decir —lo interrumpió ella—. Se trata de pura química —lo miró con desprecio—. ¡Qué truco más viejo! Ni siquiera mi bandido mexicano utilizó algo así, aunque bien pensado el jeque sí lo hizo. Bueno, eso creo —agitó la mano en el aire—. A veces se gana y a veces se pierde.

—Parece que llevas una vida interesante —él pestañeó.

—Así es.

—¿No te lo estás inventando?

—No —Holly se cruzó de brazos y aguardó.

—¿Qué? —preguntó él tras un largo silencio con fingida inquietud.

—Opino que una disculpa sería más que apropiada.

El hombre se limitó a contemplarla en silencio y, tras unos segundos, sus miradas se fundieron, sorprendentemente para Holly. En la sala sólo parecían estar ellos dos.

Para Holly fue una experiencia de absorción, no sólo a través de la mirada, sino a través de cada poro de su piel, de la esencia de ese hombre de envidiable aspecto físico. No sólo era alto, bronceado y parecía en muy buena forma, como si estar sentado en un acto benéfico no fuera habitual en él. Tenía las manos grandes y bien formadas. Sus cabellos oscuros eran cortos y su rostro poseía unas facciones interesantes aunque difíciles de descifrar.

En realidad, concluyó, había algo peligroso aunque dinámicamente atractivo en ese hombre que le hacía a una pensar en ser acariciada por sus manos hasta volverte loca.

«¡Qué estupidez!», se recriminó a sí misma. «¡Menuda fantasía de adolescente!».

Sin embargo, no dejó de sentir un extraño escalofrío que alteró su respiración e hizo que el pulso le latiera con tal fuerza en la base de la garganta que las perlas de la gargantilla empezaron a moverse. Para su sorpresa, los pezones se pusieron duros haciendo que el contacto con el sujetador de seda resultara casi insoportable.

Holly intentó recuperar la compostura mientras la oscura mirada volvía a examinarla.

—No sé nada del bandido o del jeque —el hombre rompió el hechizo—, pero no puedo evitar pensar que existe una química entre nosotros.

—Me voy —Holly volvió a la realidad y se levantó de golpe.

—Por favor, no lo hagas por mí —él se reclinó en el asiento y se encogió de hombros—. Además, ¿qué pasa con tu madre?

—Me la llevo —exclamó ella mientras se alejaba de la mesa.

—Lo siento mucho —se disculpó Holly aferrándose con fuerza al volante. Su madre seguía estupefacta—.

Pero ese hombre sentado a mi lado era... imposible, agobiante.

—¿Brett Wyndham se te insinuó? —preguntó Sylvia mientras se agarraba al asiento—. Holly, cariño, no corras tanto.

—Brett Wyndham... —Holly no sólo aminoró la marcha, sino que pisó el freno a fondo—. ¿Ese hombre era Brett Wyndham?

—Claro, la hermana de Sue Murray. Seguramente eso explica su presencia allí. Ya te conté que estaba pasando por problemas en su matrimonio y quizás la estaba apoyando moralmente. Nunca le había visto en una gala benéfica, ni en ninguna gala a decir verdad.

—¡De haberlo sabido! —Holly soltó el volante y se sujetó la cabeza entre las manos—. Aunque, ¿habría sido diferente? Se mostró excesivo... Por eso la miraba tanto.

—¿A quién?

—A su hermana. Cuando apartaba la vista de mí —continuó Holly con amargura—. Por otro lado, podría haberle visto el lado divertido. Podría haberle evitado con humor.

—Si supiera de qué estás hablando, podría mostrarme de acuerdo o no —se quejó su madre.

—Lo siento —Holly se volvió hacia ella y la abrazó—. Por todo. Y no me hagas caso, es tan sólo que una entrevista con Brett Wyndham sería el catalizador que necesita mi carrera.

Capítulo 2

DOS DÍAS después, Holly no veía la manera de evitar acudir al baile de máscaras.

Cada vez que sacaba el tema, Sylvia le explicaba que alteraría la composición de las mesas y que ya disponía de un disfraz, perfecto para ella.

–¿Y con quién vamos a ir? –preguntó Holly.

–Con dos matrimonios y un caballero amigo mío con su hijo –sentenció su madre.

Holly ya conocía al caballero amigo, aunque no a su hijo. Al inquirir sobre él, supo que sólo tenía veintiún años, pero que era un chico muy maduro y agradable.

–¿Maduro con veintiuno? –Holly no pudo evitar sentirse escéptica. Normalmente, esas dos palabras no solían coincidir en la misma frase.

A pesar de no sentir deseos de ir a la fiesta, al recordar la vergüenza que le había hecho pasar a su madre durante la comida benéfica, decidió ceder.

Desgraciadamente, el recuerdo de la comida fue acompañado del recuerdo de Brett Wyndham. Se había escandalizado ante el comportamiento de ese hombre. ¿Y quién no? La había acusado de ser una profesional de las fiestas y una cazafortunas.

Por supuesto que en su actitud subyacía el evidente disgusto que le provocaba la comida. ¿Por qué si no iba a cuestionar sus motivos para estar allí? Sin embargo,

¿cómo encajaba eso en el hecho de que su hermana fuera la benefactora de la sociedad protectora?

Lo más irónico, sin embargo, era que su enfado había quedado mitigado por dos cosas. La primera era la excitación que ese hombre había despertado en ella. En resumen era el primer hombre que la excitaba físicamente desde... desde hacía mucho tiempo.

Y la segunda cosa era el temor de haber desperdiciado una oportunidad de oro de conseguir la entrevista de su vida, la que daría el espaldarazo definitivo a su carrera.

En efecto, decidió, la había fastidiado de verdad e iba a tener que vivir con ello.

Por otro lado, a pesar de su inamovible postura hacia Brett Wyndham, sintió el impulso de buscarlo en Internet.

Sacudió la cabeza y luchó contra el picor que sentía en los dedos. Batalla perdida, decidió mientras sus dedos volaban por el teclado sólo para descubrir que no había ni un solo dato personal sobre ese hombre. Tenía treinta y cinco años y era el mayor de tres hermanos. Entre él y su hermana, Sue, había otro hermano, Mark, que estaba a punto de casarse. En realidad había mucha más información sobre Mark, su prometida, Aria, y Sue Murray que sobre el propio Brett Wyndham en lo que se refería a aspectos personales.

Investigó un poco más y averiguó que los Wyndham habían sido pioneros en las tierras del norte de Queensland donde habían fundado su explotación ganadera. Averiguó que Haywire, situada entre Georgetown y Croydon, era el lugar que llamaban «hogar». Y supo también que el suelo de basalto rojo de la zona producía la hierba de la que pastaba el ganado. Tomó buena nota de todos los detalles por si alguna vez lograba entrevistarlo.

También descubrió que Brett Wyndham era un personaje poderoso. El imperio familiar ya no se basaba únicamente en el pastoreo. Poseían propiedades mineras, mármol de Chillagoe, zinc y empresas de transporte. Tenía un gran número de empleados y era muy respetado por sus opiniones en medio ambiente y las especies en peligro de extinción.

De repente descubrió un artículo, pura dinamita en su opinión, bastante malicioso sobre una tal Natasha Hewson, mujer de extraordinaria belleza e inteligencia. Al parecer dirigía una agencia especializada en organización de eventos para ricos y famosos. Sin embargo, continuaba el artículo, si Natasha había albergado esperanzas de sumarse a la larga lista de mujeres hermosas cortejadas por Brett Wyndham, sus ilusiones se habían estrellado nueve meses atrás cuando el compromiso entre ambos se había roto.

Holly mordisqueó la punta del bolígrafo. Tenía que admitir que ese hombre la había despertado de dos años de celibato mental y físico. Pero ¿de verdad había deseado ser despertada por un hombre que podía conseguir a cualquier mujer que deseara, y que tenía una larga lista en su poder? No, decidió.

Esbozó una sonrisa retorcida. De todos modos no tenía ninguna posibilidad de entrevistarlo, de modo que mejor olvidarse de ello.

Brett Wyndham se preguntaba cuándo podría marcharse del baile. Había acudido acompañado por su hermana. Fiel a sí misma, Sue estaba espectacular con un miriñaque color lavanda, pero, aparte de la diminuta máscara, se le reconocía perfectamente. Más aún, a pesar de tener el corazón destrozado, mantenía la compostura y lo cierto era que nadie se reía de ella, aunque no sabía bien si era por la presencia fraternal a su lado.

Observó bailar a Sue desde la barra del bar y se puso a pensar en el amor. Su hermana afirmaba ser incapaz de volver a amar a Brendan Murray, pero ¿eso era todo lo que había en asuntos del corazón? ¿Uno se ordenaba lo que debía o no sentir?

Aquello le llevó a considerar su propia vida amorosa. La naturaleza de su vida parecía asegurar que las mujeres sólo participaban de ella como compañeras pasajeras. Y no habían sido pocas. El problema era que no era capaz de sentir gran entusiasmo por ninguna de ellas.

Y no sólo eso. Quizás lo que le hacía sentirse hastiado era la incapacidad de esas mujeres para disimular las expectativas que generaba en ellas. O el hecho de que ninguna de ellas lo hubiera rechazado. Aunque, bien pensado, hacía poco que una sí lo había hecho. Sus labios se curvaron al pensar en ello, pero se encogió de hombros.

Había acudido al baile disfrazado, por obra y gracia de Mike Rafferty, de aristócrata español con su chaquetilla oscura, pantalones oscuros, botas de cuero y camisa blanca con volantes. Completaba el conjunto con un fajín rojo y un sombrero negro de fieltro.

Concluida la cena, había comenzado el baile. Todo el mundo estaba allí moviéndose al ritmo de la música: Cleopatra, María Antonieta, varias bailarinas de danza del vientre, las chicas del harén, el llanero solitario, Lawrence de Arabia, Elvis, Juana de Arco y una Lady Godiva que parecía lamentar la elección del disfraz.

A pesar de las máscaras reconoció a más de uno y todos sin excepción provocaron en él un mortal aburrimiento.

Estaba a punto de marcharse cuando una chica a la que no reconoció pasó bailando ante él en brazos de un entusiasta pirata con un parche en el ojo, pendiente de oro y un loro de peluche en el hombro.

Era una joven alta, muy delgada y vestida casi toda de negro. Había algo en ella, seguramente el disfraz, que avivó su memoria, aunque no logró recordarla.

—¿De qué va disfrazada? —preguntó a una anciana lechera que estaba a su lado.

—¿Verdad que es perfecta? —la lechera resplandecía—. Tan diferente de las demás. Es Holly Golightly, ¿no la recuerdas? Audrey Hepburn en *Desayuno con diamantes*. Ese maravilloso sombrero negro, los pendientes, el vestido y los guantes, incluso los zapatos de cocodrilo. ¡Y qué genial idea utilizar las gafas de sol a modo de máscara!

—Ah. Desde luego es perfecta. ¿Por casualidad, no sabrás quién es en la vida real?

La lechera no tenía ni idea y Brett contempló a Holly Golightly pasar de nuevo ante él.

Tenía un aspecto frío y distante, incluso ligeramente altivo, seguramente porque al pirata le estaba costando refrenar su entusiasmo por ella.

Y para subrayar su impresión, la joven se apartó del pirata que intentaba abordarla y, dándose media vuelta, se dirigió al balcón sujetándose el sombrero con una mano.

Sin pensárselo dos veces, Brett tomó una copa de champán y siguió a la joven hasta la terraza, donde la encontró apoyada sobre la barandilla y respirando profundamente.

—Quizás esto te quite el mal sabor de boca del pirata —sugirió mientras le ofrecía la copa.

Holly se irguió sin podérselo creer. Había estado reflexionando sobre lo acertada que había estado en su opinión sobre los jóvenes, como el pirata hijo del amigo de su madre, que había sido incapaz de mantener las manos quietas.

Pero ese alto y arrogante caballero español, ¿era quien creía que era? ¿Acaso era posible olvidar la voz de Brett Wyndham o su atlético porte? ¿O los avances que había hecho hacia ella? Y sobre todo, ¿deseaba ser reconocida? Como la reportera que era, quizás, pero no de aquella guisa, una profesional de las fiestas de la alta sociedad.

–*Merci* –exclamó con su mejor acento francés tras decidir que no deseaba ser reconocida–. Estaba a punto de sacudirle un puñetazo al loro.

–Pareces recién llegada de Francia –él soltó una carcajada y entornó los ojos.

–Francia no, Tahití –y no era del todo mentira. Había sido su último viaje de trabajo.

–¿Una Holly Golightly de Tahití?

–Podría decirse –Holly probó un sorbo de champán–. ¿Y usted, un *señor* australiano?

–Podría decirse –él la contempló detenidamente–. ¿Le gustan los caballos, señorita Golightly?

Ella lo miró perpleja.

–Este baile es el pistoletazo de salida de las carreras de invierno –le explicó él.

–¡Pues claro! No, no soy muy aficionada, aunque he montado en alguna ocasión. Pero generalmente eran bestias inferiores como asnos y camellos.

–¿Camellos? –Brett enarcó las cejas–. ¿En Tahití? ¿Cómo es posible?

–En Tahiti no, por supuesto –contestó Holly con cierta altivez–. Es que me gusta conocer lugares inaccesibles a los que no se puede llegar de otro modo.

–A mí también –murmuró él y frunció el ceño mientras la miraba detenidamente.

Holly aguardó con cierta ansiedad. ¿La reconocería tras el disfraz, el enorme sombrero y el acento francés? Ella lo había reconocido casi de inmediato. Su profunda voz era imposible de disfrazar, ni tampoco los anchos hombros o las finas caderas.

Y de repente se dio cuenta de que estaba de nuevo absorbida por sus inimitables maneras.

Mientras, él aprobaba centímetro a centímetro el fino cuello, la delicada figura que se marcaba bajo el vestido negro, el suave aspecto de la piel que dejaban al descubierto los guantes.

—En realidad —continuó ella mientras intentaba mantener la compostura—. Es usted un español *très* arrogante.

—¿En serio?

—*Oui*. Analiza a una perfecta extraña con un toque posesivo que yo calificaría de arrogante. ¿Podría ser que no hubiera tanta diferencia entre usted y el pirata, *monsieur*?

—¿Posesión?

—De su cuerpo —aclaró Holly—. ¿Intenta decirme que no era eso lo que estaba haciendo?

—Es un pecado que comete la mayoría de los hombres —Brett hundió las manos en los bolsillos y se encogió de hombros—. Pero, a diferencia del pirata, yo jamás intentaría atacarla, señorita Golightly.

Hizo una pausa durante la cual volvió a mirarla de arriba abajo.

—Al contrario, yo haría que sintiera la piel de cálida seda y honraría su encantador y fino cuerpo de una manera totalmente satisfactoria... para ambos.

Holly reprimió un temblor de sensualidad que amenazaba con desbordarla. Al menos lo reprimió externamente, pero por muy poco.

Sentía frío y calor al mismo tiempo mientras se preguntaba cómo lo hacía ese hombre. Cómo dominaba su mente hasta hacerle preguntarse cómo se sentiría siendo la mujer de Brett Wyndham. ¿Cómo se atrevía a hacer algo así?

A pesar de su arrogancia, ¿era su aguerrido aspecto el que conseguía ese efecto con las mujeres que se cruzaban en su camino?

Y eso le hizo preguntarse si el hecho de ser una más del montón para Brett Wyndham le producía alivio o lo empeoraba todo.

–¿Tiene algún problema, *señor*? –preguntó al fin volviendo bruscamente a la realidad.

–No. Bueno, es que tengo la sensación de que ya nos conocemos, señorita Golightly.

–Le pasa a muchos hombres –Holly le dedicó una sonrisita burlona–. Es un, ¿cómo decirlo?, truco muy poco original.

–¿Acaso cree que intento seducirla? –inquirió él con aire indolente.

–Estoy convencida –ella le entregó la copa medio vacía–. De modo que regresaré a la fiesta. *Au revoir*.

–¿Iba montada en camello cuando el jeque se le declaró?

Holly se paró en seco.

–¿O en burro cuando el mexicano la abordó? –continuó él en un susurro.

–¡Lo sabías! –exclamó ella en tono acusatorio.

–El acento y el disfraz me despistaron durante un rato, pero no soy ciego ni sordo. ¿Te lo has inventado todo? Y, de ser así, ¿por qué?

Holly se acercó nuevamente a él y recuperó la copa de champán.

–Tengo la sensación de que me va a hacer falta –afirmó

antes de tomar un sorbo–. No. Bueno, lo de Tahití es cierto... casi todo. Acabo de regresar de allí y me pareció una buena idea... –hizo un gesto airado–. Una buena idea...

–¿Engañarme? –sugirió él.

–¿Y por qué iba a querer que me reconocieras? –Holly estuvo a punto de atragantarse con el segundo sorbo de champán–. Lo único que has hecho hasta ahora es dudar de mis motivos, acusarme de adoptar una pose e intentar seducirme.

–Tendrás que admitir que todo eso suena altamente improbable –contestó él–. ¿Has venido con tu madre?

–¡No te atrevas a burlarte de mi madre! –Holly dio un pisotón en el suelo–. Ella...

Por el rabillo del ojo vio a su madre salir al balcón. Iba vestida como Eliza Doolittle, incluyendo el sombrero y la sombrilla.

–¡Mamá! –exclamó Holly–. ¿Qué...?

–Por fin te encuentro –la interrumpió Sylvia–. Y veo que conoces al señor Wyndham –la mujer se volvió hacia Brett–. ¿Cómo está? Soy Sylvia Harding, la madre de Holly. Y sí, su nombre verdadero es Holly, por eso pensamos en Holly Golightly –hizo una pausa y respiró hondo–. Estoy segura de que hubo un malentendido durante la comida benéfica y que ella no tuvo la ocasión de explicarle que es periodista y que le encantaría entrevistarle.

Tras un mortal silencio, Sylvia continuó, aparentemente ajena a la tensión.

–Sé que haría un trabajo fantástico. Por algo es hija de su padre, Richard Harding, por cierto. ¿Quizás haya oído hablar de él?

–Sí, en efecto. ¿Cómo está, señora Harding? –saludó educadamente Brett.

–Bien, gracias. Se estará preguntando cómo le he reconocido, pero en cuanto le vi del brazo de Sue lo comprendí. Su hermana es encantadora. Bueno, os dejo a solas.

–No digas nada –Holly soltó un prolongado suspiro y se terminó la copa de un solo trago mientras su madre desaparecía del balcón–. Yo no lo organicé. Además, no creo que los leopardos puedan cambiar de manchas, de modo que no tengo ningún interés en entrevistarle.

–¿Leopardos? –preguntó él, aparentemente serio aunque se notaba que intentaba no reírse–. ¿Además de camellos, asnos, mexicanos y jeques?

–Sí –masculló ella entre dientes–. Sé que son encantadores, muy peligrosos y profundamente malignos bajo presión. Si alguien debería saberlo, eres tú.

–Y así es –asintió él–. Eh... ¿y adónde nos lleva esta analogía?

–A que no me creo que no intentes hacer algún avance más hacia mí.

–Me destrozarías –contestó él–. Aunque estoy seguro de que esto no es sólo por mi parte.

Un nuevo silencio sepulcral invadió el balcón.

Holly abrió la boca, pero tuvo que cerrarla al no ocurrírsele nada que decir. No podía negar que había algo de verdad en ello. Y por otro lado, su sentido común le advertía de lo temerario que sería admitirlo en voz alta.

De manera que hizo lo único que podía hacer: darse media vuelta y marcharse.

–¿Qué tal el baile? –preguntó Mike Rafferty a la mañana siguiente.

–Interesante –contestó Brett al fin tras aparentar meditar durante un momento.

–Bueno, pues ya es más de lo que esperabas –ob-

servó Mike mientras dejaba unos papeles en la mesa de
su jefe–. Los preparativos para la boda.

–Espero que no se convierta en un circo –Brett hizo
una mueca y echó un vistazo a las hojas–. ¡Lo que faltaba! Otro baile.

–Pero éste es un baile normal –señaló Mike.

–Una velada, una barbacoa en la playa –Brett no parecía aliviado–, una excursión a los acantilados, bla, bla,
bla. De acuerdo. Supongo que alguien competente se
encargará de la organización de todo esto.

Mike tosió nervioso.

–¿Quién? –Brett lo miró con los ojos entornados–.
¿No será...? ¿Natasha?

–Me temo que sí.

Brett soltó un juramento.

–Es la mejor para estas cosas –sugirió el otro hombre–. Tengo entendido que contrataron a otra persona
que resultó ser un completo desastre, de modo que lla-
maron a la señorita Hewson y ella les salvó la vida, aparentemente. Además, es amiga de Aria.

–Entiendo –Brett tamborileó sobre la mesa antes de
tomar una decisión–. Mike, averigua todo lo que puedas
sobre una tal Holly Harding. Es la hija de Richard Harding, el famoso escritor, y creo que ella también es periodista. Hazlo enseguida, por favor.

Mike miró a su jefe mientras intentaba relacionar
aquello con la boda de Mark Wyndham.

–¿Qué? –inquirió Brett.

–Nada –contestó apresuradamente el otro hombre–.
Ya me iba.

–Eres una chica muy lista –Glenn Shepherd abrazó
a Holly en su despacho el lunes por la tarde–. Debería

haberme imaginado que al mencionar su nombre sería
como lanzarte un guante, pero ¿cómo demonios lo has
conseguido? ¿Y por qué mantenerlo en secreto?

–¿De qué estás hablando, Glenn? –Holly se sentó en
una silla y miró perpleja a su jefe.

–De la entrevista que has conseguido con Brett Wyndham, ¿de qué iba a hablar?

–No... sabía que lo hubiera hecho –balbuceó ella.

–Bueno, aún hay unos asuntillos que quiere aclarar
antes de dar su consentimiento final –Glenn hizo una
mueca–, por eso he concertado una cita contigo para las
cinco y media de esta tarde –le pasó un trozo de papel–.
Si tenías algo previsto, cancélalo. Éste podría ser tu
gran trabajo, Holly, y a nosotros tampoco nos hará ningún mal. Esto... puede que tengas que viajar.

–¿Viajar?

–Dejaré que te lo cuente él mismo, pero llegado el
momento nosotros correríamos con los gastos, por supuesto.

–Glenn... –intervino Holly.

–¡Muévete, chica! –su jefe la interrumpió–. Y ahora
tengo que irme.

A las cinco y media de la tarde, Holly echó un vistazo
al trozo de papel que Glenn le había entregado y frunció
el ceño. Southbank era un bonito recinto sobre el río
Brisbane, frente a las altas torres CBD. Estaba confor-
mado por restaurantes, un lago para nadar y jardines dispuestos alrededor del teatro y la galería de arte. No era
precisamente ese lugar el que habría elegido para celebrar una reunión de negocios con Brett Wyndham.

Pero, por otro lado, aquella entrevista era lo último

que habría esperado hacer esa tarde de lunes, ni ninguna otra tarde, de modo que ¿para qué darle más vueltas?

Aparcó el coche, agarró su bolso y, por un momento, deseó haberse vestido más elegantemente. Sin embargo, para ello tendría que haber regresado a su casa y, de todos modos, no quería que ese hombre pensara que se había arreglado para él, ¿verdad?

«No», fue la contestación que se dio a sí misma. «No merece la pena pensar en ello».

En cuanto a su pelo, aquella mañana le había dado libertad absoluta y el resultado había sido una masa de indómitos rizos.

Había poca, o ninguna, semejanza con la chica de la comida benéfica, o con Holly Golightly, y eso sólo podía ser bueno.

Pero también era cierto que la ropa y el pelo no tenían nada que ver con la conmoción e incredulidad que sentía ante el nuevo avance de Brett Wyndham. ¿A qué estaba jugando?

Sacudió la cabeza, cerró el coche y fue a su encuentro.

Le llevó un momento reconocerla. Brett se había fijado en una chica alta vestida con vaqueros y camiseta rosa, con un enorme bolso de cuero colgado de hombro y que avanzaba hacia él desde el aparcamiento. Desde los salvajes rizos rubios hasta la punta de las botas no había ni gota de maquillaje. Y de repente la reconoció.

La vio buscar en la terraza del restaurante, el lugar convenido para la reunión, y alzó una mano. Le pareció verla dudar un instante antes de dirigirse hacia él.

–Hola –Brett se levantó y le ofreció una silla–. ¿Una nueva encarnación de Holly Harding?

–Ésta soy yo de verdad –contestó Holly secamente mientras lo estudiaba brevemente.

Brett llevaba un jersey negro, pantalones color verde oliva y zapatos de cuero negro. Sus oscuros cabellos cortos estaban revueltos. Unas noches antes había encarnado al perfecto aristócrata español, pero en esos momentos parecía un tipo duro, inescrutable y peligroso.

–¿Te apetece beber algo?

–Un refresco, gracias. Nunca mezclo negocios con placer –contestó Holly.

–Si ésta eres tú de verdad –Brett pidió un refresco para ella y una cerveza para él–, ¿qué haces pluriempleada como el alma de la vida social?

–Mi madre. Y por favor no hagas ningún comentario ocurrente –le advirtió antes de explicarle brevemente la situación.

–Muy encomiable –Brett hizo una pausa mientras servían la cerveza y el refresco junto con un platito de aceitunas.

–Pero un poco fastidioso a veces –confesó Holly–. A veces creo que hubiera preferido pedir para una colecta que asistir a esa comida, pero por respeto a tu hermana, no debería decirlo –lo miró con curiosidad mientras él dirigía su mirada al río.

–Cada uno tiene su estrategia, pero creo que tenemos unas cuantas cosas en común.

–No tanto –Holly se mostró en desacuerdo adoptando una actitud claramente hostil y mirándolo fijamente–. ¿Por qué has hecho esto?

–¿Le dijiste a tu madre que te encantaría entrevistarme? –Brett contestó con otra pregunta.

–Yo... –ella hizo una pausa–. Le dije que entrevistarte sería el espaldarazo que necesita mi carrera. Le dije que no sabía que eras tú en la comida, pero que, si alguna vez había tenido la menor oportunidad de entrevistarte, la había fastidiado.

–Pero, como buena madre, ella no se lo creyó –contestó él secamente–. Bueno, pues la entrevista es tuya, con ciertas condiciones.

–Eso he oído –Holly lo miró fríamente, sin fiarse de esas condiciones–. ¿Y cuáles son?

–Estoy un poco agobiado de tiempo. Tengo que estar en Cairns, Palm Cove, para una importante reunión. Y al día siguiente debo irme unos días a Haywire. Será el único tiempo libre del que disponga antes de la boda de mi hermano y, de todos modos... –miró a Holly– prepararé el terreno para ti.

–Tú... ¿pretendes que te acompañe a Palm Cove y luego a Haywire?

–No sólo voy mal de tiempo –él asintió–. También me parece lógico. La mejor manera de que vayas a Haywire es volando conmigo desde Cairns.

–¿Y es imprescindible que vea ese lugar?

–Sí.

–¿Por qué?

–Así no habla una periodista entusiasta –Brett se reclinó en la silla y hundió las manos en los bolsillos–. ¿Por qué no ibas a querer ver Haywire?

–Brett Wyndham –empezó ella educadamente–. No sólo me has acusado de ser una adicta a las fiestas de sociedad y una cazafortunas, sino que me has desnudado con la mirada lo bastante a menudo como para hacer que desconfíe seriamente de ir contigo a ningún sitio.

Brett le dedicó una sonrisa torcida, pero no consiguió impresionar a Holly.

–Te pido disculpas –contestó–. Yo... –hizo una pausa– no estaba de muy buen humor, al menos no durante la comida. Sin embargo, en Haywire estarás segura. Allí tengo varios empleados y, además, no tengo por costumbre forzar a mujeres reacias.

–¿Y cuáles son las otras condiciones? –Holly se mordió el labio.

–Básicamente quiero hablar de mi trabajo, de manera que nada de preguntas personales, a no ser que se trate de una historia antigua. Y quiero dar el visto bueno antes de que se publique.

–¿Por qué yo? –Holly pestañeó varias veces.

–¿Y por qué no? –él se encogió de hombros–. No sólo eres periodista, sino que me resultas interesante –la miró divertido–. Nunca me habían dejado plantado como hiciste tú el otro día. Nunca me habían acusado, con acento francés, de ser un seductor. Y nunca me habían acusado de ser maligno como un leopardo.

Holly se dio cuenta de que lo estaba mirando boquiabierta. Rápidamente cerró la boca y le observó servirse lo último que quedaba de la botella de cerveza.

–Pero lo que de verdad hizo que me decidiera –continuó él– fue tu madre.

–¿Mi madre? –repitió Holly estupefacta–. ¿Por qué?

–Opino que fue muy valiente. Quizás fuera pasión de madre, pero me gustó lo que hizo.

Holly tuvo que desviar la mirada, cargada de rabia. Aunque le costara la vida iba a demostrarle a Brett Wyndham que su madre no se equivocaba, que su fe en ella no era sólo «pasión de madre», aunque significara convivir con él algunos días en Palm Cove.

A fin de cuentas había empleados en la explotación y Palm Cove era un lugar civilizado, ¿no? No sería como quedarse atrapada en la selva con él. No era ninguna tonta y no se la seducía fácilmente con palmeras y daiquiris de mango.

Sin embargo, no podía negar el hecho de que había ejercido un fuerte efecto en ella un par de veces, sin siquiera esforzarse. Pero en su mano estaba el poder para controlarlo. Bueno, más que para controlarlo, para ignorarlo.

A fin de cuentas, a cambio de un poco de disciplina, recibiría oro puro.

—Jamás concedes entrevistas —observó en tono frustrado—. Hay un ligero problema con eso.

—Voy a ampliar mi negocio y, de todos modos, iba a necesitar difundirlo. He leído algunas cosas tuyas. Tienes el toque de tu padre y pensé que podrías hacerle justicia.

—¿Hacerle justicia a qué? —preguntó ella mientras lo miraba con interés.

—Aún no —Brett sacudió la cabeza—. Pero es justo el motivo por el que debes ver Haywire.

—En ocasiones resultas muy irritante —observó ella sin rastro de humor.

Brett le dedicó una sonrisa torcida mientras se preguntaba qué le diría si supiera lo irritado que se había sentido él al conocerla. Había llegado irritado a la comida y se había sentido más irritado al descubrir que sentía cierta atracción hacia una mujer de la clase que censuraba. Y cuando ella lo había dejado plantado, la atracción se había transformado en admiración, y eso también le irritaba.

Y entonces había llamado su atención con el numerito de Holly Golightly, y al descubrir que se trataba de la misma chica, su irritación se había convertido en intriga. Y seguía intrigado ante esa nueva versión de Holly Harding, más aún en cuanto que estaba seguro de haber despertado alguna reacción en ella...

Estaba yendo muy lejos para lo que acostumbraba.

Sin embargo le había gustado su estilo fresco y ligeramente estrafalario en los trabajos suyos que había leído e incluso había considerado la posibilidad de ofrecerle algún encargo publicitario para su nueva aventura.

—¿Y bien? —enarcó una ceja.

—Me encantaría decirte que no —Holly meditó unos segundos y contestó con cierto candor—, porque has pulsado algunas teclas equivocadas conmigo —agitó una mano en el aire—, pero también has pulsado algunas acertadas. Mi madre fue una de ellas. Y luego está mi editor. ¿Cómo voy a explicarle que he fastidiado una oportunidad de oro?

Hizo una pausa para tomar aire.

—¿Hay algo más? —preguntó él.

—Bastante más. Has llamado la atención del público, o sea, que debes ser interesante y, desde un punto de vista puramente profesional, no puedo rechazarlo.

—¿Se supone que debo sentirme halagado?

—Sí —Holly lo miró a los ojos y detectó la traviesa diversión que brillaba en las oscuras profundidades—. No soy presa fácil.

—Bueno, digamos que me siento halagado —él pidió una botella de champán.

—¡Oh no! —protestó ella—. No quería decir...

—¿No crees que deberíamos celebrarlo? —él aparentó sentirse ofendido—. Yo sí. No suelo apuntarme un tanto así todos los días. Además, pensaba que te gustaba el champán.

—Te estás burlando de mí.

—Sí —admitió él—. Bueno, sí y no. Resultas bastante impresionante para veinticuatro años —agradeció al camarero que llevó la botella y sirvió dos copas.

—¡Salud! —Brett entregó una copa a Holly y alzó la suya.

—Salud —ella alzó reticente su copa—. Pero sólo me tomaré una. Tengo que conducir.

—Está bien.

—¿No es un desperdicio de champán? ¿O acaso te lo vas a beber todo?

—No. He quedado con otra persona aquí. Y a ella también le gusta el champán.

—Bueno, pues cuanto antes me marche, mejor —Holly tomó apresuradamente un trago.

—No hace falta que corras tanto. Se trata de mi hermana.

—Oh... —Holly se sintió avergonzada—. Pensé...

—¿Pensaste que era una novia?

—Sí. Lo siento. Aunque tampoco es que me importe.

—Por supuesto que no —murmuró él.

—¿Sabes? —ella lo miró fijamente—. Me cuesta descifrarte.

Brett la miró de arriba abajo, provocándole un escalofrío por todo el cuerpo.

—Lo mismo digo —contestó él con calma—. Tampoco consigo descifrarte.

Holly hizo un esfuerzo por recomponerse, por acallar el flujo de sensaciones que la invadía. ¿Cómo podía estarle sucediendo? Así sin más y sentados ante una mesa de cristal en una terraza durante el atardecer.

Sus reflexiones fueron interrumpidas por un ladrido seguido de un chillido y aullidos de dolor mientras un perro atravesaba la terraza cojeando ostensiblemente y desaparecía entre unos matorrales.

Capítulo 3

HOLLY se levantó de un salto, pero Brett fue aún más rápido.

Se lanzó a los arbustos mientras le advertía que tuviera cuidado porque el perro, presa del dolor, podría morder.

Siguieron unos minutos caóticos durante los cuales Brett atrapó y calmó al aterrorizado perro, un border collie blanco y negro, sin que Holly consiguiera saber cómo lo había logrado. A su alrededor se arremolinaron varias personas, ninguna de las cuales era dueña del perro, ni tenía la menor idea de dónde había salido. Seguramente lo habían atropellado al cruzar la carretera.

–Muy bien –Brett le lanzó el móvil a Holly–. Encuentra la clínica veterinaria más cercana –después sacó unas llaves del bolsillo y también se las lanzó–. Y trae mi coche todo lo cerca que puedas. Es el BMW plateado.

Holly condujo hasta la clínica mientras Brett taponaba con un pañuelo una enorme herida en la pata del animal.

–Te pondrás bien, amigo –le oyó decir.

Con la ayuda del GPS, encontró la clínica y ayudó a transportar al perro al interior.

–¿De verdad se pondrá bien? –preguntó temerosa.

–Creo que sí –él la miró atentamente–. Será mejor que te sientes, estás muy pálida. Tardaré unos minutos

–se volvió a la recepcionista–. ¿Podría traerle un vaso de agua?

–Por supuesto. Siéntese, señora.

Holly obedeció con agrado. De repente sonó una extraña melodía en su bolso y recordó que aún llevaba el móvil de Brett encima. Tras unos instantes de duda, contestó.

–Éste es el número de Brett Wyndham.

–¿Dónde está Brett, y quién es usted? –sonó una irritada voz femenina.

Holly le explicó brevemente la situación.

–¿Quiere que le dé algún mensaje?

–¡Oh! –la voz sonó desolada–. Soy su hermana, Sue. Estoy en Southbank, pero he quedado para cenar y no podré esperar mucho más. ¿Podría decirle que le llamaré mañana?

–Vámonos –diez minutos más tarde, Brett reapareció–. Tiene una pata rota, aparte de la herida, pero se pondrá bien. Está en buenas manos, y lleva microchip, de modo que podrán localizar a su dueño.

–Menos mal –ella se puso en pie.

–¿Cómo estás?

–Bien.

–Pues no lo pareces –él la estudió detenidamente mientras le tendía una mano.

–Yo... una vez perdí a mi perro en un atropello. También era un border collie. Murió.

Brett le soltó la mano y le rodeó los hombros con un brazo. No dijo nada, pero Holly sintió consuelo. Consuelo y algo más...

Respiró el aroma de puro hombre y sintió la firmeza de su cuerpo. Y recordó la rapidez con la que había actuado, cómo había utilizado la fuerza de su personalidad y profesionalidad para calmar al animal. Pero sobre todo le había impresionado a nivel mental, y en esos momentos lo hacía a nivel físico.

–¿Mejor? –le preguntó.

–Sí, gracias.

–¡Mi hermana! –exclamó él al salir a la calle mientras buscaba su teléfono.

Holly lo sacó de su bolso y se lo entregó.

–Muy bien –él la guió hasta el coche.

–Si pudieras llevarme hasta el aparcamiento... –empezó Holly.

–Sigues teniendo aspecto de necesitar una copa –Brett sacudió la cabeza.

–Gracias, pero no. Además, ¡nos fuimos sin pagar!

–Me conocen –él se encogió de hombros mientras abría la puerta del coche–. Entra, y no discutas, Holly Golightly.

–¿Y mi coche? –fue lo único que acertó a decir ella mientras hacía lo que se le había dicho.

–Mike lo recogerá –contestó Brett mientras arrancaba el motor.

–¿Quién es Mike?

–Mi empleado milagroso –se adentró entre el tráfico–. El secretario *par excellence*.

Poco después, Holly se encontraba sentada en un canapé color moca. Las paredes eran de color *café au lait* y el suelo de madera estaba cubierto por alfombras de valor incalculable. Las persianas de madera enmarcaban la vista de un cielo oscuro que contrastaba con las luces de la ciudad.

Brett le había servido una copa de brandy, mientras ella se lavaba la cara y las manos, y entregado las llaves al secretario. Después, se había retirado para ducharse.

Sólo le había dado un par de sorbos a la copa cuando él regresó. Se había puesto unos vaqueros y una camisa y los cabellos húmedos estaban de punta.

—¿Te quedas a cenar? —le preguntó mientras se servía una copa de brandy.

—No, gracias —contestó Holly de inmediato—. Podría parecer raro.

—¿El qué? —Brett se sentó frente a ella.

—Que esté yo aquí flirteando contigo.

—¿En qué sentido?

—La gente podría preguntarse si me he sumado a la larga lista de... bueno —ella desvió la mirada incómoda—, no bellas, aunque seguro que todas eran espectaculares... Bueno, a la lista de mujeres con las que has salido.

—¿Y qué larga lista es ésa? —preguntó él en un tono de voz que dejaba claro que se estaba riendo de ella.

—Es algo que leí una vez —Holly se sonrojó ligeramente, pero contestó furiosa—. Pero, créeme, no tengo ninguna intención de hacerlo. A no ser... —se interrumpió, asaltada por un pensamiento y se relajó— que no sea lo bastante espectacular o elegante para estar cualificada. No contestes —suplicó con una sonrisa—. Sólo pensaba en voz alta.

«¿Acaso tiene idea de lo inusualmente atractiva que es?», se preguntó Brett. «Puede que no», decidió. Desde luego no parecía creer estar cualificada para ser considerada como alguien con quien él saldría.

Por otro lado, si había contado la verdad, había tenido que quitarse de encima a un bandido y a un jeque...

—Nunca me ha preocupado lo que piensen los demás.

—Puede que tú te lo puedas permitir dado que te has forjado una reputación —contestó ella—. Pero yo no —respiró hondo—. Por favor, explícame por qué haces esto.

—Estoy intrigado —Brett la miró a los ojos—. Y no puedo creer que tú no lo estés —hizo una pausa—. Y supongo que eso ha despertado mi instinto de cazador. Por otro lado, jamás insisto con una mujer que se muestra reacia, si era eso lo que te preocupaba.

–Si te dijera que no tengo ningún interés en... –Holly apartó la mirada y juntó con fuerza las palmas de las manos–. Bueno, la cuestión es que ya me quemé los dedos una vez por culpa de la «química». Y aún no me he curado. Y no sé si lo haré alguna vez.

–¿El bandido o el jeque? –él entornó los ojos.

–No, no –Holly sacudió una mano en el aire.

–Creo que deberías contármelo.

–No estoy de acuerdo –ella lo miró y sonrió tímidamente–. Se supone que es al revés, tú eres quien debe contar cosas. Y no tienes ninguna intención de tocar tu vida privada.

Un profundo silencio se hizo entre ellos.

–¿Lo dejamos así? –sugirió ella al fin.

–¿No quieres tu entrevista? –Brett la contempló pensativo.

–Pensaba que podrías haber cambiado de idea.

–¿Sólo porque me han dado un cachete, metafóricamente? –él le dedicó una sonrisa torcida–. No, no he cambiado de idea.

–Pero... no, quiero decir, ¿no volverás a sacar este tema? –ella lo miró con gesto serio.

–Te diré una cosa –contestó él con aire perezoso–. No diré una palabra al respecto.

–Eso ha sonado como si hubiera alguna trampa –Holly frunció el ceño.

–Lo siento, pero es lo mejor que puedo ofrecerte. ¿Y bien? ¿Seguimos adelante?

Ella dudó antes de vaciar la copa, ponerse en pie y caminar hasta la ventana para contemplar las vistas de la ciudad. Estaba indecisa. Sentía un peligro latente entre ella y Brett Wyndham, pero también tenía que admitir que se había mostrado honesto, mientras que ella no... al menos no del todo.

Por otro lado, su carrera era fundamental, su soporte principal durante aquellos días tan negros.

–De acuerdo –se volvió hacia él–. Mi instinto periodístico parece haber vencido. ¿Puedo irme a mi casa ya?

–Por supuesto –Brett se puso en pie y llamó a Mike Rafferty para preguntarle si había recuperado el coche de Holly.

–Claro –contestó Mike mientras le entregaba las llaves a Holly.

–Gracias –ella dudó un instante antes de volverse hacia Brett–. Buenas noches, entonces.

Tras cenar solo, Brett se llevó el café al despacho para trabajar sobre su siguiente viaje a África, pero se descubrió incapaz de concentrarse.

No era habitual que una chica interfiriera en sus planes.

Removió el café y se reclinó en el asiento. Al parecer se avecinaba un cambio en su vida y, aunque era consciente de la necesidad de ese cambio, no estaba seguro de poder resistirse a la llamada de la naturaleza. ¿Por eso se sentía tan inquieto?

Tenía que hacer verdaderos malabarismos para llevar las riendas de las empresas Wyndham y pasar tanto tiempo fuera. Además, había algo que le preocupaba y, aunque no sabía bien de qué se trataba, sospechaba que tenía algo que ver con la necesidad de echar raíces.

Mientras tanto, una chica había llamado su atención. Una chica que lo intrigaba.

Una chica que seguía manteniendo las distancias con la excusa de que se había quemado lo dedos en una ocasión por culpa de la química. ¿Cuánta verdad habría en ello?

¿Podría todo formar parte de un plan para mantener su interés? No sería la primera vez.

Pero nada de eso cambiaba el hecho de que era muy atractiva de una manera distinta. Tenía una bonita piel, unos hermosos ojos, una delgada figura y en ocasiones hacía gala de una chispeante inteligencia y réplicas ingeniosas...

Al recordar la representación de Holly Golightly de Tahití, una sonrisa asomó a su rostro.

Terminó el café y contempló otra posibilidad. Hacía tanto tiempo que ninguna mujer lo rechazaba que no podía evitar sentirse intrigado. Sobre todo ya que había estado casi seguro que entre ellos había habido un punto tenso y sensual casi desde el instante en que se habían conocido.

¿Por qué había llegado al extremo de ofrecerle una entrevista?

Porque la encontraba deseable, besable... ¿diferente?

Tamborileó con los dedos sobre la mesa. ¿No sería que veía en ella la posibilidad de evitar a su antigua novia?

–Mañana me marcho a Cairns, bueno, a Palm Cove y luego al campo unos días –anunció Holly a su madre aquella noche durante la cena mientras empujaba a un lado los restos del sabroso guiso de pollo–. No te lo vas a creer, pero conseguí la entrevista con Brett Wyndham.

–¡Holly! –exclamó Sylvia encantada–. Eso es maravilloso. No estaba segura de haber hecho bien. Sabía que habías intentado quitarle importancia, pero no estaba segura de que te hubiera parecido bien –hizo una pausa y frunció el ceño–. ¿Para qué tienes que ir a Cairns?

Holly decidió rápidamente pasar por alto ese detalle

y murmuró algo sobre la falta de tiempo disponible de Brett.

–Es muy atractivo, ¿verdad? –Sylvia reflexionó durante unos segundos–. Quiero decir que tiene muy buena presencia, ¿no?

–Supongo.

–Holly –continuó su madre–, sé que lo que te ocurrió no se te pasará fácilmente. En realidad, ha sido maravillosa la manera en que...

–Mamá, no sigas –le interrumpió Holly con delicadeza.

–Pero ahí fuera tiene que haber un hombre para ti, cariño –insistió Sylvia apasionadamente.

–Seguramente lo habrá, pero no es Brett Wyndham.

¿Cómo puedes estar tan segura?

–Es una sensación que tengo, mami –Holly suspiró–. Para empezar es multimillonario, o sea, que puede tener a la mujer que quiera. Y yo no soy nada especial. Y en cuanto a mí, supongo que todo comenzó con nuestro encuentro durante la comida. Después leí que había roto su compromiso con una chica que esperaba ser la última de una larga lista de conquistas. Y, al parecer –continuó con amargura–, es un maestro en salirse con la suya.

–Pues en ese caso –contestó Sylvia con cierta insolencia–, me sorprende que te vayas con él a Palm Cove y al campo.

–Una vez tomé la decisión de no ser una víctima –Holly se encogió de hombros–, y lo que me ayudó a salir adelante fue mi carrera. No puedo desperdiciar esta oportunidad.

–¿Todo dispuesto? –preguntó Glenn Shepherd a la mañana siguiente.

–Sí –contestó Holly–, pero no se incluirá ningún aspecto personal, salvo que se trate de algún asunto antiguo. Supongo que se refiere a su infancia. Y quiere dar el visto bueno definitivo. Quiere hablar de su trabajo y algún proyecto nuevo.

–Aun así se trata de una primicia. ¿De manera que irás a Palm Cove y luego al oeste?

–¿Cómo lo sabías? –Holly asintió–. Quiero decir tan pronto.

–Acabo de hablar con su secretario. Se han ofrecido a pagar los billetes de avión. Lo he rechazado, pero sí se ocuparán de tu alojamiento en Palm Cove. A fin de cuentas son los dueños del complejo hotelero.

–Preferiría alojarme en una choza de adobe –Holly hizo una mueca.

–Holly, ¿hay algo que no me hayas contado? –Glenn la miró inquisitivamente.

–¿A qué te refieres?

–No lo sé.

–No –contestó ella–. Nada.

–Pues entonces, diviértete.

Siempre era un placer visitar Cairns, al norte de Queensland, reflexionó Holly mientras el vuelo comercial tomaba tierra y se subía al autobús que la llevaría directamente a Palm Cove. Las montañas, playas, exuberante flora, buganvillas, hibiscos de muchos colores, allamandas amarillas, y su aire húmedo y cálido, te hacían creer estar en el trópico.

Era un lugar muy turístico, y punto de partida para visitar las maravillas de la Gran Barrera de Coral, pero no era un lugar bullicioso. Se respiraba mucha calma y un aire de pueblo.

Palm Cove, a media hora en coche desde Cairns era un lugar muy exclusivo.

Frente a la playa se alineaban encantadores hoteles y se respiraba un aire cosmopolita en los cafés al aire libre y las maravillosas melaleucas que surgían del pavimento. Los exclusivos restaurantes y boutiques habrían encantado a su madre. La playa era una delicia que se curvaba sobre la bahía y ofrecía excelentes vistas de la isla Double, y de otra isla pequeña cuyo nombre desconocía. Aún hacía calor para estar en otoño y el agua del mar invitaba al baño. Si bien el verano en aquel lugar sería muy duro, el otoño y el invierno eran maravillosos.

El hotel propiedad de los Wyndham era de estilo colonial. Espacioso y fresco, se situaba directamente sobre la playa.

Holly deshizo el equipaje en una agradable habitación. No le llevó demasiado tiempo pues estaba acostumbrada a viajar ligera de equipaje y disponía de un fondo de armario sencillo, pero que le servía para la mayoría de las situaciones. No obstante, le había costado resistirse a los intentos de su madre por ampliarlo.

Mientras consideraba la posibilidad de dar un paseo, recibió un mensaje en el teléfono. El señor Wyndham daba la bienvenida a la señorita Harding. Disponía de algún tiempo libre y le gustaría que acudiera a su suite en media hora.

La señorita Harding dudó durante unos segundos antes de aceptar.

Se sentía ligeramente molesta ante la pomposa invitación, pero inmediatamente recordó que se trataba de negocios. ¿No?

Tras ducharse, se puso unos vaqueros y una camisa de algodón. La humedad estaba haciendo verdaderos estragos en su pelo, de modo que decidió recogérselo para controlarlo.

Y entonces descubrió una sorpresa en su bolso. Su madre no había podido resistirse a dejarle ir a Palm Cove sin un pequeño detalle maternal y le había metido una cajita con joyas. Entre los collares y pulseras encontró un par de pendientes muy largos.

Se los puso y, tras aprobar la imagen que le devolvía el espejo, se puso unos zapatos planos y se colgó el bolso del hombro partiendo en busca de la suite de Brett.

Situada en la última planta, ofrecía unas impresionantes vistas de Palm Cove. El sol se estaba poniendo y el agua reflejaba un amplio espectro de preciosos colores, albaricoque, lavanda y lila.

Le llevó un buen rato conseguir arrancar la mirada de la ventana. Al volverse hacia su anfitrión se llevó una inmensa sorpresa.

Llevaba un traje gris y una camisa de rayas blancas y azules. Tenía un aspecto extremadamente formal y hablaba por el móvil.

¿Hablaba nada más?, se preguntó Holly. Más bien disparaba palabras como si fueran balas mientras parecía estar echándole una monumental bronca a alguien. De repente, colgó el teléfono y lo arrojó sobre el sofá con evidente contrariedad antes de volverse hacia ella con los oscuros ojos emitiendo chispas.

–Eh, ¡hola! –Holly reprimió una repentina sensación de terror y dio un paso atrás–. Siento interrumpir. No era mi intención. Quizás debería irme hasta que se te haya pasado un poco el mal humor –dicho lo cual se dio media vuelta.

–No pienses que puedes dejarme plantado, Holly Harding –Brett la alcanzó con dos zancadas y le dio la vuelta apoyando las manos sobre sus hombros.

–¡Suéltame! –Holly se puso tensa, y muy pálida, de ira.

–Lo siento –él la soltó mientras fruncía el ceño y se dirigía al carrito de las bebidas–. Toma –le ofreció un brandy.

–Yo no...

–Holly... –le advirtió él.

–Tengo la sensación de que cuando estoy contigo no hago más que beber champán o brandy –exclamó con frustración.

–Siéntate –le ordenó con una pequeña sonrisa–. Permíteme explicártelo. En determinadas circunstancias, tengo muy poco aguante.

–Eso parece –observó ella.

–Sí, bueno –Brett se quitó la chaqueta y señaló el teléfono–. Me acaban de comunicar que dos rinocerontes negros, una especie en peligro de extinción, habían resultado heridos durante el transporte. Los compré en un zoológico en el que, al parecer, no conseguían reproducirse por culpa del estrés, el hábitat demasiado reducido, y cosas así.

–Entiendo –Holly se hundió en el sillón, olvidando momentáneamente el temor que había sentido instantes antes–. ¿Es grave? ¿Ha sido un accidente de coche? Sí, claro –contestó ella misma–. Por eso le decías a la persona al otro lado de la línea que debía haber obtenido el permiso de conducir en un paquete de cereales... entre otras muchas cosas.

–Sí –Brett sonrió tímidamente–. Pero no, no está gravemente herido. El problema es que su número está descendiendo tan drásticamente que la idea de perder siquiera dos ejemplares es terrorífica. Y el accidente habrá aumentado su estrés.

–Ya veo –ella frunció el ceño–. ¿Significa eso que

cuando estallas, cualquiera que esté cerca puede pagar las consecuencias?

—No sería la primera vez –admitió él–. Sin embargo, hay algo de verdad en lo que he dicho. Por cierto, me gusta tu pelo. Aunque siento aversión hacia los pendientes largos.

—¿Por qué? –Holly enarcó las cejas.

—En una ocasión, una chica me invitó a cenar –le explicó él–. Llegué puntual con un montón de flores y una botella de vino. Ella abrió la puerta y sólo llevaba el pelo recogido, unos horribles pendientes largos, tacones altos y un tanga.

Holly dio un respingo.

—Así reaccioné yo –asintió Brett–. Y además se me cayeron las flores al suelo.

—¿Y qué hiciste después? –Holly fue presa de un ataque de risa.

—Era más joven –reflexionó él–. ¿Qué hice? Pues le sugerí que quizás estuviera poniendo el carro delante de los bueyes.

—¡Oh, no! ¿Y qué hizo ella?

—Me contestó que, si lo único que le inspiraba era un carro, estaba perdiendo el tiempo. Y me cerró la puerta en las narices. A menudo me he preguntado si no hubiera sido más apropiado «a caballo regalado no le mires los dientes».

—¡No sigas! –Holly se llevó una mano al costado–. Me duele de tanto reír.

—Lo peor es que a menudo me descubro desnudando mujeres con largos pendientes. Con la imaginación, por supuesto.

—¡No! –Holly no paró de reír mientras se quitaba los pendientes–. Ya está. ¿Ya no corro peligro?

—No –Brett se quitó la corbata y desabrochó el cuello

de la camisa antes de hacer una pausa, aparentemente cambiando de opinión sobre algo–. Muy bien. ¿Empezamos?

–¿La entrevista? –Holly sintió que el corazón le daba un vuelco.

–¿Y qué si no? –preguntó él en tono algo brusco.

–¡Nada! quería decir que... esto... que no sabía que quisieras empezar esta misma noche, aunque he traído algunas notas conmigo –concluyó mientras hundía la mano en el bolso.

–¿Por dónde quieres empezar? –él tomó asiento.

Holly extrajo del bolso un cuaderno y un bolígrafo que mordisqueó distraídamente.

–¿Podrías hacerme un breve resumen de la historia de tu familia? He buscado información, pero me gustaría tener un punto de vista más personal. Y también podrías explicarme de dónde te viene esa pasión por las especies en peligro de extinción.

–Los animales siempre me han fascinado –empezó él pausadamente–. Y al crecer en una explotación ganadera adquirí mucha experiencia con animales domésticos, además de algunos exóticos y salvajes, como el equidna o el wombat. Mi abuela era una afamada veterinaria, aunque no tenía título. Su casa siempre estaba llena de bebés wallabíes que había rescatado, o eso me parecía a mí. Solía colgarlos dentro de fundas de almohadas como si aún estuvieran en la bolsa de su madre.

–¿Y desde cuándo se remonta la asociación de la familia Wyndham con Queensland?

Una hora más tarde, Brett consultó el reloj y Holly captó la indirecta. Guardó el bolígrafo y el cuaderno en el bolso, satisfecha con los progresos. Brett le había ofrecido información sobre el origen de la fortuna de los Wyndham, así como fascinantes detalles sobre la vida en una explotación ganadera a principios del siglo XX en la zona de Cape York, extraídos, según había dicho, de las historias y diarios de su abuela. También había incluido alguna que otra anécdota familiar.

–Gracias –Holly se dispuso a despedirse–. Ha sido un muy buen comienzo. Siempre es importante dibujar bien el escenario –apuró la copa de brandy–. Espero que en la siguiente sesión no necesite recurrir a una dosis medicinal de brandy.

–Lo siento –Brett se puso en pie y alcanzó su chaqueta–. Debo asistir a una cena, pero puedes hacer uso del comedor a nuestro cargo.

–No, gracias –Holly se colgó el bolso del hombro–. Había pensado en dar un paseo por la playa y tomarme una hamburguesa en uno de los cafés. ¿Sigue en pie el vuelo a Haywire mañana por la mañana?

–Saldremos a la nueve en punto. Te recogeré en la recepción –frunció el ceño y pareció dudar.

–¿Estás cambiando de idea? –Holly lo estudió atentamente.

–No, pero eres buena –contestó él lentamente–. Sobre todo para ser tan joven.

–¿Buena? –ella lo miró perpleja.

–Pareces tener un don para hacer que la gente se sienta a gusto.

–Gracias –murmuró Holly–. Pero ¿por qué tengo la sensación de que no lo apruebas del todo? –añadió.

–¿Y no podría ser imaginación tuya? –sugirió él con una sonrisa–. Lo siento, se me hace tarde.

–Ya me voy –se despidió ella–. Nos vemos mañana.

Sin embargo, y a pesar de que se le había hecho tarde, Brett Wyndham se quedó mirando a Holly hasta que desapareció. Después se dirigió a la terraza y contempló la luna que teñía de plata el agua.

Ella había estado en lo cierto. No le habían complacido del todo sus dotes como entrevistadora. Tenía un estilo relajante y cautivador. Y también mostraba un innegable entusiasmo y curiosidad por su historia y la de su familia. Tampoco es que le hubiera contado nada que no hubiera deseado decirle, ni tenía intención de revelarle su oscuro secreto.

¿Pero sería ella capaz de desenterrarlo de algún modo?

O, en otras palabras, ¿se había situado involuntariamente en una posición de vulnerabilidad al haber subestimado a esa joven de largas piernas que tanto lo intrigaba?

Sus pensamientos regresaron a la escena que se había desarrollado al llegar Holly a la suite. Se había mostrado asustada y furiosa al mismo tiempo. Le había explicado que se había quemado los dedos en una ocasión y no le cabía ninguna duda de que fuera cierto. Y por eso se había reprimido. No quería asustarla.

Así pues, tenía dos opciones: anular la entrevista y enviarla de regreso a su casa, o intentar desviar la atención hacia el proyecto al que quería dar publicidad.

Se encogió de hombros y se dirigió a cenar con su hermano, su hermana, su futura cuñada y varias personas más. Lo que no sabía era que su exnovia sería una de ellas.

Holly había terminado la hamburguesa y caminaba junto a la playa, frente a los fabulosos restaurantes de Palm Cove, cuando Brett Wyndham llamó su atención.

Compartía mesa con un grupo de personas en uno de los mejores restaurantes, en medio del cual surgía un fabuloso y antiguo árbol melaleuca. No sólo el restaurante parecía de lujo, reflexionó, los comensales también. Reconoció a una de las mujeres como a Sue Murray, su hermana, preciosa vestida de seda color turquesa y joyas de perlas. Dos de las otras mujeres lucían espectacularmente elegantes. Una de ellas era pelirroja y la otra poseía una lisa y suave melena rubia por la que Holly hubiera dado un colmillo.

Tras el primer vistazo al conjunto de la mesa, Holly devolvió su atención a Brett y sintió un familiar escalofrío recorrerle la columna. Frunció el ceño. ¿Empezaba a acostumbrarse al efecto que producía en ella ese hombre oscuro, alto y atractivo? Desde luego ya no la irritaba como días atrás.

Sin embargo, tenía un nuevo motivo de preocupación. Desde que había abandonado la suite había experimentado una inquietante sensación. ¿Se lo estaba imaginando o Brett empezaba a mostrar reservas hacia la entrevista?

No, no se lo había imaginado. Algo había cambiado. ¿Había hecho demasiadas preguntas?

Sacudió la cabeza y siguió observando a Brett mientras la asaltaba un nuevo pensamiento inquietante. ¿Cómo iba a sentirse si él decidía anular la entrevista? ¿Cómo se sentiría si nunca más volviera a verlo?

Abrió los ojos desmesuradamente ante la punzada de dolor que sintió al pensar en ello. No había duda alguna de que sufriría una sensación de pérdida, de pesar. Y, si ya se sentía así tras unos cuantos breves encuentros, ¿qué peligro correría al conocer mejor a Brett Wyndham?

Capítulo 4

EN CUANTO amaneció, Holly decidió irse a nadar. Se puso el traje de baño y encima una bonita camisa y un par de pantalones cortos. Dejó sobre la cama la ropa que iba a ponerse después y cerró la maleta. Todo estaba en orden, salvo su mente. ¿Adónde iría tras abandonar Palm Cove? ¿A Haywire o a Brisbane?

Tomó una toalla de las instalaciones de la piscina y se dirigió a la playa.

Había varias personas caminando o nadando y, aunque era muy temprano, ya se notaba el calor que iba a hacer el resto del día.

Tras dudar un instante, optó por dar primero un paseo.

Palm Cove, y la mayor parte del norte de Queensland, no disponía de playas de arena blanca. Era una arena color azúcar, pero limpia y firme bajo los pies.

Lo que también le impresionó fue que, gracias a las limitaciones para construir en altura y a los árboles que bordeaban la playa, no se veían los edificios desde el mar.

Mientras caminaba reflexionó sobre su dilema. Si regresaba a Brisbane por decisión propia, tendría que admitir ante Glenn y su madre que no había sido capaz de encargarse de la entrevista Wyndham, y volvería aliviada a su puesto de periodista de viajes.

Pero si Brett la despedía, tendría que admitir que se había equivocado en alguna tecla.

En ningún caso estaba dispuesta a considerar el hecho de que había momentos en que Brett Wyndham le fascinaba mentalmente, y le inquietaba físicamente, seguramente más que ningún otro hombre. Bueno, ante sí misma sí lo podía admitir.

Cuando regresó al lugar donde había dejado la toalla, seguía sumida en el dilema. Se quitó ropa y se zambulló en el agua, fresca aunque no fría, tranquila y vivificante.

Unos diez minutos después, nadó a un punto en que hacía pie y se tumbó de espaldas, flotando sobre la superficie. Se sentía limpia, rejuvenecida, como si hubiera experimentado una catarsis y pudiera dejar atrás todo el asunto.

—Buenos días, Holly.

Holly se hundió y salió a la superficie escupiendo agua. Brett Wyndham estaba de pie a escasos metros. Tenía los cabellos mojados y pegados a la cabeza.

—¿Qué haces aquí? —preguntó ella en medio de un ataque de tos.

—Pensaba que la playa era pública.

—Pues claro que lo es —buscó el suelo con la punta de los pies—. Quiero decir... no importa.

—¿He hecho algo que te haya molestado? —preguntó él con gesto severo.

—Yo pensaba que era al revés.

—¿Por qué?

—Pensaba... pensaba que anoche habías cambiado de opinión.

Se dirigió lentamente hacia la playa, pero algo pasó rozando sus piernas bajo el agua y, dando un respingo, soltó un grito de terror.

–¡Holly! –Brett nadó hasta su lado y la tomó en brazos–. ¿Qué ha pasado? ¿Estás bien?

–No sé qué era. No creo que me haya pasado nada. Sólo ha sido el susto.

–Muy bien –él la llevó en brazos hasta la toalla–. Echemos un vistazo.

Tras la inspección, no encontró ninguna herida en los pies ni en las piernas.

–¿Qué puede haber sido? –Holly se sentó.

–Podría ser una raya venenosa.

–¡Pero ésas son letales! –ella lo miró con ojos desorbitados.

–No necesariamente –Brett sonrió–. En brazos y piernas no lo son, pero las heridas tardan mucho tiempo en curar.

–¿Algo así como una serpiente en el paraíso? –Holly dejó escapar un suspiro.

–Algo así. ¿Has desayunado?

–No, eh... no, pero...

–Desayunarás conmigo –Brett se puso en pie.

Holly levantó la vista. Brett llevaba unos pantalones cortos y, tal como había sospechado, poseía un cuerpo escultural. No le sobraba ni un gramo de grasa y los músculos estaban muy marcados. Sólo había una manera de describirlo: ese hombre estaba bellamente proporcionado. Alto, delgado, fuerte, parecido a un pirata.

Tragó saliva y fue repentinamente consciente de que él la estaba evaluando. Su mirada se había quedado fija en las largas piernas, la cintura y la curva de los pechos que se marcaban bajo la lycra del traje de baño. De repente sintió frío y calor a la vez y sus pezones se pusieron manifiestamente tiesos.

–Gracias, pero no –se puso de pie, recogió la toalla y la sacudió con fuerza–. Tengo la sensación de que anoche las cosas se torcieron y que lo mejor sería que regresara a Brisbane para...

—Holly —la interrumpió Brett arrancándole la toalla de las manos—. Antes de que quedemos cubiertos de arena si sigues sacudiendo así la toalla, te diré que, si te apetece desayunar conmigo, me parece bien. Aún no te he hablado de mi nuevo proyecto para abrir un zoo.

—¿Un zoo? —Holly lo miró perpleja.

—Sí. Estaba pensando en construir un zoo con el sistema de adopciones con el fin de darle publicidad, aparte de todo el tema de las especies en peligro de extinción.

—¡Eso es genial! —ella abrió los ojos desmesuradamente—. Cuéntame más.

—Para eso tendrás que desayunar conmigo —Brett sacudió la cabeza.

—Eres tremendamente mandón, ¿verdad?

Él se encogió de hombros y le devolvió la toalla.

Brett encargó el desayuno para ser servido en la terraza de la suite.

Holly lo esperó fuera, meditando sobre cómo proceder, mientras él hacía alguna llamada.

El desayuno llegó sin que se le hubiese ocurrido nada. Había champán y zumo de naranja, una maravillosa fuente de fruta con algunas especialidades locales, yogur y cereales, una tortilla de champiñones para ella y huevos con beicon para él.

Las tostadas estaban envueltas en una servilleta de tela y el café se mantenía caliente en un termo plateado.

—Gracias, nosotros nos serviremos —murmuró Brett a los camareros.

—Nunca podré comerme todo esto —se lamentó Holly.

—Come lo que te apetezca. Normalmente, yo empiezo por el plato principal y luego termino con la fruta y un poco de yogur a modo de postre.

–¿En serio? –ella lo miró intrigada–. Qué original.

–Inténtalo.

–Lo haré. Por cierto, ¿cuánto tiempo nos quedaremos en Haywire, si es que vamos?

–Dos o tres días –él la miró fijamente.

–Dijiste algo sobre la boda de tu hermano.

–Aún falta una semana para eso.

–¿Se celebrará aquí?

–Sí, pero antes habrá festejos, bailes, veladas, una excursión a la Barrera de Coral...

–No pareces muy entusiasmado –Holly sonrió.

–No lo estoy –Brett se encogió de hombros–. Pero es mi hermano... Bueno, vamos con el zoo –mientras atacaba los huevos con beicon le explicó brevemente su proyecto, el tamaño de los recintos, los animales que quería y algunas de las dificultades.

–Impresionante –observó ella–. Creo que la idea es maravillosa, pero... –eligió un rambután morado y lleno de pinchos mientras se preguntaba cómo se comería esa cosa–. Pero no estoy segura de ser la persona adecuada para esto. En realidad quiero decir que no estoy segura de que tú creas que sea la persona adecuada –lo miró fijamente durante largo rato.

–Sí creo que lo seas –Brett sirvió dos tazas de café y le pasó una–. Creo que tienes un estilo fresco e innovador.

–Pero algo cambió anoche –insistió ella.

Brett la miró en silencio. «Sí, Holly Golightly», pensó, «algo, en efecto cambió anoche. Una cosa de la que no tienes conocimiento, pero que es el motivo por el que no voy a enviarte en el primer avión de regreso a tu casa».

Apretó los puños con fuerza y pensó en la cena de la noche anterior. Su futura cuñada, decidiendo que había llegado la hora de limar algunas asperezas, había llevado a Nastasha Hewson a la cena con la excusa de que era la organizadora de la boda.

«De modo que vuelvo a estar en la posición», pensó rechinando los dientes, «de utilizarte, señorita Harding, para evitar a mi exnovia». No es que tuviera ninguna expectativa de que ambas mujeres llegaran a conocerse porque tenía la intención de volar a Haywire con Holly, tal y como estaba planeado. Pero cuando Nat se enterara de que viajaba con una chica, y no le cabía la menor duda de que iba a enterarse, recibiría el mensaje.

«No es un comportamiento muy admirable», musitó para sí, «pero no hay más remedio».

—Anoche se me ocurrió —contestó al fin—, que podría adentrarme en terrenos por los que no me gustaría transitar, al menos no más de lo que ya hice.

Holly lo miró perpleja antes de abrir la boca para opinar que todo había resultado bastante inocente. Pero cambió de opinión. Por supuesto, Brett tenía la última palabra.

—Esto... —dudó antes de soltar el rambután—. Tú decides. Cuéntame lo que quieras.

—Entonces —él hizo una mueca—, ¿volvemos a tener un trato?

Holly sintió un impulso de elegir el camino más seguro, uno que le llevaría lejos de los peligros de ese hombre. De la indudable atracción que sentía por él, de la fascinación que despertaba en ella. Sin embargo Brett Wyndham nunca sería una relación a largo plazo.

Pensó brevemente en la escena de la cena que había contemplado la noche anterior y se le ocurrió que, si bien ese hombre representaba un estilo de vida que ella encontraba fascinante, había un aspecto de su vida que se encuadraba en otro estrato, uno al que ella no pertenecía, el de las mujeres glamurosas, maravillosamente peinadas, delgadas y brillantes. La noche anterior, todas le habían parecido modelos o actrices de cine.

Y el hecho de que no se pareciera en nada a una modelo o actriz, ¿no debería hacerle sentirse fuera de peligro con él?

–De acuerdo –se encogió de hombros–. Tenemos un trato.

–Entiendo –sus miradas se fundieron durante largo rato–. Vamos en el mismo barco.

–¿Barco? –ella lo miró perpleja.

–No conseguimos descifrarnos el uno al otro –él sonrió con ciertas reservas–. ¿Estás dispuesta a volar de inmediato?

Holly dudó un instante antes de asentir y levantarse para recoger sus cosas.

Se puso unos pantalones y chaqueta vaquera, una blusa amarilla y se calzó unas botas. Contempló su imagen en el espejo y notó que parecía tensa.

Estaba a punto de lanzarse al vacío con un hombre al que apenas conocía, un hombre con el que chocaba, pero hacia el que se sentía muy atraída. Sus emociones estaban hechas un lío.

¿Cómo podía volver a ser Holly Harding, periodista en una importante misión?

Todavía le preocupaba el asunto mientras se dirigían por la autopista Bruce, entre campos de caña de azúcar, hacia la ciudad de Cairns y su aeropuerto.

Brett pilotaba el avión, un pequeño aparato de seis plazas con una W, en la cola.

Holly aún seguía pellizcándose, metafóricamente, cuando el avión aceleró y despegó. Intentaba decidir cómo manejar la situación. El sentido común le dictaba que procediera con naturalidad, pero ni siquiera eso resultaría sencillo.

Esperó hasta que alcanzaron altitud de crucero y le preguntó por el vuelo.

Brett se lo explicó en breves palabras.

—¿Puedes hablar?

—Por supuesto —contestó él.

—¿Podrías contarme qué estamos sobrevolando?

Y él lo hizo. Se dirigían al oeste, sobrevolando las antiguas ciudades mineras de Tablelands, hacia las tierras volcánicas famosas por sus tubos de lava. Después continuaron sobre las tierras herbáceas de la sabana y el golfo de Carpetania, donde se encontraba su lugar de destino.

—¿Haywire? —repitió ella con una sonrisa—. ¿De dónde le viene el nombre?

—Nadie lo sabe.

Holly lo estudió detenidamente. Brett resultaba muy profesional con su camisa color caqui y los vaqueros. Llevaba puestos los cascos y las hermosas manos manejaban con pericia los instrumentos de navegación.

«Profesional y distante», pensó mientras se fijaba en sus propias manos.

¿Quién era ella para protestar? ¿Acaso no había exigido que los términos fueran prácticamente ésos? ¿Profesional y distante? El único problema era que, para sacarle rendimiento a la entrevista, necesitaba que Brett se abriera a ella. Sin embargo, había una línea muy fina entre conseguir que hablara con naturalidad, y no disfrutar de su compañía.

Sacudió la cabeza y fue consciente de que él la estaba mirando.

–¿Un debate interno? –preguntó Brett.

–Algo así –ella se sonrojó–. ¿Dónde estamos? –contempló por la ventanilla la tierra de arenas rojas y vegetación verde salvia.

–A medio camino entre Georgetown y Croydon. Si sigues por Savannah Way, te llevará hasta Normanton y Karumba, en el golfo. Por allí –señaló– están Forsyth y Cobbold Gorge. Es bastante impresionante. Y eso es Newcastle Ranges, al este, y los acantilados de piedra arenisca al oeste.

–Esto está muy apartado –observó ella maravillada–. Y muy vacío.

–Remoto –asintió él–. Hace un calor infernal en verano, pero tiene mucha historia, no sólo ganadera, sino de fiebre del oro y minas de gemas. Georgetown tiene un museo de gemas y Croydon ofrece una recreación de la vida aquí en la época de la fiebre del oro.

–Parecen ciudades muy pequeñas –observó ella.

–Ahora sí –él se encogió de hombros–. La última vez que se hizo el censo, en Georgetown había menos de trescientos habitantes, pero es el centro de un inmenso condado y lugar de paso hacia Karumba y el golfo, famoso por la pesca. Con el ejército de nómadas grises que entran y salen estos días, tienen bastante tráfico.

Holly sonrió. El término «nómadas grises» se aplicaba a los australianos que viajaban por el continente en caravanas, roulotte, o simplemente con tiendas de campaña. Podría decirse que era el pasatiempo preferido de los jubilados.

Media hora más tarde empezaron a perder altura y Brett le señaló la hacienda Haywire. Lo único que vio Holly fue un grupo de tejados y una franja de hierba para aterrizar entre vallas de madera pintada en un mar de arbustos achaparrados.

Brett habló por la radio y se oyó una voz femenina que le informaba de que la pista estaba en buen estado.

–Romeo aterrizando –respondió él.

Diez minutos después aterrizaron sobre la pista bacheada y rodaron hasta pararse frente a los tejados que Holly había visto desde el aire.

Una chica se acercó, acompañada de un perro, para saludarles.

–Holly –Brett hizo las presentaciones–. Te presento a Sarah. Y ésta –se agachó para acariciar al perro ovejero que lo miraba extasiado– es Bella.

–Bienvenida a Haywire, Holly –saludó Sarah con acento británico.

–Sarah está recorriendo el mundo con su mochila –explicó Brett al ver el gesto de asombro de Holly–. ¿Cuánto tiempo llevas con nosotros ya?

–Tres meses. ¡Me está costando marcharme de aquí! –contestó con tristeza–. Brett, ya que estás aquí, estoy algo preocupada por una de las yeguas... está coja. ¿Podrías echarle un vistazo? Mientras, yo podría enseñarle todo esto a Holly.

–Claro. Ocúpate de ello.

La hacienda Haywire fue una revelación para Holly en tanto en cuanto no era una granja en el sentido estricto de la palabra. Todas las dependencias estaban dispuestas en cabinas separadas, sobre un césped verde, y rodeadas de un vallado diseñado, según Sarah, para mantener fuera a los walabíes, emúes y resto de fauna salvaje.

El resto de las instalaciones, salón, comedor, una pequeña librería y sala de juegos, etc., se situaba bajo un enorme techado. Pero lo más original era que no existían las paredes.

El suelo era de pizarra con una chimenea central de piedra. Unos maceteros con plantas estaban distribuidos a intervalos regulares.

También había una enorme mesa y cómodos asientos. Más allá de la valla se divisaba un lago con aves, cañas y nenúfares.

Todo recordaba a un campamento de safari y Holly quedó muy impresionada.

—¿Qué hacéis cuando llueve o soplan vientos fuertes? —le preguntó a Sarah.

—Aún no se ha producido esa situación estando yo aquí —contestó la joven—. Pero hay persianas —señaló—. Y tengo entendido que, en caso de amenaza de ciclón, ponen contraventanas. Mientras tanto, el aire circula libremente, mitigando el calor. Y ésta es la cocina.

La cocina, totalmente equipada, no resultaba visible desde el resto de la estancia y también estaba abierta en un lado. En Haywire había varias fuentes de energía: un generador para la electricidad y gas para el agua caliente. Aún quedaban algunas antiguas estufas por si fallaban los otros medios. Y también disponían de un teléfono por satélite y una radio para establecer comunicaciones.

El conjunto lo completaba una piscina al aire libre rodeada de césped y árboles.

Sarah explicó que era enfermera, pero que le gustaba cocinar, el campo y los caballos, de modo que estaba encantada con su misión como ama de casa en Haywire.

—Claro que la mayor parte del tiempo estoy aquí sola con Bella, los caballos y unos cuantos vaqueros. La familia no viene a menudo. Es más, me sorprende ver a Brett aquí. Pensaba que estaría en Palm Cove con el resto.

—Y lo estábamos... lo estaba —se corrigió Holly tras captar una mirada de curiosidad en Sarah.

«Sabía que ocurriría», se dijo a sí misma. «Ninguna

mujer mínimamente atractiva estará segura junto a Brett sin que se sospeche que se trata de su amante».

–Estoy trabajando con él –añadió.

–En efecto –asintió el aludido mientras se acercaba a ellas.

Ambas se volvieron hacia él.

–La yegua tiene una herida de piedra en la pata delantera. Le he aliviado la presión, pero vigílala, o pídele a Kane que lo haga –instruyó a Sarah–. ¿Vendrán esta noche? Kane –le explicó a Holly– es el capataz de la explotación ganadera y tiene dos ayudantes.

–Han tenido un problema con la valla en el lado norte –Sarah sacudió la cabeza–. Están a kilómetros de aquí y han decidido acampar esta noche.

–De acuerdo. Entonces estamos solos. Voy a llevar a Holly a dar una vuelta, volveremos antes de que anochezca. Por cierto, ¿qué hay para cenar?

–No te lo vas a creer –Sarah sonrió–. Rosbif.

–Es un chiste de ganaderos... Rosbif para cenar –le aclaró Brett a Holly mientras se subían a un robusto todoterreno.

–Me sorprende la poca cantidad de gente que trabaja aquí –Holly subió al coche, cámara en ristre–. Si no recuerdo mal, tienes diez mil cabezas de ganado y eso me parece un rebaño enorme. Además, Haywire abarca miles de kilómetros cuadrados.

–Seguramente lo dices porque no sabes mucho de ganado Brahman y Droughtmaster.

–No sé nada –admitió ella.

–Pues verás –Brett dio un volantazo para esquivar un hormiguero–, los Brahman vienen de la India y fueron importados desde los Estados Unidos de América en 1933. Droughtmaster es un cruce de los anteriores, creado aquí. Está especialmente adaptado a esta parte del mundo por varias razones. Son resistentes al calor y a los parásitos, se mueven mucho, son buenos forrajeadores y sobreviven con hierba de mala calidad en época de sequía.

—Parecen unos animales increíbles.

—Y aún hay más —continuó él con una sonrisa—. El hecho de que sean resistentes o tolerantes a los parásitos significa que no necesitan ser medicados, de modo que son animales ecológicos. Las vacas son buenas madres, famosas por proteger a sus terneros, producen mucha leche y tienen terneros pequeños, por lo que el parto suele ser sencillo. Y todo ello significa —agitó una mano en el aire— que su mantenimiento es mínimo. Respondiendo a tu pregunta, por eso no necesitamos muchos empleados.

Holly contempló los ondulados campos a su alrededor. El paisaje era bastante rocoso y moteado de hormigueros y árboles y arbustos larguiruchos. La hierba era muy alta.

—Ésta no es más que una de tus explotaciones, ¿verdad?

—Sí. Tenemos dos más por esta zona y otra en el Territorio Norte —señaló con una mano—. Ahí tienes a los Brahman.

Holly contempló el ganado de color marrón moteado de negro. El rebaño estaba reunido alrededor de un embalse. Tenían las orejas caídas, ojos color endrina, papada y joroba.

—Parecen muy suaves.

—Es el suave pelaje y las glándulas sudoríparas tan desarrolladas lo que les ayuda a soportar el calor.

—¿Los hay de otros colores?

—Sí, también los hay grises con manchas negras, pero no tenemos ninguno aquí.

–¡Qué interesante! –Holly hizo unas cuantas fotos antes de cruzarse de brazos y contemplar el ganado con atención.

Brett Wyndham se la quedó mirando largo rato.

Con su camisa amarilla, los vaqueros y los cómodos zapatos, parecía encajar perfectamente en el paisaje. Sin gota de maquillaje sobre la pálida piel y la maraña de rizos rubios, resultaba diferente y extrañamente atractiva.

La recordó aquella mañana en traje de baño. Delgada y con largas piernas, poseía cierta elegancia desgarbada que resultaba fascinante, al igual que todas sus encarnaciones.

–¿Ya has visto bastante? –Brett consultó el reloj.

Holly se volvió hacia él y sus miradas se fundieron durante un instante. Sintió un cosquilleo en la piel y un entendimiento sin palabras pareció fluir entre ellos, uno de mutua consciencia.

Entonces Brett puso en marcha el motor, interrumpiendo el momento. Sin embargo Holly no dejó de sentir su presencia mientras avanzaban a saltos por el camino lleno de baches.

Sin saber que él tenía los mismos pensamientos, lo recordó tal y como lo había visto en el mar aquella mañana. Recordó con qué facilidad la había tomado en sus brazos y llevado hasta la playa. Y sintió un estremecimiento al recordar la sensación de su piel.

Brett aparcó en el lado exterior de la valla y señaló por su ventanilla. Holly siguió la dirección marcada y vio a tres emúes caminando a lo largo de la valla.

Presa de la emoción, respiró entrecortadamente, no sólo por el interés que habían despertado los animales en ella, sino también porque estaba agradecida de haberse liberado de los recuerdos de aquella mañana...

—Esto ya se parece a un zoo —observó.

Tras contemplar un rato el espectáculo, se bajaron del coche y Brett la guió hasta la cabaña en la que iba a alojarse.

—Queda media hora para tomar una copa antes de cenar. ¿Te apetece asearte un poco?

—Gracias —asintió ella.

—Esta cabaña es para invitados. Por cierto, hay mucha agua caliente.

—Estupendo —murmuró Holly.

—Debería haber una linterna por aquí —Brett volvió sobre sus pasos—. Utilízala para caminar por la hacienda de noche. Podría haber ranas. O serpientes.

—Creo que podré soportar las ranas —contestó ella—. Y en cuanto a las serpientes, no me gustan demasiado, pero supongo que bastará con pisar fuerte para que el suelo vibre y, si no funciona, correr.

—Buena idea —asintió él—. Aunque no son muy habituales.

—Me alegra oírlo.

—Apenas hemos sobrepasado el límite de la civilización.

—No me digas —contestó ella mientras se encerraba en la cabaña.

Enseguida descubrió que Haywire podía estar en un lugar remoto, y parecerse en algunos aspectos a un campamento de safari, pero las cabañas eran sólidas, muy bonitas y tenían cuartos de baño muy modernos.

La cama de matrimonio estaba cubierta por una gruesa, aunque ligera, colcha bordada en color crema. De las paredes pintadas de verde oscuro colgaban cuadros y la alfombra, también de color verde, era muy

mullida. El mobiliario lo completaban una hermosa cómoda de cedro, dos sillones y un elegante escritorio.
Las lámparas de las mesillas de noche tenían el pie de
porcelana y las pantallas de color rosa coral.

El cuarto de baño era una sinfonía de azulejos blancos, suelo negro y grifería cromada. Las toallas y albor-
noces colgados detrás de la puerta eran de color verde
lima y amarillo limón, así como el jabón y artículos de
tocador, todos en frascos de cristal con las iniciales H,
de Haywire, y W, de Wyndham, grabadas.

Tras disfrutar de una ducha caliente, se puso un par
de vaqueros limpios y una blusa azul de manga larga
que hacía juego con sus ojos. Pensó en ponerse los gruesos zapatos, como protección contra las serpientes, pero
al final decidió que necesitaba un cambio y optó por las
bailarinas.

Como de costumbre, dedicó unos minutos a luchar
contra su pelo recién lavado. Al final decidió dejarlo a
su libre albedrío. Había descubierto que había muy pocas personas de pelo rizado que estuvieran contentas
con sus cabellos, mientras que las de pelo liso lo encontraban maravilloso.

De repente se le ocurrió que a Brett no parecía dis-
gustarle su cabello y, dado que aún le sobraban unos
minutos, se sentó en un sillón a pensar en él.

En especial pensó en el pequeño momento de tensión en el coche cuando sus miradas se habían fundido
y había sido tan consciente de su presencia. Y, además,
había tenido la sensación de que había sido mutuo.
¿Adónde le llevaría aquello? Había algo en ese hombre
que no lograba descifrar. Era obvio que se trataba de un
ser solitario y que vivía una vida incompatible con las
ataduras de una familia, pero ¿había algo más?

De ser así, ¿era la causa el compromiso roto con Natasha Hewson o era más profundo?

Frunció el ceño y recordó de repente lo que había dicho aquella mañana sobre no entrar en terrenos por los que no quería transitar. ¿A qué se había referido?, reflexionó mientras echaba una ojeada a las notas tomadas la noche anterior. No había nada especialmente fascinante, sólo historias familiares, de las tierras y algunas anécdotas... ¡Un momento!

De repente cayó en la cuenta de que las anécdotas habían versado sobre su hermano, Mark, su hermana, Sue, su madre y sus abuelos. Pero no había habido ninguna referencia a su padre. Un poco extraño, ¿no?

Sacudió la cabeza. Brett Wyndham se estaba convirtiendo en un enigma cada vez mayor. También tenía que admitir que había cierta química entre ellos. Bueno, algo más que cierta química. Había momentos en que le encantaba su compañía, aunque al principio la hubiera irritado tanto, pero tampoco podía negar su recelo.

Algo tenía que ver lo que le había sucedido en una ocasión, pero ¿quién podía enamorarse conscientemente de un enigmático solitario?

DE CAMINO a la cena no encontró serpientes ni ranas. Además, Bella corrió a su encuentro en cuanto abrió la puerta y la escoltó.

–Eres un perro adorable –observó mientras llegaban–. ¡Vaya! Esto es impresionante.

De las vigas colgaban lámparas de aceite que bañaban la estancia con una suave luz. La mesa estaba puesta con unos mantelitos de tela de colores, peltre y cristales, así como un cuenco con lirios acuáticos. Y el aire estaba impregnado del aroma a rosbif.

Brett también se había duchado. Su pelo estaba húmedo y de punta y se había cambiado de pantalones y camisa, resultando devastadoramente atractivo en opinión de Holly.

–¿Champán? –le ofreció mientras empezaba a descorchar la botella.

–Sí, por favor –Holly miró a su alrededor–. Debo admitir que para estar en la frontera del mundo salvaje, esto resulta muy civilizado.

–Hacemos lo que podemos. ¿Champán, Sarah?

–No gracias –contestó la aludida–. Estoy sirviendo la comida, luego tomaré un poco.

–¿Haywire siempre ha sido así? –preguntó Holly mientras brindaban en silencio.

–Más o menos –contestó él encogiéndose de hombros–, que yo recuerde, aunque las cabañas han sido renovadas y se han añadido más comodidades.

–Me alegro. Este lugar es mágico –exclamó ella entusiasmada.

–Estaba buenísimo –felicitó Holly a Sarah poco después mientras empujaba el plato a un lado–. No sólo el rosbif, sino también el pudin de Yorkshire.

–Soy una chica de Yorkshire –reveló Sarah mientras empezaba a recoger los platos.

–Por favor, permíteme ayudarte –se ofreció Holly.

–¡Ni hablar! Para eso me pagan. Relajaos Brett y tú.

A Holly no le apetecía demasiado estar a solas con Brett, aunque en realidad sí... y no.

Por otro lado, no quería imponerle a Sarah su presencia en la cocina. Algunos cocineros no soportaban que su espacio resultara invadido con ayuda no deseada.

Se dio cuenta de que Brett la miraba fijamente y se preguntó en qué estaría pensando. Entonces comprendió, mientras la oscura mirada la recorría de arriba abajo, que estaba pensando en ella en un contexto determinado y se sintió sonrojar.

–Tengo cosas que hacer. Unas llamadas –anunció Brett, resolviendo así el problema–. ¿Por qué no echas un vistazo a los álbumes? Puede que te den más información.

–¿Álbumes?

Brett le señaló la zona de la biblioteca y unos gruesos álbumes dispuestos sobre una mesa de teca. Junto a la mesa había un cómodo sillón.

–Encontrarás fotos antiguas, comentarios de visitantes y recortes de prensa.

–¡Gracias! Echaré un vistazo –contestó ella sin que se le pasara por alto la mirada irónica que le dedicó él.

Brett le señaló un cajón que contenía bolígrafos y papel, por si los necesitara.

–Gracias –repitió ella, sintiéndose inusualmente estúpida y agitando una mano en el aire pidiéndole que se marchara y la dejara sola.

–Desde luego, señorita Harding –contestó él con sarcasmo–. Desde luego.

Una hora después, levantó la vista cuando él volvió a entrar en la zona de la biblioteca.

–¿Has terminado? –preguntó Brett.

–No. Esto es fascinante, podría continuar durante horas, pero no lo haré. Muchas gracias –ella cerró el álbum que había estado consultando y se puso en pie–. Creo que será buena idea que me vaya a la cama. Ha sido un día muy ajetreado.

–Te acompañaré a tu cabaña –murmuró él.

–Puedo ir sola –¿qué podía pasarle entre la casa y la cabaña...?–. De acuerdo. Gracias.

Tras desearle buenas noches a Sarah, que estaba viendo una película, se dirigieron a la cabaña. No encontraron serpientes, aunque sí un zorro volador que se precipitó sobre Holly mientras Brett abría la puerta y encendía la luz.

Holly dejó caer la linterna y soltó un grito antes de saltar a los brazos de Brett.

–Sólo era un zorro volador –le explicó él abrazándola con fuerza y apagando la luz–. Ha sido por la luz.

–¡Sólo un zorro volador! –repitió ella perpleja–. ¿No son responsables del virus Lyssa, o el Hendra, o ambos?

–Si ni siquiera te ha tocado, Holly –él le acarició el pelo antes de cerrar la puerta.

–¿Te imaginas que se hubiera quedado enganchado en mi pelo? ¡Qué asco!

–Algunas personas los adoran.

–En su pelo, apuesto a que no. No me entusiasma ese bicho. No tengo problemas para mantener la compostura con serpientes, arañas, ratas o ranas, pero ¡zorros voladores no!

Brett soltó una carcajada antes de inclinarse y darle un beso.

Pilló a Holly completamente desprevenida, pero la sensación fue tan buena que, de inmediato se sintió fascinada y se esfumaron todos sus temores.

Hasta que el sentido común tomó el mando.

–Esto no está bien –susurró, apartándose de él.

–Llevamos todo el día deseándolo –contestó Brett.

–Yo... –Holly tragó con dificultad–. La cuestión es que estoy aquí por trabajo y debo concentrarme en ello –levantó la vista y consiguió echar mano del sentido del humor–. Pero gracias por estar aquí, de lo contrario me habría muerto del susto. Buenas noches.

–De acuerdo –Brett la soltó de inmediato con una sonrisa torcida–. No enciendas la luz hasta que hayas cerrado la puerta.

Holly se encerró en la cabaña y se quedó un rato a oscuras con una mano sobre la boca.

A la mañana siguiente, después del desayuno, Brett tenía preparada una sorpresa.

Holly lo había saludado con cierta timidez, aunque el desayuno se había desarrollado en un ambiente amigable.

Él le recomendó que se pusiera un sombrero y protector solar, sin olvidar la cámara, y que se reuniera con él a la entrada del corral.

Cuando llegó, encontró dos caballos ensillados y atados a la valla.

–Lo siento –se excusó él–, pero no pude preparar un camello o un burro.

–¡Menos mal! –gruñó Holly–. Pero he de advertirte que no monto muy bien.

–Sin problema –Brett sacó una larga rienda de una alforja y la ató a uno de los caballos para guiarlo–. Arriba –la levantó por la cintura hasta el sillín.

–¿Adónde vamos?

–Estamos construyendo una nueva presa –le explicó él mientras se subía al caballo–. Quiero ver los progresos. El paseo será agradable.

–No irás a galopar o a hacer algo peligroso, ¿no? –inquirió ella aferrándose a las riendas e intentando adaptarse al movimiento mientras iniciaban el trote.

–No. Tú relájate. ¿Siempre te pones así de nerviosa cuando trabajas?

–Y créeme, a menudo con un buen motivo –contestó ella con cierto descaro–. A veces he tenido que bajarme para seguir a pie, pero al final siempre llego a mi destino.

Brett Wyndham hizo una mueca de desagrado.

–¿Qué pasa? –preguntó Holly con marcada altivez.

–Te creo –él rió–. Eres muy cabezota, Holly. Muy bien, veamos si disfrutas del paseo.

Una hora más tarde llegaron a la presa y, para sorpresa de Holly, le había encantado el paseo. Se habían parado un par de veces, una sobre una colina rocosa para contemplar la impresionante vista, y otra junto a un salegar.

En ambas ocasiones había desmontado y formulado

muchas preguntas. Para cuando llegaron a la presa ya
tenía bastante confianza sobre el caballo como para no
necesitar ser guiada y se sintió encantada cuando Brett
encendió una hoguera para poner a hervir la pequeña
olla que llevaba en las alforjas.

Holly rebuscó en las suyas, tal y como pidió Brett,
y sacó la comida que Sarah les había preparado para
acompañar el té.

–Un verdadero picnic –exclamó entusiasmada mientras se abanicaba con el sombrero–. Ahí veo una exca-
vadora. Y un campamento, pero ni un alma.

–Sí –Brett se puso en cuclillas junto al fuego y le añadió un poco más de leña–. Suelen trabajar dos semanas
y librar una. Quería inspeccionarlo todo durante la semana libre. ¿Té? –echó agua hirviendo en una taza de
hojalata y se la entregó.

–Me encanta. Gracias. Pero no veo el ganado.

–Rotamos los prados. Éste de aquí está en reposo.

–Entiendo. ¿Cuánto tiempo...?

Brett la interrumpió para facilitarle toda la información que estaba a punto de pedirle sobre los prados y
más cosas.

–Lo siento, te estoy haciendo demasiadas preguntas,
pero es que es todo muy interesante.

Brett la miró detenidamente. No se inmutaba lo más
mínimo por el calor y las moscas. Al parecer no se había dado cuenta de que tenía un pegote de tierra en la
cara, ni que tenía las manos sucias, el cabello pegado a
la cabeza y la blusa manchada de sudor.

–Serías una buena campesina –observó al fin.

–Soy insaciablemente curiosa –contestó ella–. Ése
es mi problema.

Brett la miró pensativo, pero no dijo nada. Acabado

el té, apagó el fuego con cuidado y volvieron a montar para explorar los trabajos de la presa.

Dos horas más tarde regresaban a la hacienda y Brett sugirió bañarse en la piscina.

–Es una idea estupenda –exclamó Holly mientras se dirigía a la cabaña para cambiarse.

Camino de la piscina se le ocurrió que Sarah no estaba por ninguna parte y que no le había parecido demasiado alegre durante el desayuno. Dudó un instante y llamó a su puerta.

–Lo siento –en cuanto abrió la puerta, la joven se deshizo en disculpas–. Enseguida me pondré con la comida. He tenido un ataque de sinusitis, pero ya me he tomado algo. Lo malo es que me deja atontada.

–Nada de eso –contestó Holly de inmediato–. Yo me ocupo de la comida. Acuéstate.

–Ni hablar –insistió Sarah antes de fijar la mirada más allá del hombro de Holly.

Al volverse, ésta vio a Brett de pie tras ella. Antes de que Sarah pudiera abrir la boca, le explicó la situación.

–Yo puedo preparar la comida –concluyó.

–Decidido –replicó Brett en tono autoritario–. Sarah, haz lo que te ha dicho.

–Estaré mejor a la hora de la cena –contestó la joven.

–Ya veremos –contestó su jefe mientras revolvía los cabellos de Sarah–. Descansa.

Sarah suspiró y los miró con gesto de alivio.

Al final, Holly preparó tanto la comida como la cena. Antes de comer nadaron en la piscina. Después, Brett preparó un gin tonic para cada uno mientras ella preparaba unos sándwiches de rosbif con mostaza picante, acompañados de una ensalada.

Comieron sentados a una mesa bajo la sombra de un árbol junto a la piscina.

Holly se había puesto la blusa sobre el traje de baño, pero Brett no llevaba más que el bañador. Bella estaba tumbada junto a ellos, dándoles a entender alegremente que no le importaría recoger las migas. Más allá de la valla, el campo parecía temblar bajo el ardiente sol y vibrar con los zumbidos de los insectos.

–¿Cómo soportas pasar tanto tiempo lejos de aquí? –preguntó Holly.

–No te engañes –contestó Brett–. Aquí puedes sentirte muy aislado.

–Pero tienes coche, ¿no?

–Desde luego, pero el camino es largo y la carretera mala.

–¿A tus hermanos les gusta esto? –ella probó un sorbo de la bebida.

–Para pasar un rato. No tienen espíritu ganadero. Ni Aria tampoco. A ella no le gustan las incomodidades –hizo una mueca antes de explicarle–. Es la futura esposa de Mark.

–¿Cómo es?

–Hermosa –empezó Brett tras reflexionar un instante y darle a Bella lo que quedaba de su sándwich–. Tiene el pelo largo y rubio, y muy buena figura. Natasha y ella hacen buena pareja ahora que lo pienso, aunque Nat es pelirroja –hizo una pausa–. Es mi exnovia.

Holly recordó la mesa que había visto en la terraza de Palm Cove. A no ser que hubiera dos impresionantes pelirrojas en la vida de Brett, debía ser la que había visto sentada a su lado. Y de ser así, ¿significaba que seguían siendo amigos?

–¿No sientes ninguna curiosidad en ese aspecto, señorita Harding? –preguntó él secamente.

–Queda fuera del trato –Holly se encogió de hombros–. Y no es asunto mío.

–Cierto –él parecía pensativo–. Aria es bioquímica y muy agradable, aunque un poco metomentodo –levantó brevemente la vista al cielo–. Dado que Mark es un genio informático, tienen estilos de vida parecidos.

–¿Entonces todo recae sobre ti? –Holly miró a su alrededor–. Me refiero a la responsabilidad, la organización y todo eso.

–Sí –él se reclinó en la silla y cruzó las manos tras la nuca.

–Debe de ser una carga bastante grande, junto con tu otro trabajo.

–Eso es más o menos lo que he estado pensando últimamente –asintió él con una sonrisa–. Pero lo llevo en la sangre, igual que tú heredaste el gen para la escritura de tu padre. Yo debo de haberlo heredado de mi pa... –se interrumpió bruscamente.

Holly se mantuvo expectante, casi sin respirar.

–Por mucho que odie admitirlo –continuó él al fin–. Debo de haber heredado el gen de mi padre para el ganado y el campo.

Holly soltó lentamente el aire. En su mente se confirmó la idea de que había sucedido algo entre Brett y su padre, pero se mantuvo fiel a la promesa hecha de no entrar en terrenos por los que él no deseaba transitar.

–Amas profundamente todo esto –contestó ella–. Lo entiendo.

–¿En serio?

–Eso creo. No sería justo afirmar que aquí hay más desafíos que en la ciudad, pero, para mí, los espacios abiertos no son sólo estimulantes –levantó la vista hacia el cielo azul–. Resultan liberadores. Supongo que eso debió de ser lo que motivó a mi padre, y a mí.

–Lo dices en serio, ¿verdad? –él se irguió en el asiento.

–Desde luego –Holly asintió–. Y bien, ¿qué planes hay para esta tarde?

Él la contempló, relajadamente sentada en la silla con la bonita blusa, las largas piernas y la rizada melena ondeando salvajemente.

«¿Qué planes hay para esta tarde?», se repitió a sí mismo. «¿Qué responderías, señorita Harding, si te dijera que me gustaría llevarte a la cama? Me encantaría arrancarte la ropa y explorar cada una de tus delicadas curvas. Me gustaría tocarte y hacer que esos rosados labios se abrieran en un gesto de sorpresa y placer, y esos ojos azules desorbitados...».

Un ruido al otro lado de la valla apartó su atención de Holly. «Salvado por la campana», pensó. El capataz, Kane, regresaba con sus dos ayudantes.

Pero al volver a mirar a Holly, se dio cuenta de que lo estaba mirando fijamente... con los labios entreabiertos y los ojos desorbitados en un gesto de perplejidad.

–¿Por qué no descansas? –él le dedicó una sonrisa torcida–. Tengo algunas cosas que hablar con Kane. Y puede que regresemos a la presa para explicarle lo que quiero que hagan.

–De acuerdo –respondió Holly tras unos segundos–. Yo también tengo trabajo –hizo una pausa–. Si Sarah sigue encontrándose mal, ¿te gustaría que preparara la cena?

–Gracias –él se levantó–. Eso sería estupendo.

–¿También para Kane y los demás? –Holly consiguió apartar la vista del esplendor físico de Brett Wyndham.

–No, ellos se ocupan de su propia comida. Te veré después –se despidió.

Holly recogió los platos de la comida y se retiró a la cabaña sin poder evitar admitir que estaba algo más que preocupada y perpleja. O hechizada.

Se tumbó en la cama y miró el techo, como una quinceañera. ¿Qué podía hacer?

No obtuvo ninguna respuesta y acabó por quedarse dormida.

Empezaba a refrescar cuando despertó, se duchó y se puso la blusa con los vaqueros.

Lo primero que hizo fue echarle un vistazo a Sarah y llevarle un poco de té y algo para picar. Después le convenció de que siguiera descansando.

Un par de horas más tarde, con las lámparas de aceite encendidas y la mesa puesta, Brett dejó los cubiertos sobre el plato y suspiró.

–Cocinas muy bien. ¿Otro gen heredado de tu padre?

El rostro de Holly se iluminó mientras contemplaba los restos de la lasaña que había preparado junto con una ensalada y unos panecillos calientes.

–No, el gen cocinero es de mi madre. No soy sólo obra de mi padre.

–Lo que me hace pensar... –Brett se reclinó en el asiento y la estudió detenidamente– que serías una esposa estupenda para alguien.

–No es exactamente un cumplido, señor Wyndham –ella lo miró seria aunque sus ojos brillaban burlones.

–Lo siento –él hizo una mueca–. Quería decir, que también serías una esposa muy atractiva.

–Eso está un poco mejor. Aunque en realidad no creo que pudiera ser una buena esposa.

–¿Por qué no?

–Pues, no sé –Holly se encogió de hombros y empezó a recoger los platos.

–Ya me ocupo yo –Brett se levantó y la obligó a sentarse de nuevo–. ¿Por qué no? –insistió.

Ella desvió la mirada mientras acariciaba a Bella. El
perro debía de haber sentido la inquietud de Holly, pues
había apoyado la cabeza en el regazo de la joven. Pero,
a pesar de la inquietud, deseaba hablar de por qué era
como era.

–Hace un par de años –respiró hondo y comenzó su
relato–, me enamoré locamente. Lo que no sabía era
que él estaba casado. Lo descubrí cuando su mujer empezó a acosarme.

–Lo siento –Brett dejó lentamente la copa de vino
sobre la mesa–. ¿Te acosaba en serio?

–Eso me pareció. Me escribía cartas amenazándome,
me amenazaba por teléfono, apareció en mi trabajo, hos-
tigó a mi madre. Una vez arrojó un ladrillo contra mi coche. Al final me daba pánico salir a la calle y siempre
iba mirando hacia atrás.

–Debía de estar loca –opinó él.

–Seguramente nunca sabré si era la causa o el efecto
de las aventuras de su marido, pero a mí me creó varios
complejos. Curiosamente, aunque me asustó de veras,
llegué a desarrollar cierta simpatía por ella, mientras
que habría matado a su marido por colocarme en esa situación. Puede decirse que me bajé de la nube con gran
estruendo.

Desvió la mirada con los ojos brillantes de lágrimas.

–Sigue –murmuró Brett.

–No podía creerme que me hubiera engañado de esa
manera. Acababa de perder a mi padre que lo había sido
todo para mí y estaba muy deprimida cuando lo conocí.

–¿Y él vivía con su mujer?

–No, se había marchado de casa, por lo que no sos-
peché que estuviera casado. Pero supongo que ése es mi

principal complejo: carecer totalmente de criterio. Curiosamente, jamás pensé que fuera la clase de mujer que perdiera la cabeza por un hombre.

–¿Y quién cree serlo?

–No me sirve de consuelo –Holly sonrió tímidamente–. De todos modos, me cuido mucho de que me vuelva a suceder algo parecido. Y soy terriblemente desconfiada con el amor.

–Quizás su mujer estuviera desquiciada. Quizás diste con uno entre un millón –sugirió él.

–O quizás ella simplemente se sintió despreciada. Quizás no se sentía capaz de vivir sin él. Tenían dos hijos. Quizás estuviera desesperada. No lo sé –contestó Holly.

–¿Y qué fue de ellos?

–Él regresó a su lado y se marcharon a ultramar –Holly jugueteó con la servilleta antes de mirarlo a los ojos–. Pero durante unos meses lo pasé muy mal. Me sentía tan culpable, a pesar de no haber sabido lo de su mujer, que estuve a punto de sufrir un colapso nervioso. Aún hoy en día tengo a veces la sensación de que me están siguiendo y rompo a sudar. Mi madre al fin me convenció para que buscara ayuda y ahí fue donde me di cuenta de que sólo podía confiar en mí misma para salir de esto. De modo que me sumergí en el trabajo, cuanto más difícil y peligroso, mejor.

–¿Y ahora?

–En general estoy bien –ella se frotó las manos–, pero sigo desconfiando de los hombres, el amor y el matrimonio... y de mi falta de criterio.

–Entiendo –Brett apuró la copa de vino–. Supongo que eso explica tu aversión a la «química».

Holly se mordió el labio. Brett tenía razón. Sin embargo, ella no había tenido ningún problema con la «química», tras la desastrosa aventura hasta que él había aparecido en su vida. Había sido perfectamente capaz de evitarlo... hasta ese momento.

—Mi desconfianza, sí —ella lo miró fijamente—. Pero no puedo decir que no haya sucedido.

—¿Entre nosotros dos?

—Sí —susurró Holly con un gesto de desesperanza—. Tú eres... eres... Para mí esto es un trabajo serio. Necesito que la entrevista salga bien —exclamó con repentina pasión—. Necesito que resulte excitante y atractiva. Y no podré hacerlo si estoy... distraída.

Brett la miró fijamente e hizo un mohín con los labios.

—¿Qué pasa? —preguntó ella malhumorada.

—Tienes un gran dilema.

—Si vas a burlarte de mí...

—No lo haré —la interrumpió él—. Aunque creo que sería el menor de nuestros problemas.

—Tienes razón —Holly se sintió enrojecer—. No sé por qué lo dije.

—Acompáñame a mirar la luna —Brett se levantó y le tendió una mano.

—¿A qué viene eso? —ella lo miró.

—¿Lo de la luna? Se me acaba de ocurrir. Hoy hay luna llena —señaló al cielo.

—¡Oh! —exclamó Holly ante el globo naranja que se alzaba sobre los árboles—. Está preciosa.

—Sí —él le tomó la mano y la condujo hasta el césped.

Holly contemplaba hechizada la luna que iba perdiendo parte del brillo anaranjado a medida que salía. De repente sintió un escalofrío. Aunque los días eran muy calurosos, en la sabana las noches eran muy frías y no llevaba jersey.

Brett la rodeó con un brazo y ella no pudo resistirse a la tentación de acurrucarse contra él.

–Quizás con esto esté todo dicho –murmuró él antes de besarla.

Los labios de Holly se estremecieron, pero el resto de los sentidos dejaron de obedecer al dictado de la mente. Pedían a gritos sus caricias, se incendiaban con el roce de ese hombre, alto y duro que se apretaba contra ella. Pura esencia masculina.

Adoraba la sensación de sus manos sobre la piel. Adoraba cómo los dedos se deslizaban sobre su nuca mientras con la otra mano le rodeaba la cintura.

Pero un último retazo de sentido común la reclamó y Holly apoyó las manos sobre el pecho de Brett.

–Deberíamos parar y reflexionar –susurró–. Esto podría ser muy peligroso.

–¿Por qué? –preguntó él–. Esto sólo nos concierne a los dos y, en estos momentos, no podríamos estar más de acuerdo.

Holly emitió un sonido gutural y Brett posó la mirada nuevamente en sus labios antes de volver a besarla.

Estaba a punto de sentirse transportada de puro placer cuando él se apartó y escuchó.

–Sarah... –Holly salió del trance al oír también las pisadas–. La había olvidado. Debe de encontrarse mejor... y hambrienta.

–Vayamos a tu...

–¡No! tengo que comprobar si está bien –Holly se puso de puntillas y lo besó fugazmente–. Gracias por escucharme –y sin más corrió hacia la casa.

Brett murmuró algo irrepetible antes de contemplar a Bella, sentada a su lado.

–¿Has venido a mostrarme tu simpatía, chica? Bueno, ¿y qué dirías si te contara que Holly Harding podría ser

la adecuada para mí? Encaja en Haywire como si hubiese
nacido aquí y podría dirigir perfectamente este lugar.
Pero, por supuesto, eso no es todo. Cada vez me resulta
más deseable. Pero ¿quiero una esposa? Es difícil echar
raíces sin una. ¿Cómo sería la vida con una esposa?

Capítulo 6

ANTES del amanecer, alguien golpeó tres veces la puerta de Holly.

–¿Qué? ¿Quién? ¿Cómo? –ella saltó de la cama y abrió a la puerta–. ¿Qué ha pasado?

–Nada –contestó Brett, vestido con vaqueros y una chaqueta–. Ven conmigo.

–¡Pero si ni siquiera voy vestida!

–Ponte algo de ropa de abrigo por encima. No tenemos mucho tiempo. Va a amanecer.

–De acuerdo –ella se encogió de hombros tras dudar un instante.

Diez minutos más tarde se reunió con él en el todoterreno.

Se había puesto unos pantalones y una chaqueta e intentaba dominar el pelo con los dedos. Durante unos minutos saltaron sobre un terreno irregular, hasta llegar a un saliente.

–Ya falta poco –Brett apagó el motor–. Ven a sentarte sobre el capó.

Holly obedeció y, lentamente contempló iluminarse el horizonte. A medida que salía el sol, el frío que la había envuelto, desapareció. Con creciente rapidez, la oscuridad desapareció y pudo distinguir un extenso valle. Todos los colores del paisaje, ocre oscuro, verde oliva y ámbar cobraron vida mientras el sol alcanzaba el horizonte.

Era tan bello y rebosante de vida que Holly contuvo la respiración mientras contemplaba las águilas planeando en las corrientes térmicas. El sol ascendió más y ella suspiró.

–Gracias –susurró como si tuviera miedo de romper el hechizo hablando en voz alta.

Brett asintió y se bajó del capó para sacar un termo y dos tazas del coche.

–Pensaba que te enfadarías conmigo por arrancarte de la cama –él sirvió un humeante y aromático café.

–No. Bueno... –Holly sonrió–. Al principio sí –probó un sorbo de café–. ¡Qué bien huele!

–¿Has dormido bien? –Brett volvió a sentarse sobre el capó.

–Sí. Yo... –se interrumpió y recordó la lucha interna que había mantenido consigo misma antes de dormirse–. He decidido que necesitaba disculparme.

–¿Por qué? –él alzó una ceja.

–No me resulta fácil decirlo –ella se mordió el labio inferior–, pero parece que tengo la manía de besarte y... largarme.

–Es verdad –asintió él tras meditar sobre ello.

Ella pareció confusa.

–¿Y qué esperabas que dijera? –Brett apuró el café y soltó la taza.

–Pues no esperaba que estuvieras tan de acuerdo. Y además, hay motivos para ello.

–Por supuesto –contestó él–. Por ejemplo, que no podemos evitarlo. Al menos es lo que yo sitúo en el primer puesto en mi lista. Y entonces es cuando te entra el pánico.

–Pues sí –Holly agarró la taza con ambas manos–. ¿Por qué no iba a entrarme?

–Pudiera ser que estuviera yendo demasiado deprisa

–Brett le sujetó la barbilla y sonrió–. ¿Hoy podemos ser sólo amigos? –la soltó y le rodeó los hombros con el brazo.

Holly quería preguntar hacía dónde creía ir demasiado deprisa, pero decidió no hacerlo. Estaba tan a gusto abrazada por él y teniendo un bonito día por delante como amigos que no tenía ganas de discutir sobre nada.

–¿Y qué más propones que hagamos hoy? –preguntó.

–Tengo que volar a Croydon para una reunión, cosas de ganado. Si quieres acompañarme, podrías visitar el museo de la fiebre del oro y luego podríamos volar hasta Karumba para comer. Karumba está en el golfo de Carpentaria.

–Suena estupendo. Creo que me gustará mucho.

Y le gustó.

Vagabundeó por Croydon mientras Brett estaba reunido, se maravilló ante la envergadura del río Norman desde el aire, y disfrutó de una cesta de marisco, sentada sobre el césped a la sombra de unos árboles frente a la taberna Sunset, en Karumba Point.

–Aquí debe de haber unas puestas de sol mágicas –observó perezosamente.

–Es verdad. Es una pena que no podamos quedarnos, pero tengo otra reunión esta tarde en Haywire –Brett estiró las piernas y entrelazó los dedos de las manos tras la nuca.

–No importa. Ha sido estupendo.

–Eres muy fácil de complacer –él la miró.

–No lo creo. Es que ha sido estupendo –apartó el cesto vacío–. Y las gambas también.

–¡Qué menos! Karumba es el cuartel general de la industria de la gamba del golfo.

Holly se dio unas palmadas en el estómago y se echó hacia atrás. Entonces se fijó en una pareja de mujeres sentadas a una mesa y que observaban a Brett con evidente fascinación.

Hizo una mueca sin poder evitar simpatizar con las dos jóvenes. Ellas a lo mejor no sabían quién era él, pero ella sí. Vestido con pantalones cargo y un jersey negro, con los negros cabellos revueltos y la mirada aguileña, y con su cuerpo esbelto y alto, no le costaba ningún esfuerzo imaginárselo en aventuras peligrosas, disparando dardos tranquilizadores desde un helicóptero, o saltando en paracaídas sobre una jungla.

Ella tampoco había resultado inmune al efecto ejercido por Brett Wyndham, aunque el día hubiera sido calificado de «amistoso». Al levantarla por la cintura para ayudarla a bajar del avión, le había provocado un estremecimiento por todo el cuerpo.

Incluso esas cosas mundanas, por no mencionar las risas, la charla y, en ocasiones, las bromas que le había dedicado, habían canalizado la consciencia de su presencia hacia todos sus poros, tanto física como mentalmente.

«Lo amo», pensó de repente. «Adoro su compañía. Adoro su estatura y su fuerza, sus manos. Adoro respirar su aroma. Pero ¿cómo es posible? Sólo han pasado unos días...».

Al levantar la vista lo vio mirándola con gesto inquisitivo.

–Lo siento –murmuró ella, sonrojándose ligeramente–. ¿Has dicho algo?

–Te preguntaba si estabas lista para irnos.

–Oh... Sí. Cuando tú quieras.

–¿Sucede algo? –los negros ojos la escudriñaron en profundidad.

–No –contestó ella, aunque pensaba: «No lo sé. Sencillamente no lo sé...».

De regreso a Haywire, se prohibió a sí misma pensar en Brett Wyndham y se puso a trabajar sobre sus notas mientras Brett celebraba su siguiente reunión. No sabía de qué trataba, pero vio aterrizar dos avionetas sobre la pista y la reunión a puerta cerrada duró varias horas.

Holly trabajó en la cabaña y repasó todo el material que había reunido, incluyendo los detalles sobre el zoo, ordenándolo todo.

En un momento dado hizo una pausa. En la historia de Brett había un agujero. No había ningún detalle sobre su padre. Pero también faltaba otra cosa. No tenía ninguna información de su vida como veterinario en tierras lejanas, y le iba a hacer falta.

Tomó algunas notas antes de hacer otra pausa. Si alguien le preguntara si había captado la esencia de Brett Wyndham, tendría que contestar que no. Había una barrera invisible en él, tan firme que era imposible de cruzar. Cuando hablaba de su vida, notaba cómo se retraía dejando bien claro que habían llegado a una zona por la que no se podía seguir.

Había dado por sentado desde el principio que era una persona solitaria. Pero en esos momentos se preguntaba si no habría algo más.

Sacudió la cabeza. ¿Sería su imaginación? Al oír el ruido de los motores de las avionetas que despegaban, soltó el bolígrafo. Bella arañó la puerta y ella abrió. El animal llevaba una nota colgada del collar.

–¡Bella! –exclamó–. Qué chica tan lista.

Abrió la nota y la leyó: dos de los invitados habían decidido quedarse a pasar la noche. ¿Le importaría a Holly cenar con ellos en una hora?

Holly envió a Bella de regreso con una nota aceptando la invitación y luego fue en busca de Sarah para ofrecerle ayuda. Sin embargo, la joven no quiso ni oír hablar de ello de modo que regresó a la cabaña para ducharse y cambiarse.

La velada resultó agradable.

Los dos visitantes eran de una hacienda vecina y resultaron ser una compañía agradable y alegre. Hacia las diez y media, Holly se excusó y Brett la acompañó a la cabaña.

–¿Has pasado un buen día? –le preguntó al llegar.

–Ha sido un día estupendo –exclamó ella.

–Me alegro. ¿Dispuesta a volar de regreso a Cairns mañana?

–Sí –Holly hizo una mueca–, aunque no de buen grado. Gracias por todo –miró hacia la casa donde los invitados aún estaban charlando–. Será mejor que vuelvas. Buenas noches.

–Buenas noches –contestó él con una sonrisita irónica.

–Ya sé lo que estás pensando –espetó ella antes de haber deseado pegarse un tiro.

–¿En serio? –él enarcó una ceja.

–Estás pensando que estoy pensando que he sido salvada por la campana.

–Algo así –admitió él–. Y que la presencia de los invitados me ha impedido besarte. Pero, dado que mi comportamiento ha sido ejemplar durante todo el día, estás equivocada.

A continuación la agarró de la cintura y la besó apasionadamente.

Holly intentó respirar con el pulso martilleando en la cabeza y todo el cuerpo estremeciéndose ante el contacto de su cuerpo.

–No enciendas la luz hasta que no hayas cerrado la puerta –le aconsejó mientras la soltaba–. Buenas noches.

A Holly le llevó una eternidad dormirse. No paraba de examinar sus sentimientos, consciente de la excitación que sentía. ¿Cómo había podido acercarse tanto a él en tan poco tiempo? Era como un milagro. Y no se trataba únicamente de atracción física, aunque era bastante poderosa, sino de su arrolladora personalidad. Era como si hubiera ocupado el centro de su vida, y no sabía cómo iba a seguir adelante sin esa piedra angular.

A la mañana siguiente, los invitados se marcharon tras el desayuno y Brett y Kane fueron requeridos para asistir a un potrillo con cólico.

Holly observó desde la valla del corral cómo se esforzaba Brett por mantener al caballo en pie mientras Kane preparaba una irrigación.

Cuando todo hubo terminado, cubierto de sudor, Brett le preguntó si estaba preparada para marcharse. Ella asintió y se despidió de Sarah y Bella antes de mirar a su alrededor.

–Adiós, Haywire –murmuró–. Eres un lugar muy especial.

Una vez a solas, al fin en el aire, al principio no tuvieron gran cosa que decirse, hasta que Brett dio un giro y voló bajo sobre el lugar en el que había pensado construir el zoo.

–Hay agua –señaló varias presas–. Y buenos pastos aunque, por supuesto, habrá que alimentar a los animales en persona.

–No hay carreteras de acceso –observó ella.

–Aún no. Y tampoco hay vallas, pero todo llegará.

–¿Piensas convertirlo en una atracción turística? –preguntó–. He leído algo en alguna parte sobre un zoo que también incluía un camping. Si estás pensando en un sistema de adopción de animales, a la gente le gustará ver a sus animales en carne y hueso.

–No es mala idea –él la miró de reojo.

–Es un proyecto enorme.

–Sí –admitió él–. Pero es necesario, al menos yo lo siento así. Muy bien –el avión tomó altura–. Volvamos a la civilización, bueno, al menos a Cairns, y a la boda.

Sin embargo, el destino tenía otros planes para ellos. Poco después de alcanzar la altitud crucero, el avión empezó a tambalearse y Brett soltó un juramento.

–¿Qué pasa? –preguntó Holly con el corazón en un puño.

–No sé –espetó él mientras consultaba el instrumental–. Podría ser un conducto de gasolina bloqueado. Voy a aterrizar –observó el horizonte–. Allí. Lo mejor que pueda.

–Allí... –ella abrió los ojos desmesuradamente mientras contemplaba lo que parecía ser el lecho seco de un río–. ¡Estamos en medio de la nada!

–Mejor que la posible alternativa. Voy a emitir la alarma y espero tener respuesta antes de aterrizar. Holly, haz exactamente lo que yo te diga y agárrate fuerte. Si me sucediera algo, en cuanto estemos en tierra, sal del avión todo lo deprisa que puedas por si el depósito de combustible se incendiara.

Holly tragó varias veces con dificultad mientras le oía hablar por la radio y el avión perdía altura, tambaleándose de nuevo.

–Muy bien, ahora agáchate y agárrate fuerte –ordenó–. Voy a tomar tierra.

Holly obedeció y añadió unas cuantas plegarias durante los siguientes aterradores y eternos minutos.

Aterrizaron y dieron varios saltos sobre el bacheado suelo arenoso, deslizándose peligrosamente hasta que al fin se pararon, a punto de chocar contra un enorme árbol del cual surgió una bandada de pájaros.

Para Holly había sido como estar dentro de una secadora. Incluso sujeta por el cinturón de seguridad, estaba magullada y zarandeada. Sus piernas se habían comportado como las de una muñeca de trapo, pero, de repente, todo había quedado inmóvil y en completo silencio. Incluso los pájaros habían dejado de graznar.

Miró fijamente el árbol, tan cerca, tan sólido y tragó saliva. Después dirigió la mirada a Brett. Estaba caído sobre el volante con una brecha sangrante en la frente. Tras un aterrador instante, levantó la cabeza, la sacudió y se puso en marcha.

–Fuera de aquí –ordenó–. Con que caigan unas cuantas gotas de gasolina sobre el aceite puede incendiarse el avión.

Con un esfuerzo casi hercúleo, consiguió abrir la puerta y salir. De inmediato se volvió hacia Holly, la arrancó del asiento y la bajó a tierra donde le agarró la mano para arrastrarla lejos del aparato.

Cuando por fin decidió que se encontraban a una distancia segura, ambos jadeaban del esfuerzo. Holly y Brett cayeron de rodillas y se sentaron con el rostro enrojecido.

Esperaron más de media hora, pero el avión no explotó y Brett decidió regresar para recuperar sus pertenencias, no sin antes ordenarla que se quedara sentada.

—No —contestó ella—. Puedo ayudarte.

—Holly —él la miró con la sangre cayéndole por el rostro—. ¡Por favor, haz lo que te he dicho, maldita sea!

—No —insistió ella mientras se sentaba sobre los talones—. Puedo ayudar. No puedes impedírmelo. Además, estás sangrando, podrías sufrir una conmoción.

—No es nada —la interrumpió él con impaciencia.

—Pues te acompaño —Holly se puso en pie con dificultad y se tambaleó por la arena.

Tras soltar un juramento, Brett la siguió.

Entre los dos consiguieron sacar del avión las bolsas y dos mantas. Brett también encontró un dispensador de agua con vasitos de plástico y unas cajas de cartón con el nombre de Haywire marcado en un lado.

—Seguramente tenía que haberlas entregado, pero nadie me dijo nada.

—¿Qué hay dentro? —preguntó Holly.

—Ni idea. A lo mejor jabón, no sé. Nos las llevaremos.

La radio no funcionaba y el teléfono por satélite estaba destrozado. Justo en el momento en que Brett abandonaba el avión tras el último viaje, la rueda de estribor se desplomó y la avioneta quedó inclinada, aplastando el ala contra la tierra.

Ambos se quedaron petrificados y contuvieron el aliento, pero nada más sucedió.

—¿Cuándo estaremos completamente seguros? —preguntó ella con voz temblorosa.

—Si tuviera que suceder, ya habría sucedido —Brett la rodeó por los hombros antes de abrazarla por completo—. Holly, ¿cómo estás?

Ella intentó soltarse, pero él la abrazó con más fuerza.

–Lo siento –balbuceó, temblando sin control–. Estaré bien. Dame un minuto.

Por supuesto –Brett le acarició los cabellos hasta que dejó de temblar.

–¿Cómo estás?

Habían pasado varias horas y el sol empezaba a ponerse. Poco a poco se habían calmado.

–Estoy bien –respondió Holly–. Gracias. ¿Y tú?

Se habían puesto lo más cómodos posible en el lecho del río, no muy lejos del avión. Brett apoyaba la espalda contra una roca bajo un árbol que les proporcionaba sombra. En el lugar que les pareció más visible desde el aire, habían fijado sobre la arena un enorme plástico naranja con una «V» que habían encontrado en el avión.

–Tengo un dolor de cabeza que mataría a una vaca –él hizo una mueca mientras se tocaba la herida de la frente que Holly había limpiado lo mejor que había podido.

Las cajas de cartón habían resultado ser un regalo de los dioses. Había bizcochos, latas de jamón, dátiles y pasas, latas de sardinas, leche condensada y una caja de vino blanco.

Curiosa combinación, había comentado él, pero al menos no había sido el temido jabón.

–Parece que vamos a tener que pasar la noche aquí –observó Holly.

–Sí –él se encogió de hombros–. Dudo que se alargue más de una noche, pero hace falta tiempo para coordinar un rescate, y no es fácil hacerlo de noche.

–Es un país enorme –ella miró a su alrededor y se estremeció.

–Ven aquí –Brett contempló el rostro, sucio y algo tenso, de Holly.

Tras dudar unos instantes, ella al fin se sentó a su lado y dejó que le rodeara los hombros.

–Estoy preocupada por mi madre –admitió Holly–. Estará destrozada cuando oiga las noticias.

–Sí –Brett no añadió nada más durante largo rato–. Supongo que eres consciente de que me tienes a tu merced, ¿verdad, Holly? –le acarició los cabellos con los labios.

–Bueno, si lo que temes es que me aproveche de ti porque te duele la cabeza, yo jamás haría algo así –contestó ella con humor.

–Pues es una pena –exclamó, recibiendo una mirada de perplejidad por parte de Holly–. Quiero decir que podríamos hablar, rellenar huecos, continuar con la entrevista.

–¿Ahora? ¡Pero si no tengo nada preparado!

–Jamás pensé que una chica que viviera un accidente de avión con tal sangre fría necesitara prepararse para una entrevista.

–Yo no tengo sangre fría.

–Créeme, un pequeño ataque de temblores es bastante parecido a la sangre fría.

–Bueno –decidió tras reflexionar–. Tengo buena memoria, confiaré en ella. ¡Oh! –se llevó una mano a la boca–. Mi portátil. Ni siquiera me he acordado de comprobar si está intacto. Espera... –metió la mano en el bolsillo y sacó triunfante un dispositivo USB–. ¡A salvo!

–¿Guardas toda la información en esa cosa y la llevas siempre encima? –preguntó él.

–Alguna que otra experiencia amarga me lo ha enseñado –Holly asintió con fervor–. Muy bien, eh, justamente ayer estaba pensando que no habíamos hablado de tu trabajo con las especies en vías de extinción. ¿Tienes algún animal preferido?

—Sí —contestó él tras reflexionar un momento—. La jirafa. No hay nada comparable a verlas atravesar la llanura, o dejar que te miren desde la copa de un árbol. Me gustan mucho las jirafas, o *twiga*, como se llaman en suajili.

Ella rió y le animó a hablar de algunos de los éxitos cosechados como experto en especies en peligro de extinción.

Después, Holly le habló de sus aventuras con su padre, sin poder ocultar el amor y la admiración que había sentido por él.

—Lo echo de menos cada día de mi vida. ¿Tu padre vive...? —se interrumpió y se mordió el labio inferior.

—No.

—¿Y tu madre?

—No.

—Lo siento.

—Por mi padre no hace falta que lo sientas —contestó secamente.

Holly se preguntó si se podría ampliar la conversación sobre algo que, estaba segura, era un tema espinoso. Sin embargo, Brett no añadió nada más, y ella tomó otro camino.

—¿Cómo compaginas tu estilo de vida, con tantos viajes por el mundo, con dirigir un imperio? Además, hay más cosas, ¿verdad? Tienes intereses en minería, transporte, incluso una línea de barcos para transportar ganado, entre otras cosas. ¿O acaso se dirigen solos?

Holly se sintió aliviada al comprobar que Brett estuvo a punto de echarse a reír.

—No, no lo hacen.

–Dicen que eres multimillonario –observó–. Y responsable de triplicar la fortuna familiar.

–Ya te lo dije –él se encogió de hombros–. En ciertos aspectos soy la quintaesencia de un ganadero. Lo llevo en la sangre. También me siento muy apegado a esta tierra –miró a su alrededor–. Y me juré a mí mismo que, cuando me hiciera cargo del imperio, jamás permitiría que retrocediera –hizo una pausa y la miró fijamente–. ¿Sabes que tienes la cara sucia? –le acarició la punta de la nariz.

«Asunto cerrado», pensó Holly.

–Si tuvieras la menor idea de lo magullada, además de sucia, que me siento –miró a su alrededor–. ¿Crees que habrá alguna poza en este río?

–Podría ser. Algunos de sus afluentes podrían llevar agua, la temporada de lluvias ha sido bastante buena. Pero también podría haber cocodrilos.

–¿Co... codrilos? –balbuceó ella.

–Sí. La mayoría es de agua dulce, inofensivos, pero aun así te pueden dar un buen susto. Lo malo es que a veces alguno de agua salada se abre paso hasta aquí. Y ésos son los peligrosos.

–Entiendo –asintió ella–. Pues prefiero seguir sucia.

–También dijiste magullada –él frunció el ceño–, pero hace un rato aseguraste estar bien.

–Y lo estoy –ella alzó una mano–. Aunque un poco asustada. Además, empieza a hacer frío –rió–. ¿No dicen que cuando hace frío, los vaqueros sienten cada uno de los huesos remendados?

–No lo sé –él la miró con gesto pesaroso–. No quisiera encender fuego, el viento sopla hacia el avión. Lo mejor que podemos hacer es ponernos toda la ropa que podamos.

Holly había inspeccionado las bolsas. La suya contenía, principalmente, ropa, pero la de Brett había producido poca cosa de utilidad, salvo una navaja suiza, unos potentes prismáticos, un compás y una linterna. Por suerte, ambos llevaban chubasqueros que les serían útiles cuando bajara la temperatura.

–De acuerdo –ella se levantó del suelo–. Primero tengo que darme un paseíto. ¿Puedo dar por hecho que, lejos del agua, estaré segura?

–Más o menos –contestó él–. Pero no te alejes demasiado y haz ruido al caminar. Podría haber serpientes.

Holly soltó un juramento en voz baja.

Cuando regresó se encontró la comida preparada. Brett había cortado un jamón de lata y, lo había dispuesto sobre dos tapas de cartón junto con los biscotes, dátiles y pasas. También había llenado dos vasos de plástico con vino.

Le entregó su navaja, afirmando que a él le gustaba comer con los dedos.

Comieron amigablemente mientras la noche se les echaba encima y Brett le habló de algunos safaris en los que había participado.

Ella se sentía tan transportada por sus historias que podría haberse encontrado en África o en Asia con él.

Brett llenó el vaso de vino una segunda vez, y una tercera.

–Me voy a quedar dormida –murmuró Holly–. O borracha. En cualquier caso tendré resaca.

–Lo de la resaca me extraña –contestó él–. Este vino es muy suave, pero podría ser buena idea irnos a dormir. ¿Qué te parece si cavamos un pequeño hoyo y dejamos una parte más alta para apoyar la cabeza?

–De acuerdo. Tú sujeta la linterna y yo...

–No, tú sujeta la linterna y yo...

–Pero yo puedo...

–¡Por una vez en tu vida, haz lo que te mandan, Holly Harding!

Ella cedió antes de echarse a reír.

–Seguramente parezco muy divertido –refunfuñó él mientras empezaba a quitar arena–. Pero no hace falta que te rías.

–No me río de ti.

–¿De quién entonces?

–Es que esto está muy lejos de las bodas de sociedad, los bailes y todo eso... ¡Oh! –exclamó espantada–. ¿Cuándo era la primera fiesta antes de la boda?

–Mañana. Ya no hay nada que hacer –contestó con una mueca.

–Quizás cancelen todo al ver que no apareces.

–Quizás. No me gustaría que lo hicieran por mí, aunque cuanto más preocupados estén por nosotros, antes empezarán a organizar la búsqueda.

–Claro –contestó ella en tono alegre–. ¿Qué te decía yo? Esto es precioso. Mira las estrellas –se maravilló mientras sufría un ataque de hipo–. Te lo dije –añadió.

–Si necesitas ir otra vez al baño, toma la linterna, pero no te alejes mucho. Y luego nos iremos a la cama, señorita Harding.

–¡A sus órdenes, señor Wyndham!

Cuando regresó, Brett había forrado el hoyo con cartones. Tras acomodarse, echó encima de ellos el resto de la ropa y luego las mantas.

Holly durmió unas tres horas acurrucada contra él que la abrazaba protectoramente.

Al despertar, la escena no le resultó tan encantadora. Hacía muchísimo frío y, al principio, no sabía dónde estaba. Entonces vio algo moverse en el borde del lecho del río.

–No hagas ruido –murmuró Brett mientras encendía la linterna–. Sólo es un canguro. Llevo un rato observándolo. Los canguros no suelen atacar a las personas para devorarlas.

–Ya... ya lo sé –balbuceó Holly–. Debe ser por todos los relatos de África que me has contado. Me siento fatal.

–¿Qué te pasa? –preguntó él sorprendido.

–Estoy tiesa y dolorida. Me duele todo. ¿Y tú?

–Tengo tanto frío que no siento nada. Acércate más –le ordenó, tomándola en sus brazos.

–Ahora estoy un poco más calentita. ¿Te importa si me acurruco contra ti?

–¿Por qué iba a importarme? –él le acarició la espalda–. Contra la hipotermia es lo único que se puede hacer. Relájate si puedes –les tapó mejor con las mantas.

Holly se sentía demasiado agradecida para protestar y, poco a poco, las mantas y el calor del cuerpo de Brett la calentaron y permitieron que sus músculos se desentumecieran.

No fue consciente de cuando todo cambió, del instante en que no sólo sentía calor y comodidad, sino algo más. Surgió tan sutilmente que pareció totalmente natural, una progresión natural hacia una mayor cercanía que les reclamaba a ambos al mismo tiempo.

Las manos de Brett se deslizaron bajo la ropa de Holly y sus labios se unieron. Ella deslizó las manos bajo el chubasquero de Brett y respondió al beso mientras lo abrazaba. A partir de ese instante se olvidó del frío y la incomodidad del lecho del río. Más tarde recordaría ese momento en que había perdido todo sentido común.

Pero, en ese instante todo era magia. Recordó algo que le había dicho durante el baile de máscaras sobre honrar su encantador y fino cuerpo de una manera totalmente satisfactoria para ambos. Si bien no fue exactamente así, dada la estrechez provocada por la ropa, las mantas y el aire gélido, sí consiguió darle una muestra de lo que sería estar juntos en una cama, o cualquier otro sitio cómodo y mullido.

La transportó mentalmente a un oasis de placer donde su piel era de cálida seda, como también le había prometido. Incluso en el incómodo entorno del lecho seco de un río, ese hombre consiguió incendiar sus sentidos hasta extremos febriles mientras la besaba y acariciaba, mientras la tocaba íntimamente y le hacía estremecerse de deseo.

Holly tenía sus propias percepciones sensoriales. Deslizó los dedos por el áspero vello del masculino torso, apoyó la mejilla y los labios sobre la suave piel de su hombro, antes de que sus labios volvieran a ser besados apasionadamente. Una y otra vez.

Siguió deslizando la mano sobre el firme cuerpo. Se mostró provocativa, presionando sus pechos contra él y deslizando un dedo por los fuertes músculos de su espalda.

El deseo por Brett la consumía. Una sedosa y ardiente llama a la que él no podía resistirse.

Hasta dónde les habría llevado la pasión fue algo que jamás sabrían al ser interrumpidos por un agresivo mugido que rasgó el gélido aire de la noche.

Ambos dieron un respingo antes de ponerse en pie, recomponer sus vestiduras y buscar la linterna. Cuando Brett al fin la encontró, iluminó una manada de vacas, algunas de enormes cuernos, que avanzaba hacia ellos.

—¡Maldita sea! —exclamó él—. Quédate detrás de mí

–ordenó mientras arrancaba una rama seca de un árbol–. Seguramente estarán tan sorprendidas como nosotros.

Con movimientos amenazadores, y mucho ruido, al fin dispersó a la manada, pero sólo después de que estuvieran peligrosamente cerca. A continuación, la manada entera, como movida por una sola mente, se dio media vuelta y se marchó en estampida, provocando una pequeña tormenta de arena.

–Para que veas que no hace falta ir a África para vivir emociones salvajes –observó él.

–Se te da muy bien dominar al ganado.

–Ha sido más una cuestión de suerte que otra cosa.

–No parecían Brahman –Holly frunció el ceño.

–No lo eran. Por eso tuve suerte. Eran Cleanskins.

–¿Cleanskins?

–Sí. Un ganado beligerante que siempre ha evitado ser domesticado. En otras palabras, unos bichos independientes. Un atavismo de razas anteriores.

–¡Oh!

–Sí –Brett se mesó los cabellos y dejó la linterna en el suelo–. ¿Dónde estábamos?

Capítulo 7

S E MIRARON a la luz de la linterna y estallaron en carcajadas.

–Lo sé, lo sé, pero algún día te haré el amor sin interrupciones –le susurró él.

Brett la abrazó y Holly se apoyó contra su pecho.

–Mira –añadió él–, ya se ve el horizonte. Llega un nuevo día.

–¿Cuánto tiempo tardarán en venir? –preguntó ella.

–Ni idea, pero por si tuviéramos que pasar otra noche juntos, deberíamos organizarnos.

–¿Otra noche? –Holly se irguió.

–En el peor de los casos –aclaró él–. En el mejor, sabrán que nos hemos perdido y más o menos por dónde. Seguirán buscando hasta que nos encuentren.

Sin embargo, el día llegó con otra complicación: la lluvia.

–Pensaba que estábamos en la estación seca –espetó Holly.

Trasladaron sus pertenencias junto a un árbol y se sentaron bajo el plástico naranja que Brett había enganchado de unas ramas.

–Y lo estamos. Pero eso no quiere decir que no pueda caer un chaparrón. ¿Sabes...? –contempló la lluvia y luego a Holly–. Si quisieras quitarte la ropa, estarías más fresquita.

–¿Te refieres a un baño desnudos? –ella lo miró espantada.

–¿Por qué no? –Brett se encogió de hombros–. Es nuestra única oportunidad de lavarnos.

–Lavarnos –Holly respiró hondo y cerró los ojos. Después empezó a quitarse la ropa.

Brett pestañeó, no sólo porque hubiera accedido, sino también por la velocidad a la que lo estaba haciendo. Una sonrisa torcida curvó sus labios al verla pararse en seco cuando sólo le quedaba la ropa interior, un sujetador de seda rosa y unas braguitas a juego.

–No pienso quitarme nada más –le informó ella mientras corría bajo la lluvia.

Brett rió al verla saltar y gritar, y entonces se desnudó él también y se unió a ella.

–¡Ha sido genial! –exclamó Holly, más tranquila, cuando hubo terminado el chaparrón.

Deslizó las manos por los brazos para sacudirse la humedad de encima y lamió las gotas de lluvia de sus labios.

–Sí, aunque no esperaba que fueras a hacerlo –rió Brett mientras le retiraba algunos mechones de pelo que se le habían pegado al rostro.

–Creo que la mayoría de las chicas habría hecho lo mismo dadas las circunstancias.

En ese instante un trueno rugió sobre sus cabezas y un rayo cayó en el lecho del río, no muy lejos de donde estaban.

Holly dio un respingo y se lanzó hacia Brett quien la llevó en brazos hasta el refugio que habían improvisado.

–Ha... ha caído muy cerca –balbuceó ella.

–No creo que dure mucho. Sólo es una tormenta.

–Los rayos –explicó ella– están al mismo nivel que los zorros voladores para mí. Es curioso porque hay un montón de cosas que no me alteran.

–¿Bandidos mejicanos y jeques?

–Sí, bueno no me alteran relativamente. Pero los rayos... –se estremeció–. No me gustan.

–Entonces menos mal que estoy aquí –murmuró él
mientras se inclinaba para besarla.

–Esto es... terrible –varios minutos después, Holly
estaba sin aliento.

–¿Qué es tan terrible? –él le acarició el cuerpo y le
acarició las caderas bajo las braguitas.

Estaban tumbados, abrazados bajo la protección del
plástico. Estaban mojados, pero no tenían frío, desde
luego frío no tenían...

–¿Cómo he llegado al punto de no poder apartar las
manos de ti?

–Sólo para tu información –él rió–. Yo estoy en la
misma situación.

–Pero ha sucedido tan rápido. Hay muchísimas cosas
que aún no sabemos el uno del otro.

–Lo importante es hasta dónde consigues conocer a
la otra persona.

–Puede –admitió ella–. Supongo que ayuda, pero
hay muchísimas cosas que no sé de ti.

–¿Por ejemplo? –preguntó él.

Holly intentó incorporarse, pero Brett la abrazó con
fuerza.

–En realidad sabes más cosas de mí que la mayoría
de la gente –le susurró al oído.

–Pero, por ejemplo –ella dudó, repentinamente consciente de que, desde el punto de vista del entrevistador,
iba a pisar un terreno sagrado. Claro que había pasado
a ser mucho más que una periodista, ¿no?–. Sé que estuviste prometido y que no funcionó, pero no sé por
qué. Y percibo cierta... cierta oscuridad.

Sintió cómo Brett se tensaba durante un instante antes de soltarla y sentarse mirando fijamente las gotas de lluvia que caían sobre el lecho del río.

Un par de minutos después, Holly también se sentó y ambos quedaron en silencio.

–¿Te he molestado? –preguntó ella al fin–. No era ésa mi intención.

Brett se volvió y la miró. El sujetador rosa tenía un pegote de barro pegado, pero se veía claramente la silueta de los erguidos pechos. La cintura era diminuta, lo bastante para poder abarcarla con sus manos, pero las caderas estaban delicadamente curvadas.

–No –contestó al fin mientras sonreía irónicamente–. ¿Puedo hacerte una sugerencia?

–¿Cuál? –preguntó ella con cierta inseguridad.

–Que nos pongamos algo de ropa. Por si vienen a rescatarnos.

Holly lo miró convencida de haber cruzado una barrera prohibida.

–¡Desde luego!

La tormenta amainó con bastante rapidez, tal y como había predicho Brett, y la lluvia cesó, aunque las nubes bajas permanecieron.

–Esto va a dificultar que nos encuentren –observó ella mientras tomaban una comida frugal, con vistas a no agotar los alimentos. También racionaron el agua, aunque Brett había encontrado algunas pozas de agua fresca a las que podrían recurrir eventualmente.

A media tarde, las nubes desaparecieron y oyeron dos aviones sobrevolando la zona, no directamente encima de ellos, pero sí muy cerca.

En ambas ocasiones guardaron un tenso silencio e intercambiaron miradas de inquietud al regresar el silencio.

Brett volvió al avión y, tras entrar con dificultad, pasó algún tiempo intentando hacer funcionar las radios, aunque sin éxito.

A las cuatro de la tarde estaban sentados con la espalda apoyada en una roca a la sombra cuando él la rodeó con un brazo y, sin pensárselo, ella apoyó la mejilla contra su hombro.

—Hay otra opción —anunció Brett—. Podríamos salir de aquí andando.

—¿Y es una opción viable? —inquirió ella.

—No es que me guste la idea. Aquí somos más visibles, al menos el avión. Tengo una ligera idea de dónde estamos. Pero la caminata será larga, quizás de un par de días.

—¿Y qué hay al final?

—Una explotación ganadera cerca del nacimiento. Tendremos que viajar ligeros de equipaje. Habrá que racionar la comida, pero se puede conseguir.

—¿Y qué pasa si alguien ve el avión y no estamos?

—Dejaremos una nota, aunque de todos modos se figurarán que hemos seguido el lecho del río. Verás —Brett hizo una pausa y la miró como si no estuviera seguro de continuar—, existe la posibilidad de que no hayan captado ninguna de nuestras señales de radio. Eso significa que sólo tendrán una vaga idea de nuestra posición. Y además, dimos un rodeo.

—Entiendo —ella soltó un prolongado suspiro—. Bueno, pues supongo que lo lógico será tomar cartas en el asunto. Al menos —añadió apasionadamente—, estaremos haciendo algo.

—Eso mismo pienso yo.

—Y si nos llevamos el plástico naranja, podríamos agitarlo si alguien vuela sobre nosotros.

—Buena idea —Brett la besó en la cabeza—. Pero es-

cucha, la noche será muy fría –se sentó–. Podría construir una especie de trineo para poder llevar algo más,
como una manta. Además –continuó pensando en voz
alta–, en cuanto estemos lo bastante lejos del avión podemos hacer fuego. Había pensado hacerlo esta tarde,
pero bien lejos del avión.

–¿Y enviar señales de humo? –preguntó ella con humor.

–Algo así –contestó él con una sonrisa–. Pero todo
está demasiado húmedo. Mañana, si no llueve más, estará más seco. Eh... debo advertirte que este río puede
tener rápidos y que eso supondrá tener que trepar por
las rocas, o sea, que el paseo puede ser muy duro.

–Y también puede haber ganado salvaje, dingos y a
saber qué más –contestó ella con emoción ante la aventura que tenían por delante.

–Eres todo un personaje –él enarcó las cejas–. En
realidad estás deseándolo.

–¡Nunca me gustó quedarme sentada! Quizás deberíamos habernos marchado ya –añadió en tono más serio.

–No. Nos ha venido muy bien tomarnos un día de
descanso después del trauma de ayer. Pero deberíamos
acostarnos pronto. ¿Lo sometemos a votación?

–Sí, señor. Yo voto que sí.

–De acuerdo. Nos pondremos a trabajar antes de que
se haga de noche y así podremos irnos en cuanto ama-
nezca.

Apenas había luz cuando se pusieron en marcha al
día siguiente.

Habían terminado de preparar todo la tarde anterior
y pasado una noche amigable. Holly se sentía emocio-

nada ante la expectativa de tener un poco de acción en lugar de esperar. Cuanto más pensaba en el vasto y vacío territorio que los rodeaba, más consciente era de que encontrarles sería como buscar una aguja en un pajar.

Brett utilizó el hacha para fabricar dos palos con ramas de árboles y, con una variedad de prendas, construyeron un ligero aunque sólido trineo. Y Holly hizo dos mochilas con unas camisas de manga larga.

Tras allanar una franja de arena en medio del lecho de río, escribieron con grandes letras: HEMOS SEGUIDO RÍO ARRIBA, con flechas señalando la dirección en la que partirían. Después rellenaron los trazos con piedras para que fueran más duraderas y visibles.

Tras una ligera cena de sardinas y bizcochos, y medio tubo de leche condensada para cada uno, además de un vaso de agua, no resultó sorprendente que se durmieran enseguida. Ni siquiera el frío molestó a Holly tanto como la noche anterior. Acurrucada contra Brett, tenía una maravillosa sensación de seguridad.

En un momento dado se preguntó adónde se habría ido toda la pasión que les había consumido la noche anterior, y concluyó que o bien había tocado un tema que él no había querido que tocase, o el desgaste físico del día les había agotado.

Faltaba poco para que descubriera que estar cansada no le protegería contra nada...

Fue un día largo y arduo.

Caminaron con el frescor de la mañana, durmieron a la sombra al mediodía y volvieron a caminar durante la tarde.

El camino era todo lo fácil que podía resultar caminar sobre arena y no encontraron rocas por las que trepar.

Sí encontraron algunas pozas de agua y, en un par de ocasiones, unos cocodrilos de agua dulce se deslizaron hacia ellos.

Holly se maravilló ante la fortaleza de Brett y lo incansable que parecía tirando del trineo sujeto a la cintura con un cinturón, además de llevar una mochila a la espalda.

En cuanto a ella, cantó canciones para seguir en marcha cuando le hubiera gustado dejarse caer y morir. Y pensó mucho. Pensó en cosas en las que nunca había pensado: en la mortalidad y en cómo, cuando menos te lo esperas, puedes desaparecer. Seguramente era una reacción retardada al accidente de avión, pero también era algo que había que tomar en serio. Había que aprovechar el momento en lugar de buscar la perfección en cada acto.

Brett tuvo mucho que ver en que siguiera adelante. De vez en cuando la obligaba a pararse y le masajeaba los hombros y la espalda, o le contaba chistes para hacerle reír. También insistió en que incorporara su mochila al equipaje del trineo.

Por suerte ambos llevaban sombreros y Holly había encontrado un tubo de crema protectora de factor pantalla total que se habían untado generosamente. Aquello resultó una bendición agridulce, pues la arena se les pegaba por todo el cuerpo.

Sin embargo encontraron algunas maravillas que observar. Cacatúas negras de cola roja volaron sobre sus cabezas. También vieron una enorme bandada de cacatúas galah de color rosa y gris, y una familia de walabíes de las rocas.

Por lo demás, a su alrededor no había más que calor y espacios vacíos. Un par de veces oyeron el motor de las avionetas, pero, al igual que el día anterior, los aviones no se acercaron lo bastante para verlos.

Y entonces, a punto de parar para pasar la noche hicieron un maravilloso descubrimiento. El río se abrió en una laguna llena de cañas, lirios acuáticos y aves, y bordeado de palmeras cargadas de frutos.

–¿Es un espejismo? –preguntó Holly.

–No. Es real –Brett le tomó una mano.

–¡Gracias a Dios! Pero ¿estará infestado de cocodrilos?

–Vamos a ver. Mira –él señaló con el dedo–. Allí hay una bahía y un saliente de piedra con una playa. Incluso hay un refugio. Un buen lugar para pasar la noche.

–¡Esto es tan hermoso! –Holly estalló en lágrimas y empezó a hablar sin parar–. Son lágrimas de alegría –rió y lloró al mismo tiempo.

–Lo sé –él la abrazó–. Por cierto, has estado fantástica.

El refugio estaba hecho de troncos, cerrado en tres de sus lados y tenía un techo de corteza. Había evidencias de una ocupación anterior: arena quemada rodeada de un círculo de piedras y un par de latas vacías que debían haber sido usadas para hervir agua.

–¡Debemos de estar cerca de alguna parte! –exclamó Holly entusiasmada mientras se sentaba para quitarse las botas y movía los dedos de los pies emitiendo un suspiro de alivio.

–Sí –asintió Brett mientras echaba una ojeada a su alrededor–. Pero no hay ninguna señal de... Ah, sí, la hay –se agachó y señaló algo en la arena–. Huellas de herraduras.

–Un caballo... «¡Mi reino por un caballo!» –recitó Holly–. O un camello, o un burro.

Brett soltó una carcajada.

–¿Y quién crees que viene aquí?

–Quizás alguna patrulla –Brett se puso en pie–. En cualquier caso, debemos estar más cerca de la hacienda de lo que pensé.

–Eso suena a música en mis oídos. Si no estuviera cubierta de una repulsiva mezcla de sudor, arena y protector solar, sería feliz.

–Eso tiene remedio –Brett se quitó la camisa–. Voy a darme un baño.

Vestido únicamente con los calzoncillos, corrió hasta la playa.

–Pero... –Holly no pudo evitar pensar en los cocodrilos.

–Es agua dulce –gritó él tras probarla–. Y esto –añadió mientras golpeaba la superficie del agua con las palmas de las manos–, es un antiguo remedio aborigen contra los cocodrilos–. Así se les espanta. Vamos, Holly.

Tras dudar un instante, ella empezó a quitarse la ropa hasta quedarse en ropa interior de color azul. Entró corriendo en el agua para no sucumbir al miedo y descubrió que aquello era maravilloso, refrescante e increíblemente terapéutico.

Se dedicaron a juguetear durante más de media hora antes de salir al aire fresco cuando ya estaba a punto de ponerse el sol.

–Utiliza lo que sea para secarte bien –le aconsejó Brett–. Mañana secaremos la ropa al sol.

–¿Y qué pasa si llueve otra vez?

–Lo dudo –él se secó con una camiseta–. El cielo rojo al atardecer augura buen tiempo.

–Entiendo –ella contempló las nubes que parecían plumas de avestruz de color naranja.

–De todos modos, voy a preparar un fuego para po-

der secar las cosas y mantenernos calientes. Mientras
tanto, vístete –colgó la camiseta de un clavo en el refugio y se puso los vaqueros y la segunda camiseta. Estaba a punto de salir del refugio cuando su pie tropezó
con algo que sobresalía de la arena.

Se agachó y desenterró una caja de metal. No estaba
cerrada y su contenido hizo que soltara una exclama-
ción.

–¡Dios mío! Mira esto.

Holly, vestida con unos pantalones de algodón y una
blusa de manga larga se inclinó por encima de su hombro.

–¡Madre mía! –susurró–. ¡Café y té! Y un plato y
una taza. Mataría por una taza de café. Pero ¿qué es esa
otra cosa? –frunció el ceño.

–Esto –él sostuvo el carrete rojo en alto–. Es oro
puro. Es un carrete de pesca, completo con cebo y todo
–le mostró la pieza metálica con tres ganchos–. Y plo-
mada. Me preguntaba si habría peces en la laguna. Sería
capaz de matar por un filete, pero un pescado a la parrilla no estaría nada mal. Prepararé un fuego y tú te vas
de pesca.

–Sólo hay un pequeño problema... jamás he utilizado
una de esas cosas.

–Yo te enseñaré. Tú fíjate en mí –se acercó a la cor-
nisa de piedra sobre la laguna y soltó un metro de sedal.
Sujetando el carrete en una mano, lanzó el anzuelo contra el agua.

–¿Y ahora qué? –preguntó ella.

–Sujeta el sedal, puedes dejar el carrete en el suelo,
y cuando sientas un tirón, tira del sedal y sácalo del
agua. Inténtalo –volvió a enrollar el sedal en el carrete
y se lo entregó.

Holly necesitó varios intentos. La primera vez enganchó el anzuelo en un árbol, pero al final lo consiguió y se hizo cargo de la pesca mientras Brett se dedicaba a recoger leña.

El grito de júbilo que soltó al sentir el primer tirón en el sedal hizo que todos los pájaros de la laguna salieran volando. Brett le enseñó a envolverlo con un calcetín para sujetarlo con una mano mientras lo desenganchaba con la otra. Para cuando hubo pescado seis ejemplares, el fuego ya estaba en marcha.

Brett también intentó pescar alguno, pero no tuvo suerte.

Lo primero que hicieron fue hervir agua en una de las latas y preparar una taza de café que compartieron. Después, utilizando una parrilla que habían encontrado entre unas rocas, asaron el pescado que habían limpiado con una navaja.

–No sé por qué será –observó Holly–, pero éste es el mejor pescado que he comido jamás.

–Podría ser por dos motivos –él la miró bajo la luz de las llamas, pero ella no pareció percibir el travieso brillo en sus ojos–. Después de dos días a base de jamón y sardinas, cualquier cosa te resultaría deliciosa.

–¿Y cuál es el otro motivo? –ella hizo una mueca.

–Que soy un buen cocinero.

–Lo único que has hecho es colocarlo sobre la parrilla.

–No sólo eso –protestó Brett–. Preparé una hoguera perfecta para que no se quemaran o se quedaran crudos.

–¡Pero fui yo quien los pescó!

–¿Y eso les convierte en unos peces superiores?

–Sí –afirmó ella con altivez–. ¿No estarás picado por no haber pescado nada?

–No –él la miró con gesto ofendido–. ¿Por qué lo dices?

–Es que no puedo evitar sentirme orgullosa –Holly se encogió de hombros sin dejar de sonreír–. Si no estuviera tan preocupada por mi madre, estaría disfrutando de todo esto.

–Puede que terminemos con su incertidumbre, y la de otros, antes de lo que pensábamos.

–Eso espero –contestó ella con fervor–. Además, ella es una optimista.

Estaba sentada abrazada a las rodillas mientras que él estaba tumbado con un codo apoyado en el suelo. Gracias al fuego no pasaban frío y Holly había colocado el plástico naranja dentro del refugio para tumbarse encima. Después se taparon con la única manta.

Mientras la miraba, descalza y con el fuego iluminando sus caóticos cabellos, Brett pensó que jamás le había resultado tan deseable.

¿Era por lo bien que había soportado la caminata? ¿Había aumentado la atracción que sentía hacia ella? ¿Sería capaz de hacerle superar su desconfianza? A pesar de que le hubiera confesado que no podía mantener sus manos apartadas de él, sabía que en el fondo seguía desconfiando, seguía afectada por su anterior experiencia.

También pensó en su propia desconfianza, en el descubrimiento que había hecho sobre sí mismo, y que tanto odiaba y temía. Y que le hacía preguntarse si podría ser la pareja de alguna mujer.

Era, por supuesto, lo que Holly había presentido en él, lo que no conseguía descifrar, lo que él jamás había querido reconocer ante sí mismo. Pero lo que había entre ellos no tenía nada que ver con lo que le había sucedido anteriormente, ¿no?

Desde luego sentía una fuerte atracción por ella, pero también afecto. Era algo dulce, pero también sensato porque ella encajaría a la perfección en su estilo de vida...

De repente se dio cuenta de que ella lo miraba con los bonitos ojos azules muy serios, al igual que los dulces rasgos de su rostro.

Brett frunció el ceño. No tenía ni idea de en qué estaría pensando. ¿En su madre? Tuvo la impresión de que no era así.

–¿Holly?

Ella desvió la mirada, como si no quisiera que leyera sus ojos.

–Creo que me estoy durmiendo –dijo al fin–. Me siento agotada.

–No me sorprende –contestó él mientras se ponía de pie–. Ven a la cama. Pero primero tómate un vaso de agua, no quiero que te deshidrates.

–¿Vienes tú también? –preguntó ella.

–Enseguida. Voy a buscar más leña para mantener el fuego encendido todo el tiempo posible. Buenas noches –le tendió una mano.

–Yo... Gracias –ella aceptó su mano y se puso de pie.

–¿Por qué?

–Por todo lo que has hecho hoy. El baño, el pescado, el fuego. Ha sido mágico.

–No temes que no salgamos de ésta, ¿verdad? –Brett frunció el ceño.

–No –ella se encogió de hombros–. Lo que tenga que ser, será.

–Que tengas dulces sueños, Holly Harding –tras mirarla fijamente unos segundos, la besó con dulzura antes de marcharse.

Holly despertó de un profundo sueño a las dos de la madrugada. El rescoldo del fuego proporcionaba una

débil luz, suficiente para ver la hora en el reloj, pero sus
movimientos despertaron a Brett en cuyos brazos había
estado descansando.

—Lo siento —susurró.

—No importa —murmuró él.

A pesar de que el fuego se hubiera apagado, no hacía
frío comparado con las dos noches anteriores. El calor
debía de haber quedado atrapado en el refugio, pensó
ella.

Al sentir que Brett la abrazaba con fuerza, se puso
tensa. Sus sentidos se despertaron cuando la besó en la
mejilla. Clamaban sus caricias, sus besos.

Holly entreabrió los labios y él los cubrió con su
boca. Sin embargo, dudó y ella supo de repente que no
soportaría que se apartara de ella.

Posó una mano en su mejilla y arqueó el cuerpo contra él, besando su fuerte y bronceado cuello. Brett emitió un gemido y sus manos se deslizaron por el feme-
nino cuerpo provocándole el regocijo de saber que
ambos deseaban, y necesitaban, lo mismo.

De nuevo pelearon con la ropa, aunque la intensidad
del deseo facilitó la tarea. Ella levantó los brazos sobre
la cabeza y dejó que sus manos la acariciaran de arriba
abajo.

Se quedó muy quieta, estremeciéndose en sus brazos
y le permitió excitarla hasta límites casi insoportables
mientras sus dedos buscaban los rincones más íntimos.
Después lo rodeó con los brazos y lo besó como si su
vida dependiera de ello.

Brett aceptó la invitación para hacerla suya y les provocó a ambos un exquisito placer.

Aún se movían al ritmo de ese placer cuando, lentamente, regresaron a tierra y al fin se apartaron, aunque
sin dejar de abrazarse.

–No hemos dicho ni una palabra –murmuró él mientras la besaba.

–No parecía necesario –contestó ella–. ¿O sí?

–No, pero... –él se apartó para acariciarle el cabello.

–Antes quise decir algo –lo interrumpió Holly–. Cuando estábamos sentados junto al fuego... quise decir que no creía que pudiera hacerlo.

–Holly... –él la miró con el ceño fruncido.

–No –ella le tapó los labios con un dedo–. Déjame terminar. Quería decir que no creía poder mentir sobre esta sábana de plástico y afirmar que no deseaba ser abrazada, besada ni que me hicieras el amor.

Brett se sentó bruscamente.

–Porque estuviste increíble –continuó ella–, no sólo en lo que hiciste hoy, sino en la manera en que conseguiste que siguiera adelante.

–Holly...

–Simplemente me siento feliz por estar contigo esta noche –ella volvió a interrumpirlo–. Parecía perfecto en ese momento y a veces creo que hay que limitarse a vivir el momento. Pero no debes preocuparte por el futuro.

–No lo estoy –él se tumbó a su lado y volvió a abrazarla–. Estoy deseando que llegue. ¿Cuándo te casarás conmigo?

Capítulo 8

HOLLY dio un respingo y se sentó bruscamente. —¡Eso era justo lo que no quería que te sintieras obligado a decir!

—¿Has tenido tiempo para reflexionar sobre ello? —Brett apoyó un codo en el suelo.

—Obviamente sí —ella se mordió el labio—. De lo contrario no se me habría ocurrido.

—Pero ¿por qué no? —él hizo una mueca y le acarició los pezones.

—¿Cómo es posible que, de repente, quieras casarte conmigo? —Holly se estremeció, pero consiguió mantener la concentración—. Estoy segura de que no les pedirás a todas las chicas con las que te acuestas que se casen contigo.

—No —él la miró divertido—. Pero tampoco es tan repentino—. Lo tengo en mente desde que viniste a Haywire. Me preguntaste cómo compagino todas mis tareas, y lo cierto es que me encuentro en una especie de encrucijada. Empiezo a cansarme de tanto malabarismo. Empiezo a pensar en regresar al hogar de manera permanente. Por eso estoy poniendo en marcha el zoo, así podré continuar con mi trabajo y, al mismo tiempo, vivir aquí.

—¿No te resultará muy duro? —Holly se volvió hacia él.

—A veces sí lo será —admitió Brett—. Y seguramente no podré evitar marcharme de vez en cuando. Pero ha llegado la hora de echar raíces. La cuestión era –hizo una pausa– que no tenía a nadie con quién hacerlo. Pero ahora te tengo a ti.

–Yo... –Holly intentaba pensar–. No sé qué decir. Por favor dime si hablas en serio.

–Completamente en serio.

–Brett, ¿no podría ser que estés emocionado por la novedad?

–Y es una novedad maravillosa –él se encogió de hombros–. Pero también es cierto que tenemos mucho en común –entrelazó los dedos con los de ella–. ¿Te imaginas a ti misma viviendo allí? ¿Conmigo?

Y Holly se lo imaginó. Era una vida que reunía todo lo que ella amaba: aislada, excitante, diferente y en ocasiones un reto. Y si seguía adelante el zoo, el reto se haría enorme.

Pero ¿qué pasaría con su carrera?

Siempre podría trabajar como freelance.

Incluso se imaginó una carrera periodística de éxito centrada en esa causa tan cercana al corazón de Brett y que cada vez le fascinaba más a ella.

Por supuesto había otro factor: la consciencia de su cuerpo pegado al suyo y de la delicia, fuerza y calor que le transmitía. Como si hubiera encontrado el centro de su universo.

–Yo... Brett –Holly se movió inquieta–. ¿No podría ser que se tratara de algo... cómodo y no amor?

–Hace unos minutos a mí no me pareció «cómodo». ¿Y a ti?

–No –ella se estremeció al recordar la pasión vivida.

–Y hay más –continuó él–. ¿Serías capaz de abandonarme? –sonrió con ironía–. Suponiendo que no estuviésemos aislados en un oasis en medio del maldito lecho de un río.

–Yo... –Holly sonrió sin saber qué decir. De repente, sus ojos se inundaron de lágrimas.

–No llores –susurró él–. Para mí sería un infierno también.

–Lo último que querría es saber que me tienes lástima.

–No es el caso. Pero sí siento que me apetece cuidarte.

–Podría ser lo mismo –objetó ella.

–No. Significa que me importas.

–¿Tengo que tomar una decisión ahora mismo? –Holly seguía gimoteando.

–¿Y por qué no? No vamos a tener otra oportunidad tan buena para pensar con claridad.

–¿Qué... qué quieres decir? –ella frunció el ceño.

–Que aquí no hay ninguna influencia externa.

–¿Y qué pasa si no nos rescatan o no encontramos la hacienda?

–Quizás fuera la solución perfecta –él le dedicó una sonrisa torcida–. Podríamos establecer una rutina, tipo Tarzán y Jane. Pero estoy bromeando porque van a rescatarnos –echó a un lado la manta y la tomó en sus brazos–. Créeme –añadió mientras la besaba con ternura.

Holly se sentía derretir y apoyó la mejilla sobre el hombro de Brett.

–¿Eso ha sido un sí? –preguntó él.

–No lo sé –Holly dudó–. Aún no lo sé.

–No importa –Brett hizo una mueca–. Te lo seguiré preguntando cada hora hasta que nos rescaten o lleguemos a alguna parte. Duérmete otra vez, aún nos queda un par de horas antes del amanecer. ¿Estás cómoda?

–Sí –suspiró ella–. Desde luego.

Cinco minutos más tarde estaba profundamente dormida, aunque Brett permaneció despierto durante un buen rato reflexionando sobre lo sucedido.

No fue el amanecer lo que les despertó, ya que durmieron hasta bastante más tarde.

Fue la voz de un hombre aclarándose la garganta.

–Perdonad, pero ¿sois los dos que han sufrido el accidente de avión?

Capítulo 9

AMBOS dieron un brinco y Holly se tapó con la manta para ocultar el lamentable aspecto que lucía.

No sólo había un hombrecillo delgado y moreno con piernas arqueadas y un enorme sombrero, sino también dos caballos que los observaban con aparente profundo interés.

–No pretendía molestar –continuó el hombrecillo–, pero si sois los del avión, que sepáis que se ha armado un tremendo revuelo. Si os parece, me daré una vuelta mientras os... organizáis –concluyó mientras se daba la vuelta con sus caballos.

Holly y Brett se fundieron en un abrazo.

–Ya te dije que saldríamos de ésta –observó Brett mientras la abrazaba y besaba.

–¡Es verdad! –exclamó ella–. Y yo ofrecí mi reino por un caballo... ¡no me lo puedo creer!

Su rescatador resultó ser un vigilante de la explotación ganadera, y no le importó esperar mientras se daban un baño, completamente vestidos. Incluso les preparó una taza de café.

Les explicó que había oído la noticia de la desaparición del avión justo antes de iniciar una inspección rutinaria, y había prometido mantener los ojos bien abiertos.

–Pero no vi nada –añadió–. Sin embargo, anoche olí humo y el viento venía de aquí.

–¿Este campamento es tuyo? –preguntó Brett.

–Sí –asintió Tommy con orgullo–. Yo construí el refugio. Lo llaman la cabaña de Tommy.

–Pues tu equipo de pesca nos salvó la vida, Tommy. Y todo lo demás. ¿A qué distancia estamos de la hacienda?

–A unas tres horas a caballo –Tommy reflexionó mientras masticaba una brizna de hierba–, teniendo en cuenta que somos tres y sólo llevamos dos caballos. No podremos ir muy deprisa. Tú y la señorita podéis compartir un caballo.

–¿Vive alguna familia en la hacienda? –preguntó Brett.

–No, sólo el capataz. En realidad el lugar está en venta, por lo visto a causa de las disputas familiares por dinero. Pero hay radio y teléfono para avisar de que estáis bien, y para solicitar un avión que os lleve a Cairns.

–Adiós –susurró Holly media hora después cuando estuvieron dispuestos para partir.

–¿Me hablas a mí? –preguntó Brett, sentado detrás de ella sobre un caballo marrón.

–No, me estaba despidiendo de un lugar encantador y que ha sido una mezcla de salvavidas y revelación –se volvió hacia la laguna para echar un último vistazo–. Un oasis.

–Sí –admitió él–. Y más... –sin embargo, no aclaró nada más.

Llegaron a Cairns a última hora de la tarde. Un avión parecido al accidentado les recogió en la explotación ganadera en la que se despidieron de su rescatador y los caballos.

Lo que Holly no había esperado era que les aguardara un ejército de reporteros a su llegada. Pestañeó perpleja ante los flashes mientras bajaba del avión. De repente vio un rostro familiar y, soltando un grito de júbilo, se lanzó en brazos de su madre.

Al día siguiente, Holly aún seguía en Palm Cove.

Su madre se había marchado a su casa y ella había estado a punto de regresar también a Brisbane. No había visto mucho a Brett, ocupado con los investigadores del accidente y toda clase de autoridades y ella se había mantenido en un discreto segundo plano.

Tras despedirse de su madre había optado por dar un paseo por la playa mientras se pellizcaba mentalmente. ¿Había soñado que Brett Wyndham le había pedido en matrimonio? ¿Había soñado un oasis mágico convertido en un lugar de inmenso placer? No, no lo había soñado. En su cuerpo aún quedaban algunas marcas que lo demostraban.

Pero ¿seguía siendo la reportera con una entrevista que hacer?

—¿Te acuerdas de mí?

—¡Oh! ¡Hola! —Holly dio un brinco y descubrió a Brett a su lado—. Sí, aunque empezaba a preguntarme si volvería a verte.

—Lo siento —él inclinó la cabeza y la besó—. La próxima vez que me veas dispuesto a estrellar un avión, recuérdame que no merece la pena por todo el papeleo que hay que hacer después. ¡Y aún no he terminado!

—Trato hecho —ella rió.

—Por cierto, he enviado un helicóptero al lugar del

accidente y a la cabaña de Tommy. Y han traído todas nuestras cosas de vuelta.

–Qué bien. Aunque mi madre me trajo algo de ropa.

–¿Y te ha traído algo apropiado para asistir a un baile?

Holly se puso tensa.

–Es esta noche –le explicó él–. Por favor, acompáñame. Y también a la boda de mañana.

–No. Gracias, pero no. Yo...

–Holly, siéntate. Mira ahí hay una bonita palmera.

Ella intentó zafarse, pero él no la soltó y al fin se sentó con la espalda apoyada contra el árbol.

–Pareces algo perpleja –observó él–. Y no puedo culparte...

–Sí, bueno, si no lo he soñado... –se interrumpió–. Por favor, no vuelvas a pedirme que me case contigo, porque en estos momentos no sé dónde tengo la cabeza.

–No lo soñaste –Brett la miró fijamente–. Pero no te lo volveré a pedir, al menos no ahora mismo –se puso serio–. Este baile es una ocasión para estar juntos, porque no puedo faltar y tengo el síndrome de abstinencia. ¿Y tú qué?

Holly se abrazó a las rodillas en un intento de acallar el intenso temblor que la dominaba.

–¿Holly? –susurró él.

–Sí, sí –ella apoyó la mejilla sobre las rodillas–. Yo también te echo de menos.

–¿Y?

–De acuerdo –Holly suspiró y fijó la vista en el mar–. ¿Tienes que irte a algún sitio ahora?

–No durante la siguiente media hora –contestó él–. ¿Qué te apetece hacer?

–¿En media hora? –ella sonrió–. Bueno, pues supongo que charlar.

–¿Te he dicho alguna vez lo fantástica que estuviste?
–Brett la rodeó con un brazo.

Holly se preparó para asistir al baile en un estado muy parecido al de la incertidumbre.

Por un lado, deseaba desesperadamente estar con Brett, pero por otro lado, no quería estar con él bajo las miradas de su familia y de los demás invitados.

Seguía con esos pensamientos cuando, impulsivamente, reservó cita en un salón de belleza, algo inusual en ella. El impulso no obedecía únicamente a su necesidad de tener un aspecto distinguido. Tenía las uñas rotas y el cabello, a pesar de haberlo lavado, parecía un nido de pájaros.

De modo que se hizo la manicura y un tratamiento acondicionador para el cabello, además de una limpieza de cutis. Cuando salió del salón se sentía bastante mejor.

La siguiente decisión fue elegir ropa. Por una vez en su vida sintió la tentación de ir de compras, pero luego recordó que su madre le había llevado uno de sus vestidos preferidos, uno muy sencillo, pero con el que siempre se encontraba bien.

Era recto, de seda negra, sin mangas y con cuello redondo. Lo acompañó de un collar hecho de hilos de seda negros de los que colgaban perlas y diminutas caracolas. Era precisamente el collar, y los zapatos, plateados de salón con tiras negras, lo que hacía resaltar el vestido. Su madre también había incluido el bolso que iba con el conjunto.

¿Cómo había sabido que le harían falta todas esas cosas? Una sonrisa iluminó el rostro de Holly al recordar que Sylvia siempre iba preparada para cualquier imprevisto. De repente se preguntó si se habría figurado que había algo entre su hija y Brett Wyndham.

Entraba dentro de lo posible, dado que habían estado solos durante tres días, por no mencionar los días anteriores, y Sylvia era muy intuitiva.

Se encogió de hombros y empezó a maquillarse.

Brett fue a buscarla una hora antes de lo previsto, dejándola sin habla con su traje de gala.

—Estás preciosa —observó él mientras le tomaba una mano.

—Y tú también —contestó ella con un brillo travieso en los ojos azules.

—¿Precioso?

—A tu manera —lo estudió detenidamente—. Distinguido. Peligroso.

—¿Peligroso? —él enarcó las cejas.

—Peligrosamente atractivo. ¿Nunca te dije que estabas impresionante como caballero español?

—No —él sonrió—. Estabas demasiado ocupada haciéndote pasar por una Holly Golightly francesa y mareándome con historias de burros y camellos.

Holly soltó una carcajada. El hielo se había roto y se sentía mucho mejor.

—Vamos tan pronto —le explicó él mientras salían de la habitación de Holly— porque Sue está ofreciendo una copa en su suite. Así podré presentártela, y a Mark y a Aria. Por cierto —hizo una pausa—, mi exnovia estará en el baile, y seguramente también en la suite de Sue. No sé si te conté que se ocupa de la organización de la boda.

Holly estuvo a punto de tropezarse.

—Es amiga de Aria —Brett se paró a su lado—. Hace tiempo que lo nuestro terminó.

«Nueve meses», pensó Holly, «no es tanto tiempo».

Sin embargo no dijo nada, a pesar de que parte de su buen humor había desaparecido ante la idea de encontrarse frente a frente con Natasha Hewson.

Sin embargo, pronto descubrió que no había tenido motivo para preocuparse. Tanto en la suite de Sue como en el baile, fue recibida como una celebridad, la chica que había sobrevivido al accidente de avión con Brett.

Mark y Aria se mostraron muy amigables, al igual que Sue Murray. Y también Natasha Hewson. Era, en efecto, la pelirroja que había visto en la terraza aquella noche.

Vestida con un traje rosa, resultaba tremendamente hermosa, alta y exótica.

Holly se formó una fugaz imagen de Natasha y Brett como pareja, sin duda espectaculares. Pero entre Natasha y Brett no parecía haber rastro de resentimiento. Quizás por eso le causó tanta impresión lo que sucedió más tarde durante la velada.

El salón de baile del hotel tenía unos grandes ventanales que daban a la playa. Por un efecto óptico, daba la sensación de que se podía tocar la isla Double con la mano.

La cena fue exquisita e incluyó el marisco que se pescaba en la costa. La compañía y el decorado de las mesas también resultaron exquisitos.

Las mesas estaban engalanadas con orquídeas y los vestidos de las mujeres, que contrastaban con los trajes oscuros de los hombres, ponían la nota de color: amarillo claro, topacio, rosa camelia, zafiro, violeta, ostra y muchos más. También había una gran variedad de estilos y texturas: seda, satén, tafetán y velos con pedrería que lanzaban destellos bajo las luces. Algunos trajes eran ajustados, otros sin tirantes o con volantes. En realidad sólo había un vestido sencillo y negro...

Brett y Holly cenaron en una mesa para ocho en la que también estaban Sue, Mark y Aria. Natasha Hewson se sentaba en el otro extremo del salón.

Después de cenar, Brett la invitó a bailar.

–Lo has vuelto a hacer.

Ella lo miró estupefacta.

–Triunfaste como Holly Golightly y has vuelto a hacerlo aquí.

–¡Oh, no! –Holly pestañeó y sacudió la cabeza.

–Sí, créeme –él la abrazó con fuerza–. ¿Bailas tan bien como haces todo lo demás, señorita Golightly?

–Seguramente mejor que montar a caballo, *monsieur* –ella bajó el tono de voz.

Él soltó una carcajada y la besó en la cabeza.

Ninguno de los dos se fijó en Natasha Hewson que les observaba con atención.

Hacían una buena pareja, pero se trataba de algo más que una experiencia rítmica, pensó Holly. También era sensual. No sólo era consciente de los pasos de baile, también se sentía esbelta, vital y grácil.

La negra mirada de Brett le acariciaba todo el cuerpo provocándole un estremecimiento porque sabía que estaba visualizando sus pechos y caderas bajo el vestido negro. Ella también fue plenamente consciente de la gracia y fuerza de ese hombre bajo el traje negro.

Y justo cuando el momento amenazaba con engullirla en una fantasía más específica, la música llegó a su fin. Sin embargo, él no la condujo lejos de la pista de baile.

–¿Has tomado una decisión, Holly? –preguntó muy serio mientras la abrazaba.

–Yo... Brett, no es el momento ni el lugar –Holly respiró hondo.

–De acuerdo –Brett le agarró la mano–. Vamos a hacer algo al respecto –anunció mientras la conducía por el jardín hasta unos árboles–. ¿Mejor aquí?

–De acuerdo, Brett –ella lo miró con frustración–. He estado pensando muy seriamente en ello. Y parece tener sentido.

–Es más que eso.

–Bueno, sí –admitió ella–, aunque no sé hasta qué punto es fiable –hizo una pausa–. Por favor, ¿no podrías darme un poco más de tiempo? Es un paso muy importante para mí...

–Sólo si me permites hacer una cosa –contestó él tras un largo silencio.

–¿Hacer qué? –Holly respiró agitadamente.

–Besarte.

–Bueno...

Brett no esperó respuesta. Abrazada por los protectores brazos, Holly temblaba de deseo y se moría de ganas de contestar: «Sí, me casaré contigo, me casaré contigo...».

Sin embargo una diminuta brizna de sentido común se lo impidió.

–¿Lo harás? –susurró–. ¿Me darás un poco más de tiempo?

–De acuerdo –contestó él mientras sus ojos emitían un destello que ella no pudo descifrar–. Con la condición de que te quedes conmigo. La boda será mañana por la tarde, ¿vendrás?

Holly dudó.

–¿Voy a tener que hacer yo todas las concesiones? –preguntó él secamente.

–Iré –ella sacudió la cabeza–. Pero mientras tanto, quizás deberíamos regresar antes de que la gente empiece a imaginarse toda clase de cosas.

–Como que te he raptado para seducirte –Brett la

miró con gesto divertido–. De no ser por Mark y Aria, es precisamente eso lo que me apetecería hacer.

Holly lo miró detenidamente y pensó que, a pesar del traje, seguía pareciéndose a un pirata, más que capaz de hacer algo así. La idea le provocó un escalofrío.

–¿Frío?

–No, pero necesito ir al aseo. No quiero parecer... –se interrumpió.

–Como si acabaran de besarte a fondo –sugirió él con su sonrisa de pirata.

Volvió a tomarle la mano y la condujo de regreso al salón.

Holly fue en busca del aseo. La única persona con la que se cruzó, aparte del personal del hotel, fue Natasha Hewson con su precioso vestido rosa. Se pararon, frente a frente.

–El baño está por ahí –Natasha le indicó la dirección de la que ella misma provenía.

–Gracias –contestó Holly sin saber qué hacer.

–¿Crees que conseguirás retenerle? –preguntó Natasha–. ¿Crees que serás la mujer por la que abandonará la selva y sus especies en vías de extinción? ¿O acaso tenías pensado acompañarle? No permitas –le advirtió– que este Brett Wyndham te engañe.

–¿A qué te refieres? –Holly no pudo evitar preguntarlo.

–Pocas mujeres somos inmunes al carisma, la buena compañía, el hombre que te hace estremecer, que te hace reír y querer morir por él. Pero él es un verdadero solitario. Me recuerda a los tigres que intenta salvar: reservado, solitario, amante de los desafíos, peligroso.

–Natasha –contestó Holly tras pestañear varias veces–. ¿No será que albergas alguna esperanza de recuperarlo?

–Algún día se dará cuenta de que hasta el tigre necesita una tigresa –la otra mujer encogió los hermosos y finos hombros–. Y ésa seré yo –sopló descaradamente un beso hacia Holly y se marchó.

Por suerte, Holly se encontró sola en el baño. Por suerte porque, al mirarse al espejo mientras se lavaba las manos, vio lo agitada que estaba.

Lo llevaba escrito en la cara y, le gustara o no, lo cierto era que Natasha había expresado en voz alta los temores que albergaba hacia Brett.

¿Era un solitario que jamás cambiaría? Él mismo había admitido que, de vez en cuando, sentiría la necesidad de marcharse. ¿Llegaría a descubrir la causa de esa oscuridad que presentía en él? ¿Sería la mujer adecuada para proporcionarle raíces, quizás una familia, pero jamás un alma gemela?

Respiró dolorosamente. Aquélla no era la única causa para su estado de agitación. También estaba el hecho de que entre Brett y Natasha no todo había terminado, al menos no por parte de Natasha, y aquello llenó la mente de Holly de terribles recuerdos. Recuerdos del acoso sufrido por parte de una mujer amargada y empujada casi a la locura.

«No puedo hacerlo», pensó con una repentina sensación de pánico. «Tengo que salir de aquí, pero... ¿cómo?».

Al fin se calmó lo suficiente para salir del baño, encontrándose con Brett que la esperaba junto a la puerta. Un Brett de aspecto muy serio.

–Holly –le comunicó sin dilación–, acabo de recibir una llamada. Es tu madre –hizo una pausa–. Está en el hospital. Se pondrá bien. Creen que es una angina de pecho, pero van a mantenerla en observación. Ha preguntado por ti –la rodeó con un brazo–. Lo siento.

–¡Oh! –Holly abrió los ojos desmesuradamente–.

Tengo que reunirme con ella. Es muy tarde. Quizás no haya ningún vuelo. ¿Qué voy a hacer? –lo miró con gesto agónico.

–Relájate. Ya está todo organizado.

–¿Organizado? ¿Cómo?

–El avión de la empresa está en Cairns. Iba a recoger mañana a algunos invitados en Brisbane, pero no hay ningún motivo por el que no pueda adelantar el vuelo de ida.

–Gracias –suspiró Holly–. No sé cómo podré agradecértelo.

–No hace falta. Escucha, te acompañaré...

–No –lo interrumpió ella–. La boda es mañana. Tienes que estar aquí por ellos.

–Entonces me reuniré contigo al día siguiente. Prométeme una cosa –él le tomó el rostro entre las manos ahuecadas–. No huyas de mí, Holly Harding.

Holly hizo un gesto para indicarle que no lo haría. Pero lo hizo.

Mientras volaba hacia Brisbane, le escribió una nota en la que afirmaba no creer llegar a conocerlo jamás lo suficientemente bien como para casarse con él. Que había averiguado que Natasha no había renunciado a él, y quizás nunca lo haría, y cómo ese detalle siempre le haría sentirse intranquila.

Mordisqueó la punta del bolígrafo mientras pensaba en el modo de hacerle entender que, si las cosas no habían quedado zanjadas para Natasha, tampoco lo estaban para él. Pero decidió no hacerlo. Le pidió que no la buscara porque no iba a cambiar de idea.

Después se planteó cómo terminar la nota para que él no adivinara que tenía el corazón destrozado. Al fin escribió: *Gracias por unas experiencias maravillosas, que te vaya bien. Ha sido bonito conocerte...*

Metió la nota en un sobre y le pidió a la azafata que se la hiciera llegar a Brett en cuanto el avión regresara a Cairns.

Después dejó que las lágrimas rodaran por sus mejillas, sintiendo más frío y soledad de la que había sentido en su vida. ¿Cómo había podido acercarse tanto a él en tan poco tiempo? Había acaparado el centro de su vida y no sabía cómo continuar después de extirpada la piedra angular.

Jamás habría funcionado, se dijo a sí misma. No podría haber funcionado.

Capítulo 10

VARIAS semanas después, Holly se enjugó las lágrimas por enésima vez mientras se preguntaba si alguna vez dejaría de llorar al pensar en Brett Wyndham.

El detonante de aquella mañana había sido un pescador con el que se había cruzado dando un paseo por la playa en la isla de North Stradbroke.

North Stradbroke, junto con South Stradbroke y las islas Moreton formaban una barrera protectora que daba lugar a la bahía Moreton. Al otro lado de esa bahía se encontraban los suburbios de Brisbane, y la desembocadura del río Brisbane. Holly se encontraba en el lado oceánico de North Stradbroke, afectuosamente conocido como «Straddie», donde las olas rompían con fuerza y siempre se oía el grito de las gaviotas. Allí, en Point Lookout, su madre, recuperada de lo que había resultado ser una infección y no una angina, tenía una casa de vacaciones.

Allí era donde Holly había pasado las vacaciones desde que tenía noción del tiempo. La casa se erguía sobre una colina y ofrecía unas maravillosas vistas sobre el mar.

Había llegado en ferri, llevando su coche, y algunas mañanas conducía hasta Dunwich, en la bahía. Le gustaba Dunwich, y especialmente una cafetería que servía unos deliciosos pasteles y bollos, además de vender fruta y verdura.

Tambiénhabíaunatiendadesegundamanoqueera
como la cueva de Aladino en la que uno podía encontrar desde joyas hasta ropa, porcelana, libros y cualquier
otra cosa. Uno podía perderse allí durante horas.

Le encantaba pasear por el cementerio de Dunwich,
bajo los enormes árboles, y leer las inscripciones sobre
las lápidas que se remontaban hasta los primeros colo-
nos llegados a Brisbane a principios del siglo XIX. Y le
encantaba caminar hasta One Mile Anchorage, donde
atracaba el ferri, así como toda clase de barcos.

Point Lookout se había puesto de moda, pero Dunwich era en realidad una antigua ciudad minera, cuyos
únicos vestigios eran los inmensos camiones que circu-
laban por la pequeña ciudad o las partes desiertas de la
isla.

Aquella mañana fría y nublada, había decidido dar
un largo paseo por la playa, pensando en cómo había
convencido a su madre de que necesitaba un poco de
tiempo para ella, aunque Sylvia la llamara a diario.

Por supuesto, la razón por la que había declarado necesitar un poco de intimidad había sido la de escribir la
entrevista de Brett Wyndham.

Para su sorpresa, Glenn le había informado de que
había estado en contacto con él y que había recibido el
visto bueno para el artículo, aunque seguía teniendo la
última palabra.

Se había preguntado cien veces por qué habría hecho
algo así. Lo único que se le ocurría era que no había
querido perjudicar su carrera de periodista echándose
atrás.

Después del accidente de avión, la revista le había
concedido dos semanas de vacaciones, a las que había añadido otras dos semanas que le debían. Aún le quedaba
una antes de regresar al trabajo, pero no había escrito

ni una sola línea. Cada vez que lo intentaba, su cerebro parecía llenarse de una espesa niebla y al final había tenido que hablar con Glenn.

–Me temo, Glenn, que a lo mejor no podré acabar en la fecha prevista. Lo siento.

–Holly –había contestado su jefe–, no superas un accidente de avión y tres días de incertidumbre, sin saber si vas a sobrevivir, sin ninguna repercusión mental. No te fuerces. No tengo ninguna fecha límite. Si acaso surgiera esa fecha, ya lo veríamos.

Holly había estado a punto de preguntarle si tenía noticias de Brett, pero decidió no hacerlo. Brett Wyndham debía ser un libro cerrado para ella. Sin embargo, se planteaba un problema: ¿cómo iba a ser un libro cerrado si tenía que escribir una entrevista sobre él?

¿Por qué no le había dejado claro a Glenn que no podía hacerlo? Quizás podría entregar sus notas a otra persona, aunque gran parte estaba en su cabeza...

Por otro lado, ¿por qué no apretaba los dientes y lo superaba?

«Ya lo hiciste una vez», se recordó. «Sí, pero llegué a odiar y a despreciar a esa persona», se contestó. «Jamás podría odiar a Brett...».

Si aún le cabía alguna duda, se disipó al ver al pescador en la playa. Lo vio tirar del sedal para que el anzuelo se clavara en la boca del pez, como le había enseñado Brett.

Suspiró desconsolada y desvió la mirada, transportada de vuelta a la laguna de la sabana con sus cañas, lirios acuáticos y pájaros, donde había nadado y pescado. Donde se había sentado junto al fuego. Donde Brett y ella habían hecho el amor sin decir una palabra.

Aún no comprendía cómo había podido suceder. Había cosas de él que desconocía, y que quizás ninguna mujer conociera jamás. Pero eso no cambiaba el hecho de que lo amaba.

Le había ayudado a superar su miedo por los hombres y las relaciones. Y sabía que no eran sus viejos temores los que le habían afectado aquella noche en Palm Cove frente a Natasha, sino la terrible sensación de pérdida al saber que jamás funcionaría lo suyo.

No se dio cuenta de que había empezado a llover y que el pescador se había marchado. Ignorando el hecho de que estaba empapada, se consumió en un mar de tristeza.

Y al fin decidió dirigirse hacia la carretera y caminar de regreso a su casa.

Lo primero que vio fue un coche que no conocía aparcado frente a la casa.

Aunque tampoco era del todo desconocido. En realidad era un coche que ella ya había conducido en una ocasión. Un BMW X5 plateado. Se paró en seco en el preciso instante en que Brett se bajaba del vehículo, vestido con vaqueros y un chubasquero negro.

—Holly, estás empapada —observó él tras un largo silencio durante el que únicamente se miraron—. ¿Podemos entrar?

—¿Por... por qué has venido? —balbuceó ella mientras buscaba las llaves en el bolsillo.

—Necesito hablar contigo. ¿Acaso pensabas que iba a dejar las cosas así sin más?

—No creo que tengamos nada más que decirnos.

—Sí, lo tenemos —Brett se acercó a ella y le quitó las llaves de la mano—. Además, necesitas calentarte y secarte si no quieres pillar una neumonía. ¿Qué has estado haciendo?

–Pasear. Sólo pasear.

Brett le tomó la mano. Abrió la puerta de la casa y la empujó al interior.

La puerta se abrió directamente a un amplio salón, comedor y cocina. Los suelos estaban pulidos y el mobiliario era cómodo aunque minimalista. La vista desde la ventana era espectacular incluso para un día lluvioso.

–Holly –Brett se volvió hacia ella–, dúchate y mientras, prepararé algo caliente.

Holly se humedeció los labios.

–¿Estás bien? –él frunció el ceño.

–Sí –Holly tragó con dificultad e hizo un esfuerzo por recuperarse de la impresión–. Estoy bien. ¡Oh! Estoy goteando en el suelo –dicho lo cual salió huyendo hacia el dormitorio.

Brett volvió a fruncir el ceño y se dirigió a la cocina.

Veinte minutos después Holly reapareció vestida con una bata de seda.

Se había secado el pelo y lo había recogido en una trenza.

–Espero que no tengas nada en contra de las trenzas –exclamó con voz alegre–, pero no he podido hacer otra cosa con el pelo. ¡Café! –contempló las humeantes tazas y aspiró el aroma–. Gracias, justo lo que necesitaba. Trae tu taza al salón y nos pondremos cómodos.

–Pareces haberte recuperado bien –Brett la siguió y se sentó en un sillón frente a ella.

–No te esperaba –ella hizo una mueca–, aunque he pensado en ti. ¿Cómo me has encontrado?

–Convencí a tu madre para que me dijera dónde estabas.

–Qué raro que no me haya llamado –Holly sonrió tímidamente y se reclinó en el sofá.

–Llevas mucho tiempo fuera –observó él.

–¿Y para qué has venido? –Holly probó el café–. No hace falta que me informes de que has vuelto con Natasha. Lo entiendo.

–No lo he hecho.

–Pues deberías.

–No –Brett dejó la taza sobre una mesita–. Y necesito contarte por qué.

–¿No deberías contárselo mejor a ella?

–Ya lo he hecho. ¿Te importaría escucharme? –suplicó con un gesto de agotamiento.

–Lo siento –se disculpó ella–. Lo siento.

–Fuera de mi ámbito familiar, casi nadie sabe lo que te voy a contar –Brett tamborileó con los dedos sobre el brazo del sillón–, pero mi padre tenía un temperamento muy violento.

–Me preguntaba... –asintió ella–. Quiero decir que sentía que había algún problema con tu padre... –se interrumpió.

–Y tenías razón. Lo odiaba. Una vez, cuando mi madre y él estaban peleándose, lo golpeé. Normalmente se desahogaba con ella y conmigo. Y no puedo decir que ella no tuviera parte de culpa –suspiró–. Debería haberlo abandonado, pero parecía como si no pudiera vivir sin las disputas que había entre ellos.

–¿Y por qué contigo? –susurró Holly–. Quiero decir, por qué tú y no tus hermanos...

–Soy el mayor –él se encogió de hombros–. Quizás me viera como una amenaza, no lo sé. Pero nunca dejó de humillarme y yo juré que cuando me hiciera con el mando nunca miraría atrás. Y no lo he hecho. La empresa está mucho mejor que cuando la dirigía él, pero supongo que debo agradecerle mi interés por los animales.

–¿Y eso? –Holly pestañeó.

–Era un mundo al que podía recurrir cuando las cosas se ponían imposibles: mis perros, mi caballo y cualquier cosa sobre cuatro patas. Pero lo gracioso es que, por mucho que le odiara, no soy tan distinto a él.

Holly lo miró boquiabierta.

–También tengo mal genio. También mantuve una relación... explosiva.

–Natasha –Holly dio un respingo.

–En cuanto se pasó el deslumbramiento inicial, empezamos a discutir por cosas pequeñas, y luego por cosas grandes. Nos volvimos locos el uno al otro, pero ella no lo comprendió. Cada reconciliación parecía convencerla de que quizás las broncas añadían un poco de pimienta a una relación que ella creía podía ser duradera.

Brett suspiró antes de continuar.

–No creo que se diera cuenta de que, a veces, me asustaba cómo me sentía. No era capaz de expresarlo con palabras, pero sabía que tenía que acabar. Sin embargo ella pensaba que el hecho de que en la cama nos fuera tan bien, compensaba lo demás. Pero yo me veía cada vez más abocado a un matrimonio como el de mis padres.

–¿Y... la abandonaste?

–Sí. La abandoné. Rompí el compromiso. Le dije... lo único que le dije fue que no estaba hecho para el matrimonio –sacudió la cabeza–. Prefería pensar así antes que reconocer la verdad. Odiaba parecerme a mi padre. Ahora, echando la vista atrás, comprendo que siempre lo sentí así. Por eso me enorgullecía de no implicarme nunca en las relaciones.

–¿Y ya se lo has explicado todo? –Holly se tapó la boca con una mano.

–Sí.

–¿Y qué pasó?

–Al principio no me creía, pero se lo expliqué mejor.

Le expliqué... –hizo una pausa– que éramos dos personas competitivas, habituadas a salirnos con la nuestra,
y que siempre seríamos así. Pero que no nos sentíamos
afectados por ese agujero en el corazón, en las entrañas,
que se abre cuando te falta esa persona. No compartía-
mos esa clase de amor.

Se levantó del sillón y se dirigió hacia la ventana.

–¿Y al fin lo comprendió? –preguntó Holly con voz
ronca.

–No lo sé. Le hice reflexionar sobre ella, pero lo que
conseguí fue ver yo las cosas más claras. Nunca fuimos
adecuados el uno para el otro –concluyó con gesto som-
brío.

–¿Cómo puedes estar tan seguro?

–Porque percibí ese agujero en el corazón, en las entrañas, al leer tu nota.

Holly lo miró boquiabierta.

–Casi me quedé paralizado ante la sensación de pérdida y amor, porque sabía que hacías bien al alejarte de
mí.

–Brett –susurró Holly–. Tras conocer todo esto, y
ante tu propuesta de matrimonio...

–Déjame terminar –la interrumpió él–. Te pedí que
te casaras conmigo por respeto, afecto y admiración,
por la manera en que parecías encajar en mi vida. Pero
me dije a mí mismo que no se trataba de una gran pasión. Me dije que estaba protegido contra ese senti-
miento, y tú también. Ahora sé que estaba equivocado.

La miró con gesto muy serio.

–He sentido más pasión por ti que por nadie en toda
mi vida. Pero, aunque nuestra relación sea distinta a
cualquier cosa que haya vivido jamás, no dejo de preguntarme si mi padre no saldrá en algún momento, y
eso me asusta. Mucho más que con Nat.

–¿Qué... qué quieres decir?

–Creo que lo mejor es que nos digamos adiós ahora –los hombros de Brett se hundieron y se notaba que le costaba respirar–, pero antes tenía que explicártelo.

Holly se puso de pie de un salto con la mente volando en todas direcciones. De repente recordó lo que había sentido tras el accidente: tenía que dejar atrás el pasado y vivir para el futuro. Además, aquella misma mañana había comprendido que ese hombre significaba más para ella que nadie en el mundo.

–Brett –apretó los puños con fuerza–. Natasha no era la mujer apropiada para ti. Y tus padres seguramente tampoco lo eran el uno para el otro. Pero tú has desenterrado la raíz del problema, y eso significa que puedes con ello. También significa que jamás podrías ser una copia de tu padre. Y sé que no lo eres.

–Holly –él se acercó y le acarició el rostro–. Eres muy dulce, pero no tienes ni idea de lo que puede pasar. Ya perdí los nervios delante de ti en una ocasión, y te asustaste.

–Para empezar, no estabas enfadado conmigo –ella se encogió de hombros al recordarlo–, sino con un conductor que había conseguido el permiso de conducir en una caja de cereales. Y enseguida lo arreglaste. Desde ese instante siempre me has protegido.

Él desvió la mirada. Su mandíbula estaba encajada.

–Y hay otra cosa que sé –continuó Holly con voz apenas audible–. Te confiaría mi vida, Brett Wyndham. Creo en ti con toda mi alma. Podrás abandonarme, pero siempre creeré en ti, y siempre te llevaré en mi corazón –las lágrimas rodaban por sus mejillas, pero ella les hizo caso omiso.

–Se te pasará –susurró mientras le acariciaba las mejillas con los pulgares.

–No es verdad.

–Nos conocemos desde hace muy poco. Ha sucedido tan rápido...

–Ésa era mi frase –Holly sonrió tímidamente–. A ti te tocaba decir: «Lo importante es hasta dónde consigues conocer a la otra persona».

–Holly –exclamó él con voz atormentada antes de tomarla en sus brazos, abrazándola sin decir palabra hasta que, poco a poco, ella empezó a sentir que la tensión lo iba abandonando–. Tenía que advertirte.

–Me alegra que lo hicieras porque siempre supe que había algo en ti que no lograba comprender. Ahora ambos sabemos que podremos con ello... juntos –hizo una pausa, tenía que preguntar algo más–. ¿Cómo está Natasha?

–Ha decidido abrir una oficina en Londres. Me dijo que para ella todo había terminado –él sonrió tímidamente–. En cualquier caso, no es de las que se echan a llorar.

Holly se apoyó contra él y gimoteó.

–¿Lágrimas? –él le tomó la barbilla y la alzó para mirarla a los ojos–. ¿Por Nat?

–He mantenido una opinión no demasiado amable sobre Natasha Hewson –no tenía ningún sentido negarlo–, pero deseo que todo le vaya bien.

–Yo también –murmuró él–. Pero no tienes que preocuparte por ella... en ningún contexto.

–Ya lo he superado –Holly asintió–. Fue una estupidez vivir con el temor de que se repitiera. En cualquier caso, comparado con perderte a ti, el acoso no parecía tan grave.

–¿Lo dices en serio?

–Sí –ella lo miró directamente a los ojos.

–¿Estás segura? –los ojos negros brillaron con un destello de humor.

–Sí. ¿Por qué?

–Fuiste tú quien me acusó de ser maligno. Como un leopardo –añadió.

–Ya... –Holly tuvo que controlar la sonrisa que amenazaba con curvar sus labios–. Y tú fuiste el que intentó seducirme, por no hablar de desnudarme con los ojos en las circunstancias más incómodas.

–En cuanto a eso, debo advertirte que yo no suelo cambiar de manchas... y desde luego no pienso hacerlo en un futuro inmediato.

–Me gusta eso –ella rió–. Y puedo incorporar algo totalmente original a la ecuación.

Él alzó las cejas.

–Una cama –explicó–. Una cama de verdad. No el lecho de un río. Ni arena, ni plástico ni cartones, ni ganado salvaje que me mate del susto...

–Ya que sacas el tema –Brett la interrumpió con un beso–, ¿podrías enseñármela antes de que me consuma de deseo?

–Ven –ella le tomó la mano.

No sólo era una cama, era una cama de matrimonio con una preciosa colcha de seda del color del mar y el cielo que cubría unas sábanas inmaculadamente blancas.

–Esto es un lujo casi excesivo –observó Brett mientras retiraba la colcha y tumbaba a Holly sobre las sábanas.

–Lo sé. A pesar de la arena y todo lo demás, guardo unos maravillosos recuerdos de cierta laguna y la cabaña de Tommy, además de...

–La he comprado –la interrumpió él.

–Además, de... ¿Qué has hecho? –Holly se sentó con los ojos muy abiertos.

–He comprado la explotación ganadera.

–Brett –ella respiraba agitadamente–. ¿Por qué?

–¿Tú qué crees? –la miró fijamente–. Por los recuerdos, y por ti.

–Yo... yo –los ojos azules se llenaron de lágrimas y le rodeó el cuello con los brazos–. No tenía ni idea de que fueras tan romántico.

–Ni yo tampoco. ¿Te gustaría como regalo de bodas?

–No sé qué decir. ¿Hablas en serio?

–Podríamos volver en cada aniversario –él asintió antes de besarla.

–Sería maravilloso. Gracias –susurró Holly–. ¡Oh, Brett! No sé qué más puedo decir.

–No hace falta que digamos nada –él sonrió mientras empezaba a desnudarla–. Si no recuerdo mal, nos fue muy bien así.

–Es verdad. De acuerdo... mis labios están sellados.

Por supuesto, no lo estuvieron mientras él la desnudaba con parsimonia. Y cuando ambos estuvieron desnudos, celebrando sus cuerpos, la llevó a la cima varias veces antes de retirarse para acariciar sus pechos y caderas con las manos y los labios. Y ella tuvo que abrir los labios, no sólo para besarlo, sino para decirle que, por mucho que hubiera disfrutado haciendo el amor en la cabaña de Tommy, la ausencia de ropa y la comodidad que experimentaba en esos momentos, le añadía una dimensión enloquecedora.

Holly se movió de una manera que, evidentemente, lo volvía loco. Se desinhibió, tocándolo de un modo que le hizo responder con un rugido.

El deseo se extendió por todo su cuerpo, aunque al

mismo tiempo se sentía más ligera y a gusto de lo que había estado en su vida.

De repente Brett cambió el ritmo y lo que le hizo fue tan intenso que se sintió morir de placer y suplicó que le llegara la liberación.

—¿Ya? —jadeó él.

—Por favor, ahora —contestó ella sin aliento mientras se movían al unísono hasta que él la llevó a la estremecedora cima de sensaciones que compartieron.

Holly se quedó sin habla y sin aliento mientras las oleadas del clímax iban apagándose lentamente y permanecían abrazados. Por fin todo se paró y él la soltó.

—Te amo —susurró con voz ronca tomándole una mano y apoyándola sobre su mejilla.

—Te amo —respondió él—. Siempre lo haré.

—¿Cómo está mi madre? —preguntó Holly con ansiedad más tarde cuando, acurrucados en el sofá, bebían champán y contemplaban el cielo—. ¿La viste o hablaste con ella por teléfono?

—Fui a verla. Tu madre y yo tenemos una cosa en común.

—¿El qué?

—Los dos moriríamos por ti.

—No hace falta que lo hagáis —ella se enjugó un par de lágrimas—. Sólo que seáis amigos.

—Lo seremos. Si eres capaz de convencerla de que eres feliz. Me advirtió que, si volvía a hacerte daño, tendría que vérmelas con ella.

—No tenía ni idea de que lo supiera —Holly dio un respingo—. Jamás dijo nada.

—Siempre he admirado a tu madre —le aseguró Brett.

–¿Qué tal la boda? –preguntó ella tras soltar una carcajada.

–La boda habría resultado muy agradable... de haber estado de humor para apreciarlo –contestó él apesadumbrado.

–¿Tú...? –ella se interrumpió.

–Tenía ganas de cortarme las venas –explicó Brett mientras jugueteaba con un mechón rubio–. Pero hubo algo positivo: Sue conoció a alguien. Está muy ilusionada con él y tengo la sensación de que podría ser la persona adecuada. Y, hablando de bodas...

–Sí, hagámoslo –contestó Holly con satisfacción aunque ocultó un brillo travieso en la mirada–. No soy muy aficionada a los bailes y las barbacoas, pero quizás podríamos alquilar una isla en el Pacífico Sur. Necesitamos una con alojamiento para, digamos, al menos cien invitados y podríamos celebrar espectáculos de fuego y luaus...

–Tampoco hay tanta diferencia entre una barbacoa y un luau –interrumpió él.

–Claro que la hay. Se asan lechoncillos ensartados. Podríamos ponernos esas falditas y bailar las maravillosas danzas polinesias al son de los tambores.

–¡Para ya, Holly! –le ordenó él.

–Si pudieras verte la cara –Holly apenas podía hablar de la risa–. Escucha, sería feliz casándome contigo en una choza de barro con una manada de jirafas como invitadas.

–Eres una bruja –Brett la besó–, pero no hará falta llegar a eso. ¿Algo pequeño y sencillo?

–¡Hecho! ¿Cuándo?

–¿Dentro de un mes?

–¿Por qué tenemos que esperar tanto? –ella lo miró con gesto ingenuo.

–Por si acaso decides cambiar de idea.

–Brett –todo humor había abandonado el rostro de Holly–. No lo haré. Te lo aseguro.

–Querida –observó Sylvia un mes más tarde–. ¿Estás segura?

–Mamá –Holly soltó el ramo y se sentó con su madre en la cama.

Sylvia estaba preciosa con su traje de seda azul, sombrero y lirios prendidos en el corpiño.

Holly, por su parte, iba toda de blanco con un exquisito vestido de manga larga de raso blanco sobre falda de tafetán y corpiño con forma de corazón.

Llevaba los cabellos sueltos, a pesar de las sugerencias que había recibido para recogérselos. Sugerencias que había rechazado con una traviesa sonrisa.

El velo surgía de una diadema y el ramo estaba hecho de seis capullos de rosa, cada una de un color, desde color crema hasta salmón.

–Mamá –repitió–. Sé... sé que tienes dudas sobre Brett, pero también lo enviaste a buscarme porque, tal y como me explicaste, pensaste que sólo yo podía decidir qué hacer.

–Lo sé. Y sigo pensándolo –Sylvia suspiró–. Pero hay personas que no cambian nunca, por mucho que lo intenten.

–Ése era el miedo que tenía Brett –asintió Holly–. Y a lo mejor no habría cambiado nunca de no haber tenido a su lado a alguien que creyera en él, como yo. ¿Te acuerdas lo que solía decir papá? –continuó–. «Si crees en algo de verdad, debes ir a por todas, de lo contrario lo estarás negando».

–Es verdad. Bueno, querida, espero que seas tan fe-

liz como lo fui yo con tu padre, aunque fuésemos totalmente diferentes.

—Lo seré, lo seré —ambas se echaron a reír y Holly
besó a su madre.

La boda fue sencilla, aunque preciosa.

La hacienda de Haywire estaba decorada con plantas
y flores, llegadas en avión aquella misma mañana junto
con los ramos.

Junto a la mesa de la biblioteca donde Holly había
tomado notas durante su primera visita a Haywire, se
había montado un pequeño altar al que se llegaba por
una alfombra roja.

El banquete estaba dispuesto en mesas cubiertas con
unas telas de damasco que Sue había heredado de su
abuela. Y en cada mesa había una maceta de plata con
orquídeas.

Mark y Aria estaban allí, bronceados y resplande-
cientes tras una prolongada y exótica luna de miel. Sue
Murray había acudido con su nueva pareja, y parecía
otra persona.

Glenn Shepherd también estaba allí, resignado al hecho de haber perdido la entrevista de Brett Wyndham,
así como su mejor reportera de viajes, aunque la revista
sería la primera en publicar la noticia del zoo. Holly y
él también habían discutido la posibilidad de que siguiera trabajando como freelance.

Sarah seguía en la residencia y por tanto asistía a la
boda, al igual que Kane, el capataz de la explotación, y
algunos empleados de otras explotaciones. También había amigos de Holly y Brett, y de Sylvia.

Incluso Bella estaba invitada, y lucía una herradura
de plata prendida del collar.

La ceremonia fue breve aunque conmovedora, sobre todo por la palpable emoción que se evidenciaba entre el novio y la novia.

Todos se sentaron a comer y el champán abundó mientras el evento se transformaba en una auténtica fiesta.

Los únicos en abandonar la fiesta fueron Brett y Holly que partieron en luna de miel hacia un destino secreto, que ni siquiera la novia conocía, aunque enseguida tuvo un presentimiento.

El vuelo fue breve y le produjo algunos espeluznantes recuerdos a pesar de que había volado con Brett en varias ocasiones desde el accidente. Pero, al aterrizar en la explotación que Brett le había comprado como regalo de bodas, hacía un buen rato que sabía adónde se dirigían.

En aquella ocasión no recorrieron el camino entre la hacienda y la cabaña de Tommy a caballo, sino en un potente todoterreno, alcanzando su destino antes de la puesta de sol.

Alguien había estado allí antes que ellos. Alguien que había cortado leña, colocado sillas y un colchón inflable. Alguien que había dejado una nevera portátil con champán y comida.

—Jamás pensé que regresaría –Holly miró a su alrededor con lágrimas en los ojos–. Gracias –exclamó mientras se arrojaba en brazos de Brett.

—¿Te ha gustado la boda? –preguntó el novio mientras la abrazaba con fuerza.

—Me ha encantado. ¿Y a ti?

—Lo mismo digo. Bueno –proclamó tras besarla apasionadamente–, ¿qué te parece si nos vamos a nadar y luego de pesca? Ahora tenemos dos bobinas, y estoy decidido a ganarte.

–¿Sí? –Holly alzó la barbilla desafiante–. Eso ya lo veremos.

Mucho más tarde, cuando el fuego se hubo apagado y estaban tumbados en brazos el uno del otro, no había rasgo de competitividad y estaban impregnados de una sensación de pura felicidad.

–Por cierto –anunció Brett–, había pensado en pasar dos noches aquí y luego viajar a África. O a cualquier otro lugar del mundo al que te apetezca ir.

–¡Ya me preguntaba yo cuándo aparecería en mi vida la choza de barro y la manada de jirafas! –Holly suspiró feliz.

Capítulo 11

DOS AÑOS después, se encontraban sentados en una playa contemplando, tomados de la mano, la salida de la luna.

Pero no era una playa cualquiera. Era Palm Cove, adonde habían llegado después de asistir a una cita muy importante.

Era una noche mágica. La luna colgaba del cielo como una gigantesca bola de Navidad y el mar tenía un tono azul ligeramente más oscuro que el cielo.

Habían pasado dos años mágicos desde que se casara con Brett Wyndham, pensó Holly. Atareados, productivos y gratificantes.

El zoo ya era una realidad y ella había participado activamente en su planificación. Haywire era prácticamente su hogar, aunque pasaban mucho tiempo en Brisbane y también viajaban mucho.

Desde luego, concedió, habían tenido sus altibajos, pero un matrimonio no podía vivir sin ellos. En cualquier caso, cada vez estaban más unidos.

Y estaba segura de que Brett había superado sus temores de convertirse en su padre.

Curiosamente, o quizás no tanto, había sido su madre quien lo había expresado en voz alta días atrás.

—Tenías razón cariño —le había dicho cuando Holly le había llamado para comunicarle una deliciosa sospecha—, sobre Brett y creer en él.

–¿Ya estás convencida? –le había preguntado Holly.

–Por supuesto. ¿Acaso podrías ser tan feliz de no ser así?

–No.

Y en esos momentos, en la playa de Palm Cove, tras regresar de la cita con el ginecólogo en Cairns, Holly se dio unas palmadas en la barriga y miró a Brett con ansiedad.

–¿De verdad estás contento?

–Por supuesto –él la rodeó con un brazo–. ¿Por qué no iba a estarlo? Me encantan los niños, y el nuestro será especial.

–Pero esto significa –ella sonrió tímidamente– que estaremos más atados. Tengo la sensación de que voy a ser una madre muy dedicada, y eso significará viajar menos.

–Holly –Brett la miró a los ojos–. ¿Cuándo vas a aceptar que lo único que cuenta para mí eres tú?

–¿Todavía? Quiero decir que, si no ha disminuido un poco o...

–Todavía. Siempre –insistió él con calma–. No lo dudes jamás, Holly.

Ella suspiró y se acurrucó en sus brazos.

BIANCA™

LINDSAY ARMSTRONG

BELLEZA ESCONDIDA

Cam Hillier, magnate de las finanzas, necesitaba que una joven atractiva y educada lo acompañara a una fiesta, pues su pareja acababa de dejarle plantado. Por eso, Cam se fijó en la mujer que tenía más a mano: su discreta secretaria, Liz Montrose.

El empleo de Liz no incluía tareas de acompañamiento. Sin embargo, como sólo estaba ella para mantener a su hijita y llevar dinero a casa, no pudo negarse a la petición de su jefe. ¡Aunque ya no se escondería detrás de vestidos anodinos ni gafas de pasta!

AVENTURA PARA DOS

De comportamiento intachable, la señorita de la alta sociedad, reconvertida en periodista, Holly Harding, buscaba su primera gran exclusiva. ¿Y quién mejor que el infame rey de los ganaderos, Brett Wyndham? Sin embargo, cuando Holly conoció a Brett, descubrió en el enigmático multimillonario algo inherentemente peligroso que la hizo temer por su actitud sensata y profesional.

N.º 485

Cuando el avión privado en el que viajaban se estrelló en el interior de Australia, se vio obligada a depender de Brett para su protección. ¿Cuánto tiempo podría la inexperta Holly negar la abrasadora atracción que existía entre ellos?

¡YA EN TU PUNTO DE VENTA!

BIANCA.

CAITLIN CREWS
AMOR DE FANTASÍA

Becca Whitney siempre había sabido que la familia a la que pertenecía la había repudiado cuando era bebé. Así que, cuando la convocaron para que regresara a la mansión, la invadió la curiosidad. Theo Markou necesitaba una esposa y Becca sería la candidata perfecta. El trato: hacerse pasar por la heredera de la familia Whitney a cambio de recibir la fortuna que le correspondía… Y sin que hubiera sentimientos de por medio.

MELANIE MILBURNE
UNA PRINCESA POBRE

Alexandro Vallini cometió el error de pedirle matrimonio a Rachel McCulloch, una joven con ínfulas de princesa. Y su rechazo le llegó al alma. Sin embargo, las tornas cambiaron y el destino puso el futuro de Rachel en las manos de Alessandro. Él necesitaba una asistenta temporal y ella necesitaba dinero.
Sin embargo, Rachel se había convertido en una mujer muy diferente de la caprichosa niña rica que Alessandro recordaba. Él tendió su trampa, poniéndose a sí mismo como cebo, ¿pero quién terminó capturando a quién en las irresistibles redes del deseo?

N.º 484

CAROLE MORTIMER
RENDIDOS AL PASADO

Mia Burton creía que nunca volvería a ver a Ethan Black, el hombre que le robó el corazón. Aunque había hecho lo posible por olvidarlo, Ethan había vuelto a su vida con la intención de hacer cualquier cosa por recuperarla. ¿El motivo? Mia tendría que ir a su mansión en el sur de Francia para averiguarlo…

¡YA EN TU PUNTO DE VENTA!

BIANCA™

El precio de su libertad:
un heredero para el multimillonario...

EL PRECIO DE SU DESEO

MAYA BLAKE

N.º 216

Convencer al magnate griego Ares Zanelis para que se case con ella es el último intento de Odessa Santella por escapar de su triste infancia. Los recuerdos de Ares la han atormentado desde su malograda aventura cuando eran adolescentes, pero tanto el corazón como el deseo de Odessa explotan al ver que él acepta su propuesta...

Las condiciones de Ares son claras: un matrimonio falso para tranquilizar a su padre, pero con una cláusula especial: ¡tiene que darle un heredero! Odessa teme acabar en una prisión de oro, pero ¿podrá su pasión quemar cualquier barrera entre ellos?

¡YA EN TU PUNTO DE VENTA!

BIANCA.

**La artista estaba embarazada…
¡Y tuvo que casarse con el hombre
más rico del mundo!**

LO QUE EL DINERO NO PUEDE COMPRAR

LYNNE GRAHAM

N.º 3113

Raj Belanger tenía todo lo que el dinero podía comprar y, también algo que nunca había deseado, la responsabilidad sobre Pansy, su pequeña sobrina huérfana. Debido a su complicada infancia, estaba convencido de que su sobrina estaría mejor con su tía, la artista Sunshine Barker. Hasta que Sunny cambió por completo su vida.

Para Sunny, la pequeña Pansy lo era todo. Sin embargo, la salvaje atracción que sentía hacia Raj y la explosiva noche que pasaron juntos, la descolocaron por completo. Seis semanas más tarde, Sunny descubrió que estaba embarazada. Y la solución que le propuso Raj fue toda una sorpresa…

¡YA EN TU PUNTO DE VENTA!

BIANCA.

Con unas horas para encontrar a su reina…
¡Exigió la mano de su enemiga!

UNA REINA IMPROVISADA

ANNIE WEST

N.º 3114

Decidida a salvar a su prima de un matrimonio que no deseaba, Miranda secuestró al futuro novio, el jeque Zamir. No esperaba que él cambiase las tornas y le exigiera convertirse en su esposa, pero ahora el jeque tenía todo el poder... El tiempo apremiaba para Zamir: debía encontrar una esposa aquel día o perdería su trono. Casarse con Miranda era la única opción, a pesar de la desconfianza mutua y el desdén de Miranda por el protocolo palaciego. Pero nunca imaginó que ese matrimonio de conveniencia conduciría a un deseo peligrosamente inconveniente...

¡YA EN TU PUNTO DE VENTA!

BIANCA.

¡Aquel era el compromiso
más sorprendente del siglo!

CAUTIVA
DE NADIE

MELANIE MILBURNE

N.º 3115

Se comentaba que la chica mala del momento, la célebre
Aiesha Adams, había hecho propósito de enmienda. Fuentes
internas aseguraban que se hallaba recluida en la campiña
escocesa y acababa de comprometerse con el atractivo aristócrata James Challender.

Perseguida por su desgraciado pasado, Aiesha escondía un
alma romántica bajo su fachada de dura y rebelde. ¿Pero qué
había ocurrido para que acabara comprometiéndose con su
acérrimo enemigo? Aislados por la nieve en una mansión de
las Tierras Altas, a Aiesha y James no les iba a quedar más
remedio que empezar a conocerse…

¡YA EN TU PUNTO DE VENTA!